THE LIBRARY
ST. MARY'S COLLEGE OF MARYLAND
ST. MARY'S CITY, MARYLAND 20686

Week-end en Guatemala

Miguel Angel Asturias

*Week-end en
Guatemala*

Alianza/Losada

© Editorial Losada, S. A., Buenos Aires, 1968
© Alianza Editorial, S. A., Madrid, 1984
Calle Milán, 38; ☎ 200 00 45
ISBN: 84-206-3139-6
Depósito legal: M. 22.905-1984
Composición: EFCA
Impreso en Lavel. Los Llanos, nave 6. Humanes (Madrid)
Printed in Spain

Indice

11	Week-end en Guatemala
55	¡Americanos todos!
85	Ocelotle 33
107	La Galla
123	El Bueyón
131	Cadáveres para la publicidad
155	Los agrarios
209	Torotumbo

¿No ve las cosas que pasan?...
¡Mejor llamarlas novelas!...

A

GUATEMALA

*mi Patria,
viva en la sangre de sus estudiantes-héroes,
sus campesinos-mártires,
sus trabajadores sacrificados
y su pueblo en lucha.*

Dedicatoria íntima.
A BLANCA

Week-end *en Guatemala*

1

Recogía del piso la parte de la persona que se llama pie, tan olvidada siempre, lo prendía con ayuda del tacón a uno de los travesaños del taburete que giraba con todo y su persona, como un satélite, frente al bar y echándose de espaldas sobre la barra del mostrador, horizonte infinito sobado y resobado por infinitas manos de borrachos, ensayaba fruncidos de risa con los labios y sus desiguales dientes amarillos, paseaba los ojos por los gaznates de los otros bebedores, las ganas de ahorcarlos que tenía, y mientras el *barman* le servía whisky y cerveza, aumentando la dosis de whisky en proporción geométrica y de cerveza en proporción aritmética, descargaba un manotazo sobre el testuz sin cuernos de su rodilla.

¡Soy el sargento Peter Harkins y como no fui a ninguna *blitz*, sino a un *week-end*, me emborrachaba, ¿entienden?... ¡me emborrachaba...! ¡Pero ese día no estaba borracho...! Había bebido, pero no estaba borracho y el que diga lo contrario confunde miserablemente caer y tambalearse... el borracho se cae... el bebido se tambalea... y como ese día, cuando yo salí a buscar el camión, me tambaleaba, estaba bebido, no estaba borracho. ¿Desde cuándo, sargento Harkins, saluda usted militarmente a su camión?... Reí cuando me encontré haciéndole la venia a un jefe de dos toneladas y media... y, nada de manotear, sin encontrar la portezuela... de una vez le eché mano al picaporte y al solo abrir me colgué del timón como de una argolla para izarme a golpe de biceps y caer sentado en mi lugar... Un cigarrillo y la luz en los faros, que por algo fue primero el relámpago y después el trueno de la portezuela de la cabina, al cerrarla, ya andando el camión que saqué de retroceso y enderecé en la calle listo para cubrir los ciento sesenta kilómetros que me separaban de la costa. La luz eléctrica se comía las uñas en las medias lunas iluminadas del tablero, el reloj se comía el tiempo, las nueve y treinta y tres minutos de la noche, y yo empezaba a comerme la distancia.

Dejé la ciudad por una gran avenida arbolada, paseantes y monumentos, automóviles y bicicletas, aumentando la velocidad a medida que llegaba al final, donde crucé a la derecha para seguir las medias rectas y curvas de una vía tendida entre las arcadas de un viejo acueducto, en partes soterrado, y jardines y chalets iluminados.

El poco peso, la velocidad que llevaba y las malas condiciones del pavimento, hacían saltar el camión en medio de una nube de polvo tan espesa que dejé de verme yo mismo y a no ser por el endiablado ruido de las ruedas y la carrocería, olvido que iba en comisión, tripulando un gigantesco vehículo de la armada.

Ni dormido, ni soñando, ni borracho...

Oí rugir las fieras al salir de la ciudad... los leones y los tigres que los «comunistas» tenían preparados, cebados de hambre, para que se comieran a los católicos ricos en una fiesta romana que preparaban en el «Estadio de la Revolución». Me sentí como un romano piadoso y eso me disgustó. Las naciones jóvenes como la mía no pueden tener piedad. Nada. Endurecí mis facciones bajo el casco que me daba aspecto de soldado del imperio y puse mis ojos en el circo, en el «Estadio de la Revolución», donde se jugaba al fútbol, imaginando a los católicos y a los ricos entre las garras y los dientes de las fieras que escuchaba rugir amenazantes y terribles...

¡No, no estaba borracho, ni era una ilusión auditiva! Rugían y por eso decidí detener el camión junto a un guardia y le pregunté en correcto español, si él también oía rugir las fieras con hambre de cristiano rico.

—¿Leones? —le pregunté, sumamente serio.

—Sí, leones... —me contestó.

—¿Tigres?... —le pregunté, sumamente serio.

—Sí, tigres... —me contestó.

—Y usted, guardián del orden —me enfurecí—, ¿no hace nada para que no se coman a los católicos?

—Están en las jaulas del jardín zoológico —me contestó sin disimular más la risa—, y no hay riesgo de que se los coman, míster...

Seguí adelante por una cuesta tendida hasta cruzar los rieles de un ferrocarril de trocha angosta, cerca de una estación, donde si no llevo el casco me rompo la cabeza en el techo de la cabina al saltar el camión en el paso a nivel y de allí agarré a sesenta por hora un encallejonamiento en forma de S, entre árboles y casas de techo bajo, toda la luz de los faros encendida y el claxon sonando, y al pasar de la primera a la segunda curva de la S, no obstante el timonazo que di a la izquierda, atropellé a una persona que marchaba a la derecha, en la misma dirección que yo llevaba. Alcancé con el rabo del ojo en fragmentos de segundo, el cuerpo en el aire, con los brazos abiertos.

¡Maldito sea, no hay quien frene de golpe a sesenta por hora!...

Conseguí detener el camión donde lo permitió la cochina inercia, tan adelante que tuve que correr hacia atrás para auxiliar a la víctima. Ya mi lámpara de mano alumbraba desde lejos el bulto tendido en la grama, pero sólo encontré un abrigo de mujer color vino tinto con una de las mangas casi arrancada. Lo palpé y tenía calor humano. La víctima debía estar muy cerca. Calor y un suave perfume de pelo, de piel... Mas al no escuchar queja ni lamento, me entró la congoja de encontrarla muerta. Me sentí endurecido, no era lo mismo encontrar una persona viva, aunque estuviera herida, muy mal herida, que un cadáver.

Apresuré mi búsqueda desesperado, sintiendo que el misterio crecía en proporción al tiempo que pasaba y mi ir y venir en torno del abrigo. Palmo a palmo recorrí de nuevo el lugar del accidente. Removí el agua llovediza estancada en una zanja con ayuda de una rama que primero creí que era ella, cuando vi el bulto en la sombra. Atravesé a saltos la ruta suponiendo que hubiera sido lanzada hasta el otro lado. Me disparé al camión temeroso de haberla arrastrado el buen trecho que anduve sin poderme detener y que fuera a estar el cuerpo triturado, sangrando bajo una rueda, y nuevamente volví a donde seguía el abrigo en la grama, único bulto visible, dando voces para llamar a quien fuera la víctima, voces a las que sólo el eco me respondía...

¿Dónde, dónde estaba mi atropellada?... ¿Sería joven?... ¿Sería vieja?... ¿Sería linda?... ¿Sería fea?...

Me estremeció el rugir de las fieras que del tono más agudo pasaba a una queja de blandura lacerante, nostálgica...

Sólo a un borracho le podía ocurrir aquello y yo no estaba borracho... Ver el cuerpo de una persona lanzado al aire con los brazos abiertos, correr en su auxilio y no encontrarlo, como si hubiera sido una visión... ¿Una visión?... ¿Una visión de borracho?... Pero, cómo podía ser, si allí estaba el abrigo...

Apagué mi lámpara y volví al camión, después de encender un cigarrillo. El olor nauseabundo de la gasolina, pestilencia de curtiembre, se llevó de mis narices algo de lo que traía como parte de mi desaparecida víctima, el aroma de camelias dulces de esa noche de junio.

No tenía tiempo, si no, doy máquina atrás y vuelvo por el agente apostado junto al zoológico, lo monto al camión y lo traigo para que me ayudara a esclarecer el misterio...

La cara que hubiera puesto mi hombre, si después de lo que pregunté de los tigres, los leones y los católicos, voy y le cuento que venía de atropellar a una mujer con mi rueda delantera derecha, pero que no encontraba el cuerpo...

Habría dicho lo que están pensando ustedes... Una visión de borracho... pero... ¿cómo podía ser una visión, si estaba el abrigo?... ¡ja!... estaba para probar que no era una visión de borracho, porque ya les digo, y les repito, yo no estaba borracho...

Salí a camino abierto, como una exhalación, hundiéndome en un valle que bañaban millares de estrellas. Las manos se me fueron durmiendo en el timón y el cuerpo en el asiento. Sólo contemplaba a lo lejos la faja de la carretera que parecía mullirse en las ondulaciones y endurecerse en las rectas. Autos, buses, camiones, carretas se abrían para darme paso. Pero poco dura una planicie a ochenta por hora y el camino se desgajó hacia lo hondo, como si el peso de la noche lo hiciera caer, hasta cruzar un puente sobre un río de aguas pavonadas, de donde, entre cercados de plantas con hojas de puñales verdes y flores de enmudecidos cascabeles de luna blanca, bajé hacia la costa.

¡Condenada cosa estar en Brooklyn!...

El cigarrillo se consumía, pegado a su labio inferior semicaído, como una segunda respiración humeante.

—¡Estúpidos...! ¿Borracho, yo, el sargento Harkins?...
Los cocoteros se alinearon a la entrada de una población que debía llamarse de las once mil piedras calientes y que por fortuna dejé pronto atrás. Nuevas rectas me permitieron aumentar la velocidad y respirar en aquel ambiente caliginoso, asfixiante, de árboles gigantes, altísimos, torneados en plata luminosa a la luz de las estrellas, únicos habitantes de aquellas desnudas extensiones limitadas por el Océano Pacífico. A distancia, sobre la carretera, apareció la señal de *stop* que yo sólo conocía y empecé a frenar, hasta llegar a ella, punto en que sin detenerme viré hacia la derecha deslizando la inmensa mole rodante del afirmado del camino a un pedregal y más adelante, después de unas malezas, a un como lago de arena que bajo las llantas producía el rumor de millares de bocas haciéndome: «¡chits!»... «¡chits!»... «¡chits!»... para imponer silencio.

Me detuve con las luces apagadas, esperando que llegara la hora. Faltaban nueve minutos. Pronto fueron agua mis pañuelos de tanto enjugarme el sudor, lluvia de munición y fuego que me corría por la cara en medio de aquella hoguera tropical.

Llegada la hora, apenas pasados unos minutos, sobre el ruido de teléfono conectado con la inmensidad que produce el lejano vaivén del mar, se empezó a distinguir un rumor que rasgaba la atmósfera, rumor que al pronto fue taladro rugiente de motores y en seguida, ya volando sobre mi cabeza, un chorro de ruido negro. Poco se veía en la oscuridad. Una de las alas totalmente inclinada al evolucionar sobre el terreno, columnas de arenas que se alzaban en remolino bajo la respiración de las hélices, chopos y matorrales que se sacudían y un paracaídas que se abrió en la sombra. A salto de mata llegué, sin pérdida de tiempo, hasta el paraguas blanco que acababa de posarse en tierra con el cargamento. Pugnaba en mis manos por retomar altura, como una inmensa mariposa de trapo que, al plegarse, sólo fue un cadáver.

¡Condenada cosa estar en Brooklyn!

En una de las evoluciones sentí pasar el gigantesco transporte tan sobre mi cabeza que casi me tiro al suelo, pero, ¡maldita sea la hora en que no me decapitó!...' me habría ahorrado el trabajo de acarrear las armas, de donde las posó el paracaídas al sitio en que, jugándome el todo por el todo, las ruedas se hundían cada vez más en la arena, logré acercar el camión. ¿Acercar?... Acercar es una forma de decir, cuando no se habla con el lomo. De lejos calculé la carga, pero los ojos se han hecho para calcular sueños y no la peor de las realidades, o sea la carga que uno tiene que echarse a la espalda y transportarla sobre sus piernas. Maldije una y mil veces la cochina hora en que concebí empresa fácil transportar a lo largo de cincuenta metros, los fardos de armas y cajas del parque, máxime que tenía que ir sacando los pies del arenal en que me hundía a cada paso. ¡Por la gran puta, si ése era un *week-end*, ahora ya no sé qué es un *week-end*! ¡Era una *blitz*, una *blitz* que preparaban para un fin de semana!

A mi encuentro surgían matorrales, raíces de árboles que secó la costa y se llevó el viento, oponiéndose en su muda contemplación de sueño de cosas inertes, a que yo condujera aquel cargamento de muerte, tambaleándome; pero no porque estuviera borracho, ¿entienden?, sino por lo difícil que es dar pasos firmes en un arenal. Y tardé en caer, pero caí, caí como borracho, me fui de boca al ir a levantar el último fardo de armas. No pesaba más, pero yo ya no tenía fuerzas ni voluntad, agotado de tanto cargar aquellos bultos fríos como el esqueleto de la misma muerte. Lo cierto es que me fui de boca, y no niego que al caer me haya quedado botado... sí... botado un buen rato, como si en verdad me hubiera tendido a dormir la mona... No me rehice pronto del costalazo, y cuando me repuse, nadé en el suelo, pataleando y manoteando de rabia, la frente y la nariz raspadas, sangre y sudor mezclados me bajaban por la cara... ¡Mierda!... Por poco dejo ese último fardo, como prueba del *week-end* que estaba pasando en aquel paisecito. Lo arrastré como pude hasta el pie del camión de donde lo alcé con brazos y pecho para apoyarlo en la pestaña de la carrocería, al fin lo conseguí, entre un ahogo seco y un crujido de cintura, luego lo empujé hacia adentro, como había hecho con los demás bultos del cargamento, cerré la compuerta y listo. Había que apurarse, volver con las armas antes que amaneciera.

¡Condenada cosa estar en Brooklyn!

Chispa, gasolina y motor, al que di toda la fuerza intentando arrancar el camión de donde estaba pegado. Fácil fue entrar, sin peso, pero salir... quién sale de un arenal con un camión cargado...

El *barman* se plantaba frente a él para renovarle el whisky y la cerveza en proporción geométrica y aritmética, y darle la impresión que le escuchaba, como los demás bebedores que rodeaban al sargento Harkins.

—¡Condenada cosa estar en Brooklyn!

El *barman* sabía que el *blitz-week-end* del sargento Harkins tuvo por escenario un país tropical donde hay montañas altas y siempre verdes, lagos muy hermosos, frutas muy ricas, flores muy lindas, en cuyos bosques se ordeña de los árboles la leche del chicle, y de donde llegaban las mejores bananas y el mejor café del mundo. Todo esto lo sabía el *barman*. Un país de indios pacíficos que vestían telas multicolores, criollas insinuantes y mestizos tristes que llenaban plazas de toros, palenques de gallos, templos católicos y ventas de aguardiente de caña. Todo esto lo sabía el *barman* que al terminar de servir al sargento Harkins, le preguntó cómo había hecho para salir de aquel atolladero con el camión cargado de armas.

—¿Cómo?...

Antes de contestar, tras el manoteo del beodo que no encuentra el trago, levantó el vaso de whisky y se lo hundió en la boca clavándoselo en las comisuras de los labios, como bocado de freno, para beber de tesón su contenido sin que se le derramara una gota, después se alivió el ardor del *scotch* en el garguero con cerveza fría, escupió, limpióse la cara con el pañuelo y extrajo otro cigarrillo de su pitillera.

—Allí lo que tocaba era poner cadenas... —dijo el *barman*, con la botella de whisky lista para renovarle el trago, cerveza tenía más de medio vaso.

—¡Condenado engaño las palabras —gritó Harkins—, a unos se les ponen cadenas para privarlos de la libertad y a mi camión había que ponerle cadenas para libertarlo! ¿Que cómo salí del arenal?... Bueno, era tan grave que apareciera un camión de la armada cargado de armas y cartuchos arrojados por un avión nuestro, manejado por un sargento de nuestro ejército, veterano de Normandía, que me sentí perdido, y tan impotente para sacar los cadenajes y ponerlos, como para detener el día, y que tardara en amanecer... El motor en el máximum de potencia, las ruedas traseras girando en punto muerto y el camión sacudido por un temblor horrible, miedo, pavor, frío, de que nos hallaran allí las autoridades de un país amigo, contra el que jugábamos a una guerra de fin de semana. Ni consciente ni inconsciente, dejé caer los brazos en el timón y sobre ellos doblé la cabeza derrotado y apoyé la cara sin rozarme las raspaduras de la frente y la nariz... Qué atropello el del sudor... Me goteaba de las axilas, me corría por la espalda, por la entrepierna, en los tobillos me pegaba las medias y las botas, como con pegamento... ¡Mi Dios!... Desvié los ojos hacia la rueda delantera y a la media luz de mis faros se me presentó de nuevo el momento en que esa maldita rueda, ahora inmóvil, había lanzado al aire, abierta de brazos, como espantapájaros o crucificado, el cuerpo de una persona, mujer por el abrigo, que después no encontré por ninguna parte. En eso estaba pensando y eso creía ver, pero en conciencia, mientras más me destripaba el cachete, para llamarme a la realidad, lo que mis pupilas acariciaban era el filo de una roca que asomaba del inmenso banco de arena y que pronto, fui viendo mejor, tenía la forma de una mujer bajo una sábana... una mujer de cantos redondos... ella también dormía... ella también estaba como yo, presa de la arena... La misma rueda junto a la misma forma real, corpórea, de la mujer... allá lanzándola al espacio, para que en el espacio se disolviera, para que no quedara nada, sino rocío... y aquí mostrándola en su sepultura convertida en una roca de sueño... Me pareció todo aquello tan misterioso, que no sé por qué sentí que era mi salvación. Yo estaba erguido con el volante en las manos, haciéndolo girar hasta poner la rueda derecha en posibilidad de saltar sobre el peñasco, y tomada esa precaución arranqué con todo el motor en marcha decidido a forzarlo hasta que se quemara, para entonces explicar la «panne» en alguna forma, y que no fueran a echarle la culpa a mi presunta borrachera...

¡Condenada cosa estar en Brooklyn!...

No fue salto hacia adelante el que dio el enorme transporte al arrancar, sino algo así como si hubiera sido lanzado por una catapulta. Y no me detuve ni en el arenal ni en la carretera que recorrí de regreso a tal velocidad que las rectas costeras, próximas al Océano Pacífico, desaparecieron casi en el acto, y atrás quedó, esfumado con el ojo de un farol en la torrecilla de un cuartel, el pueblo que llamé de las once mil piedras calientes, con sus cocoteros, sus plantaciones de caña, sus bananales, sus papayales, todo sustituido por la vegetación de las primeras mesetas, recortada en verdes metálicos sobre el aire del amanecer. Cambié de ruta, antes de llegar a un lago, dejando la carretera de asfalto por un camino de tierra y fui dando tumbos por entre minúsculas poblaciones, hasta la finca «Grano de Oro», donde debía entregar las armas, pues no era prudente llevarlas hasta la capital. En estos poblados la vida ya empezaba, gallos, gallinas, cerdos, recuas, vacadas, llamadas a misa y cornetas que tocaban diana.

Por una amplísima calzada de amatones que casi la cubrían con sus ramas, rodé hacia el interior de una de las más famosas fincas cafetaleras de la región, donde, frente a la casa, ya me esperaban sus propietarios, dos caballeros de caras enjutas, el mayor de ellos entrecano, ambos con ojos pequeños y pómulos asiáticos. Apenas detuve el camión se acercaron a saludarme en perfecto inglés, consultando sus relojes de pulsera como diciéndome: ¡Se ha retrasado usted, apúrese, hay que ganar tiempo!... Salté de mi asiento, frente al timón, el casco echado hacia atrás, pañuelo en mano para enjugarme el sudor, y fui con ellos hacia la parte posterior del transporte a efecto de abrir las compuertas y proceder a descargar y esconder las armas en la casa... ¿las armas?... pero... ¿qué armas?... el camión venía vacío...

Se me aflojaron las piernas, los pies más pesados del orbe, sin dar crédito a mis ojos, mientras los hermanos del cafetal, alarmados, cada vez más alarmados, mirándose entre ellos y mirándome, repetían: ¡No hay nada!... ¡No hay nada!... Salté, era imposible, era un engaño de los ojos... Allí estaban las armas, sí, allí estaban... Mis pies, como los de un futbolista enloquecido, fueron lanzando patadas a todos lados, en el espacio vacío del camión, sin chocar con fardo alguno... No había nada... Se habían volatilizado los bultos que venían en el camión... Me arrojé a buscarlos con las manos... Allí tenían que estar... ¿Cómo podía desaparecer todo un cargamento?... Pero sólo encontré el paracaídas... el abrigo... el abrigo... esta vez, no de la mujer, sino del armamento que no hallé...

¡Condenada cosa estar en Brooklyn!

¿Caerse? ¿Cómo se podían haber caído, si la compuerta la encontramos asegurada con sus pernos y cadenas?

¿Robo? ¿Quién, si no me detuve en todo el regreso, y vine a gran velocidad, salvo en las cuestas, pues, por el peso que traía y la pendiente del camino, aminoré la marcha?

¿Sueño?... ¿Sueño como el de las fieras comiéndose a los cristianos ricos?... ¿Sueño como el de la atropellada, de la que sólo encontré el abrigo?... ¿Pero cómo iba a ser sueño que las había cargado y echado al camión, bulto por bulto, si tenía las espaldas molidas y las manos con ampollas grandes como huevos de paloma?

Entonces sí me creí con la cabeza perdida. Todo aquello era inexplicable. Pero no estaba borracho. Los propietarios del «Grano de Oro», que esperaban las armas en medio de cafetales floridos, blancos, nevados, me traspasaban con sus enigmáticos ojos de caciques educados en Columbia University... El más joven corrió a sacar su automóvil de un garaje disimulado por una enredadera y desapareció a todo motor por donde yo acababa de llegar. Iría a ver si las había dejado regadas por el camino. Era lo más probable. Después supe que ganaba la población para hablar por teléfono con el *Ambassador* que esperaba noticias de la llegada del armamento y el parque.

Tendría que presentarme a las autoridades del país, por lo de la mujer atropellada, cuyo abrigo dejé botado en el lugar del accidente, me quemaba la curiosidad, saber cómo habían encontrado a la víctima, muerta o herida, y por lo de las armas, tendría que responder al terrible *Ambassador*. En balde trataría de probarle con los lomos molidos y las manos a la miseria, mi esfuerzo, todo lo que había hecho, para cumplir la misión a conciencia. Serían idioma más elocuente para denuncia mi borrachera, los raspones de mi frente y mi nariz.

Me aparté del camión paso a paso. Llevaba a la espaldas el paracaídas como un capote blanco, un cigarrillo en los labios, y acepté del propietario del «Grano de Oro» una taza de café y una silla.

¡Condenada cosa estar en Brooklyn!...

El *barman* plantóse de nuevo frente a él, la botella de *scotch* en la mano, los ojos húmedos de una alegría de banderas, la sonrisa del que conduce pasajeros, y le llenó la copa. Algo sabía el *barman* de la vida del sargento Harkins. Sabía que era de California, graduado en alguna universidad, probablemente en la de Standford, periodista, trotamundos... y, como él mismo decía, poeta que la segunda guerra dejó «durmiendo un sueño sin sueños».

—¿Borracho yo?... En lugar de sacar el trasero para hacer la venia al *Ambassador*, se lo debí poner en la cochina cara de pederasta, pero ya la venia estaba hecha, mi pie corrido treinta y cinco centímetros a la izquierda, y mis manos cruzadas a la espalda.

—¿Dónde dejó usted las armas, sargento?

—No sé, *Ambassador*...

—¿Las cargó usted en el camión?

—Sí, *Ambassador*, yo mismo las cargué.

—¿Y cómo explica usted que no hayan llegado en el camión?

—No me lo explico, *Ambassador*...

—¿No se le cayeron en el camino?...

—No sé, *Ambassador*...

—¿Se las robaron?

—No sé, *Ambassador*, pero no me detuve en ninguna parte...

—¿Estaba borracho?

—¡No, *Ambassador*!...

—Se presentará usted a responder ante las autoridades militares de la Zona, en Panamá.

—No estoy movilizado, *Ambassador*...

—¿Y cómo está aquí?

—Como turista, *Ambassador*... Invitado a pasar el *week-end*...

—Pues sepa, estúpido, que estamos en guerra...

—¿En guerra?... —desorbité los ojos...— ¿En guerra con Rusia?... —pregunté.

—¡No, sargento Harkins, no se haga el imbécil, estamos en guerra con este país, y usted está borracho!

—Sí, *Ambassador*, estoy borracho...

—Hace un momento decía que no...

—Pero ahora digo que sí. Si usted afirma que nuestro país, el más poderoso del mundo, está en guerra con esta república en miniatura, estoy borracho, totalmente borracho.

—Se le entregará el pasaje para Panamá y debe presentarse, bajo su palabra, a las autoridades militares de la Zona.

—Antes tengo que presentarme aquí a la policía, porque anoche atropellé a una mujer.

Pero el diplomático ya no oyó mis palabras. Había vuelto las espaldas y salía militarmente, seguido de los dos propietarios del «Grano de Oro». Junto a estos aindiados, se veía corpulento como un verdugo disfrazado de deportista.

Me desplomé en la silla. Estaba borracho. Sólo borracho podía creer que mi país, el país más poderoso del mundo, pudiera estar en guerra con un país tan pequeño, tan inofensivo... ¡ja... ja... ja!... era una vergüenza y había que estar total, absoluta, completamente borracho, y seguir así, para creerlo... borracho... borracho de caerse...

¡Condenada cosa estar en Brooklyn!

2

El encargado de dar las informaciones policiales a la prensa, gendarme al que le faltaba un brazo y sobraban ojos, conocía muy bien a los reporteros de los diarios. Aquella mañana no llegaban en ayunas del notición, sino a que él se los confirmara oficialmente. Le bastó oírlos acercarse en pelotón de asalto a su despacho, verles entrar lápiz y papel en mano quitándose la delantera, el sombrero bajo la bisagra del sobaco, los que aún usaban esa prenda inútil, sin corbata algunos, otros sin saco, con guayabera, todos nerviosos, gesticulantes, sin alcanzar aliento, tantos eran los signos de interrogación que, como anzuelos, traían de la ciudad que hervía de rumores.

Pero se dieron con el pisapapeles en los dientes o él mismo les hubiera dado, pues si siempre que ellos entraban lo escondía, no faltan cleptómanos entre la gente de pluma, esta vez lo empuñó para hacerse respetar, apretando con los dedos de la mano derecha el globo de cristal en que se veían las figuritas de un hombre y una mujer faltando a uno de los mandamientos.

Los reporteros se replegaron ante la actitud del belicoso manquizurdo que no sólo no les daba oídos, sino los amenazaba con expulsarlos, mientras ellos le explicaban que la gravedad de la noticia que venían a confirmar, les había hecho perder la cabeza y precipitarse a su despacho en forma irrespetuosa. No eran píldoras ni palillos de dientes lo que se encontraron esa madrugada en la carretera del Pacífico, sino armas de todo calibre y millares de balas.

Uno de todos salvó la situación:

—Yo tengo un pisapapeles igual al suyo, sólo que el hombre y la mujer están vestidos.

El manquizurdo se desarmó. Su lado flaco eran los pisapapeles obscenos.

—Vestidos, pero... ooh...

—Sí, sí, vestidos, qué tiene de particular...

—Entonces es mejor el mío... en cueros, vea... en cueros...

—No sé si es mejor... el que yo tengo es muy gracioso... el hombre está con sotana y la mujer con mantilla...

Al manquizurdo se le llenó la boca de sanguaza, los ojos brillantes, y como no se podía frotar las manos, se estrujó de gusto una rodilla con otra.

—¡Un cura con su hembra!... —gritó—. Y se ve bien que están...

—Sí, se ve bien...

—¿Y cómo están?

—¿Cómo, cómo están?... ¡En algo que sólo un hombre y una mujer pueden hacer juntos!...

—¡Ella, ella! ¿cómo está?

—Arrodillada...

—Arrodillada... —repitió el manco con voz de babas, antes de inquirir, curioso, lascivo—: ¿Y el cura?... ¿Y el cura?...

—Sentado...

—¿Sentado?...

—¡Y cómo quería que estuviera, si la está confesando!...

Todos soltaron la carcajada y el manco celebró la broma con tales risotadas que ya se ahogaba, llorosos los ojos, los bigotones en desorden, la manga sin brazo bailoteándole como moco de chompipe, y no deja de reírse si los periodistas, creyéndolo anestesiado por las carcajadas, no tratan de extraerle la confirmación oficial de la noticia.

Le cambió la cara.

—Váyanse al M... de la Defensa... queriéndome embrocar... —les vomitó—; ésa es información militar y no de la policía, y si les falta papel, aquí les prepararé un boletín con la noticia de un abrigo de mujer que se encontró cerca de la estación «Eureka»...

—¡Qué susto le daría la policía a esa pobre pareja, para que ella haya dejado abandonado hasta el abrigo! —exclamó el que le había hecho la broma.

—Y que no estarían como en su pisapapeles, vestidos y confesándose —acotó el manco—, sino como en el mío...

—¿Y le parece justo, jefe, que mientras usted colecciona pisapapeles con parejas desnudas, la policía no deje en paz a las parejas que proveen a la ciudad de pisapapeles vivos? —le argumentó uno de los reporteros, el único que le recibió el boletín. Los otros ni se dignaron leerlo. Andar a la caza de confirmación oficial del notición de las armas encontradas en el camino y volver a sus diarios con la nueva de un abrigo de mujer abandonado cerca de la estación «Eureka», era para que los echaran.

—¡Armas... armas... la noticia del día... se descubren armas en la carretera del Pacífico... armas...!

Los voceadores de los diarios recorrieron la ciudad con este grito, y la gente asomaba a las ventanas, salía a las puertas, corría tras ellos, hasta tener el papel con letras en las manos. No les bastaba oír la noticia a los voceadores. Oída la tenían desde que circuló el rumor por la ciudad. Querían leerla, deletrearla...

—¡Armas!... ¡Armas!... ¡La noticia del día... se descubren armas en la carretera del Pacífico... armas... armas!

—Sí, señor, me llamo Marcos Paz...

—Tenemos ante el micrófono, amigos oyentes, al señor Marcos Paz, uno de los chóferes que descubrió en la madrugada de hoy, los primeros fardos del gran cargamento de armas y parque, regados a lo largo de la ruta Capital-Puerto de San José. Es un hombre de mediana estatura, moreno, sin mucha nariz, por eso le llaman «Chato», y va a contarnos cómo descubrió esos bultos. La palabra del señor Marcos Paz...

—Pu... ru... pupú!, no hay mucho que contar, que se diga... Salí del puerto en la madrugada con pasajeros...

—Han oído ustedes —intervino el perifoneador—, salió del puerto con un cargamento de pasajeros dormidos...

—No sé si venían dormidos, pero ¡pu... ru... pupú!, yo venía bien despierto. Adelantito de Masagua apareció el primer bulto botado en medio de la carretera... ¡pu... ru... pupú!... nunca pensé lo que era...

—¿Qué hizo usted?

—¿Cómo, qué hice?... parar...

—Sí, se entiende que paró...

—Sacudí a mi ayudante que venía cabeceando, para que bajara a ver de qué se trataba, y volvió con la cara pálida a decirme que era un bulto con armas. ¡Pu... ru pupú!... dije yo... y me bajé... Efectivamente eran armas... Allí nomás las alzamos, para echarlas en la camionetaa, y adelante encontramos un segundo y un tercer bulto... tres encontré yo...

—¿Y cómo estaban?

—Botados... como cuando un camión en marcha va dejando caer la carga que lleva...

—¿Esto lo podría usted afirmar?... ¿No cree usted que hayan sido arrojadas de un avión?

—¡Pu... ru... pupú! firmar no...

—Afirmar...

—Tampoco, tampoco... pura suposición...

—Y en qué se basa...

—Bueno, en que por donde estaban los bultos caídos, se miraban las huellas de llantas de bocadillos grandes, que sólo podían ser las de un camión de más de dos toneladas... ¡Pu... ru... pupú, los aviones no dejan huellas, y allí sí que se miraban patentes las huellas de un camión!...

—Y qué más podría usted decirnos... qué hizo con las armas... se las llevó a casita...

—¡Dios guarde!... la entregué en la Comandancia de Santa María, y quién le dice a usted que hubo que hacer cola, con todos los que allí estaban entregando los fardos encontrados... camioneros... automovilistas... hasta carreteros...

—Agradecemos al señor Marcos Paz ¡... pu... ru... pupú!, haber hablado para nuestros oyentes por estos micrófonos...

La noticia del día eran las armas. ¿Quién entonces estaba para fijarse en aquel pequeño suelto publicado en una página interior? Pocas líneas: «Ayer a las 21 horas y 53 minutos, cerca de la estación "Eureka" se encontró abandonado al borde de la vía pública que va del "Guarda Viejo" a "La Reforma", un abrigo de mujer color vino tinto con la manga del lado derecho casi desprendida. En los bolsillos se le hallaron dos fichas de ruleta, una de diez dólares color marfil, y otra de cinco dólares, color rojo, así como una tarjeta de visita con el nombre de "Ada Nuffio, Profesora de Educación Física"».

3

—¡Condenada cosa estar en Brooklyn!... No les negué más mi borrachera... para qué... mejor que me creyeran borracho... sólo considerándome yo mismo en completo estado de ebriedad, inconsciente, totalmente inconsciente, podía aceptar que obraran conmigo como si en verdad lo hubiera estado... ¿Iba o no iba borracho cuando fui a traer las armas?... Ya convenimos en que no iba borracho de caerme, pues... de caerme no iba borracho, de tambalearme, sí... si eso es suicidarse, yo no me dejo de suicidar un solo día... me suicido todos los días... antes me rasuraba todos los días como las personas educadas... ahora me suicido todos los días...

El encargado de investigar lo que ya se llamaba «Affaire Harkins», miembro del Servicio de Inteligencia Federal, de la Agencia Central de Inteligencia y hombre de confianza del *Ambassador,* trajo la Biblia... Creí que me iba a hacer jurar borracho... No fue así... La trajo, la abrió, y dijo:

—¿Sabe usted algo de la resurrección de Cristo?...

—Algo... —le contesté.

—Pues si sabe recordará, sargento, que en el Capítulo 28, versículo 2, según San Mateo, leemos: «Y he aquí, fue hecho un gran terremoto: porque el Angel del Señor descendiendo del cielo y llegando había revuelto la piedra y estaba sentado sobre ella.»

Y menos iba a entender en seguida, cuando me preguntó a quemarropa, qué ángel había abierto por detrás la compuerta del camión.

—Sí, sí... —afirmó ante mi silencio clavándome en los ojos sus pupilas claras de huevo ligeramente azul y sin esperar respuesta, extrajo del bolsillo lateral de su americana un periódico que traía doblado, lo extendió abriendo los brazos y con la cabeza sepultada en sus páginas, le oí leer, como a un apuntador de teatro, la noticia del abrigo, y, terminando la lectura, sin dejar que yo hablara, al sacar la cabeza del papel, exclamar:

—¿Insignificante, verdad?... Pues para mí, en esta noticia, está toda la clave de la cuestión... Si la tumba del Señor la abrió un Angel, la compuerta del camión, la abrió otro Angel...

Tuve que sacudir la cabeza, como cuando le queda a uno agua en el oído, para darme cuenta que no era yo, que era él, el mejor de los policías del Servicio de Inteligencia, el que deliraba, como borracho.

—¿Insinúa —le dije— que fue la dueña del abrigo, por la tarjeta que llevaba en el bolsillo, probablemente Ada Nuffio, la que abrió la compuerta del camión para que se cayeran las armas?

—No insinúo nada, sargento...

—Le quería explicar: entre el sitio en que atropellé a esa persona y el lugar en que recogí las armas lanzadas por uno de nuestros aviones, hay una distancia de por lo menos ochenta kilómetros, y entre la hora del accidente, antes de las diez de la noche y la madrugada en que estuve cargando las armas, habían pasado muchas horas. ¿Cómo aceptar entonces que a esa distancia y con esa diferencia de horas, la persona atropellada, probablemente Ada Nuffio, hubiera podido abrir la compuerta del camión, para que se regaran las armas en el camino, cuidando de cerrarla después?

—Esa es la incógnita, y vamos a tratar de resolverla, sargento. Dice usted, y su declaración fue grabada en cinta magnética, lo que me ha permitido escucharla varias veces, que en el momento del accidente alcanzó con el rabo del ojo, el cuerpo de una persona lanzada al aire con los brazos abiertos y que al detener el camión, mas adelante, y volver a prestarle auxilio, esa persona había desaparecido.

—Sí, es muy misterioso... —le respondí.

—¿Podría usted, sargento Harkins, decir si vio la cabeza, la cara, las manos, los pies de esa persona? Ya me dijo que no, que en aquella fracción de segundo sólo le fue dable percibir el bulto, la forma humana que pudo ser sencillamente el abrigo y lo que creyó los brazos, las mangas en movimiento, y en ese caso he llegado a la conclusión que esclarece el enigma: la persona atropellada fue expedida del abrigo, en el momento del choque, y así se explica que usted no la encontrara...

—La habría encontrado en el suelo... —le interrumpí.

—Déjeme concluir... no la encontró, porque cayó donde usted menos se imagina, donde no buscó.

—Ya le he dicho que no estaba borracho de no saber lo que hacía...

—Sí, pero también me ha dicho que en ningún momento subió a revisar el camión, ni siquiera cuando cargó las armas, pues sólo fue empujando los bultos que fácilmente se deslizaron hacia el interior por la cama de la carrocería...

—Sugiere usted... que cayó dentro del camión —le interrumpí—. ¡Imposible... el bulto apenas alcanzó la altura de la rueda y movió los brazos expedido hacia afuera!

—Los brazos o... las mangas... y con lo que usted dice, sargento Harkins, no hace sino confirmar mi hipótesis: mientras el abrigo era lanzado como un cascabillo hacia afuera, una simple cuestión de balística, el cuerpo humano era expedido hacia lo alto como una bala, y al perder el impulso se desplomaba dentro del camión...

—Creo que al parar el camión le habría oído lamentarse, llorar, quejarse... o al volver a buscarla bajo las ruedas...

—¿Y si estaba inconsciente?...

—¿Quién?...

—Ella...

—Ah, sí, ella, ella... —me mordí los labios.

—Cayó dentro del camión exánime y no fue sino más tarde cuando recobró el conocimiento, tal vez cuando el aerotransporte sobrevolaba el terreno en que dejó caer las armas...

—¡No podía haber estado tan borracho! —grité desesperado—, y, además, es imposible que una persona que ha sido atropellada, que va exánime, que ha perdido el conocimiento, al recobrarse esté apta para darse cuenta que eran armas lo que yo estaba cargando y hacernos esa jugada...

—No se presentó usted ante las autoridades policiales...

—No...

—En eso ha hecho bien. Sería ponerlos en guardia sobre la identidad del camión que atropelló a esa persona que, sin quererlo y sin que usted lo acepte, fue su pasajera en el camión...

Me exasperaba que me interrogara en aquella forma velada, pero me abstuve de reaccionar, contentándome con rascarme la cabeza y decir a manera de conclusión:

—Por otra parte era un secreto militar...

—Era, dijo usted bien, era, porque para mí que había dejado de ser un secreto... El espionaje de estos salvajes está operando muy bien en Panamá. Lo que no se puede negar es que ha sido un golpe de mano maestra, y ya verá cómo se confirma lo que yo sostengo: la clave de este enigma está en el accidente... Ya tendremos noticias de Panamá y también de esa Profesorcita de Educación Física, Ada Nuffio...

4

Sobre las pistas negras, charoladas, superficies de agua dura, hielo de alquitrán, la modorra de las luces de los hangares, los trompos rutilantes de los faros aquí y allá encendiéndose y apagándose y en un extremo, hacia el mar, en medio de la más mojada oscuridad, un trozo del día conseguido a costa de millares de voltios, claridad cegante que bañaba las masas de un enorme avión de transporte y un Tunderbolt P47.

De espaldas a la luz, pegados a las superficies metálicas de los aviones, grupos humanos igual que títeres mostraban sus rostros ensangrentados, y no era sangre, sino pintura, al ir borrando las marcas rojas de las alas y los costados.

... Yo me quiero divorciar
para casarme contigo...

... Yo me quiero divorciar
para casarme contigo...

El negro Turundré seguía haciendo tambor en la panzota del Tunderbolt, con la mano que no borraba estrella, pabellón, letras, números... que no borraba... que no borraba...

... Yo me quiero divorciar
para casarme contigo...

Muchas otras manos borraban, pero la de él, la que tocaba el tamborcito en la panzota del avión, no borraba estrella, pabellón...

No eran tantos los del turno extraordinario y se trabajaba en un lugar apartado del tráfico, con paga igual a la del tiempo de guerra...

—¿Volverá la guerra, Turundré? —le preguntó un mulato que también borraba a su lado, estrella, pabellón...

—¿Volverá?, qué pregunta. Si no se ha acabado. Sólo que le llaman «guerra fría»...

—Guerra pobre debe ser... —apuntó el mulato dejando quietas las pupilas de miel negra en las córneas de aluminio—. ¿Y para esa guerra fría, chico, estaremos borrándole las identificaciones a estos aviones?

—¡Ah!... —abrió la bocaza el negro, mostrando la cavidad roja con las filas de dientes blancos—. Para guerra ahora bombardero. Sólo mejor, sólo bombardero, sin estrella, sin pabellón, sin letras... mejor...

—Mejor para qué...

—Mejor para todo...

—Y qué estabas hablando con el Administrador del Teatro...

—¿Hablando?... —se sorprendió Turundré.

—Te vi... —y con un dedo colorado de polvo de pintura, el mulato se tiró el pellejo de la mejilla para dejar más desnuda su plateada córnea de aluminio.

—Hablando... —se alzó de hombros el negro.

—Te vi... Le estabas preguntando, Turundré, ¿para qué nos ponen a borrar el pabellón de estos aviones?...

—Sí, eso le estaba preguntando...

—¿Y él qué te dijo?

—Que pa que hubiela tlabajo... hay mucho desocupao...

—Si están recién pintados... ¡Carajo, como que no supiera yo para qué... quién no lo sabe...!

Los mares se lanzaban uno contra otro a través de aquella delgada cintura de tierra, sin alcanzar a morderse, encadenados por sus oleajes, mostrándose los dientes de espuma a cada tarascada de cristal, y dejando oír hasta muy lejos sus bramidos. Empezó a llover. Turundré no se mojaba. Veía mojarse a los compañeros, a los que trabajaban en la cola del avión, raspando los números, hasta hacerlos desaparecer. El, bajo un ala, muy contento, borra y borra pabellón y estrella...

Pero ahora hasta de día estaban despintando aviones de transportes y bombarderos. Turundré asomó por el Teatro Cometa a media siesta. Cerrado. Todo cerrado. Ni las palmeras parpadeaban. Dormitando bajo los chorros calientes del sol perpendicular, Turundré tampoco parpadeó, sus grandes pestañas negras se quedaron en la orilla de sus párpados, como barbas de hoja de palmera. Era horrible cantar cuando todos hacen la siesta. Pero tenía que hacerlo. Ya por allí tenía que hacerlo. Y tarareó primero, sin la letra, luego silbó la música, y por último, soltó la voz de negro, que sólo abre la boca y emite el sonido, desde la garganta:

... Yo me quiero divorciar
para casarme contigo...

... Yo me quiero divorciar
para casarme contigo...

Apenas cantó, a un ventanuco se asomó una cabeza, saludándolo desde arriba con su nombre:

—¿Qué tal, Turundré?

Y no tuvo tiempo de contestar ni de escupir dos veces, ya estaba junto a él, el Administrador del Teatro Cometa:

—¿Cuántos limpiaron hoy? —se apresuró a preguntarle; hombre enjuto, narigón, de amplia frente, con la boca olorosa a carbón vegetal, santo remedio para los agrios, que son las vísperas de la úlcera, que es la víspera del cáncer.

—Un transporte que va a salir en seguida, y un bombardero de los grandes aunque algo viejo.

En la mano de Turundré quedó un puñado de billetes crocantes.

—¿Y al piloto colombiano lo viste? —preguntó aquél, mientras se abrochaba la bragueta, había bajado de su casa con la bragueta abierta.

—No, a Silvano no lo vi. Esos aviones grandes no se los dan a ninguno, sólo ellos los manejan.

33

Al desaparecer el Administrador del Teatro Cometa, Turundré se detuvo a contar el dinero que le había dado, junto a una palmera. Luego siguió por la Avenida Central. Una leche de coco le estaba pidiendo el cuerpo.

El transporte despegó fácilmente de la pista y encumbróse en vuelo rasante sobre hangares y edificios de Panamá que pronto no fueron sino borrosos puntos blancos, manchas de colores. Hubo que anunciar que un aerotransporte sin identificaciones partía en ese momento hacia el norte, y no obstante el aviso, ciegos y casi instintivos, moviéronse hacia la silueta cruciforme, miles de baterías antiaéreas.

Bajo un cielo cubierto de nubes, en los lugares en que el toldo se rasgaba, veíanse confundirse en piélagos de esmeralda y turquesa tierras y mares a lo largo de las costas de Centroamérica, y después de algunas horas de vuelo, cuando el transporte empezó a descender, la inmensa masa de agua de los lagos, tan próximo uno del otro que antojaban dos copas en el momento de un brindis.

No aterrizaban del todo y ya una tropa de sombras blancas, como enfermos de un asilo de locos, los pies desnudos, algunos con sombreros de palma, asaltaban la nave cargados de fardos y cajas, en procesión silenciosa. Una doble fila de guardias de uniformes blancos, botas relumbrantes y sombreros de «cow-boys», pistolón al cinto y fuste en mano, seguía con ojos atentos el ir venir de los cargadores. Nadie se atrevía a pronunciar palabra, pero todos sabían que cargaban armas y parque, y menos a pronunciar el nombre del país adonde, más tarde, se dirigiría el transporte que mostraba contra el cielo, sobre el campo seco, las cuatro cruces de sus hélices girantes.

5

¡Anterior volumen indíqueme, otro no!... ¡Anterior volumen indíqueme, otro no!... —se oyó la cháchara monocorde de un radioaficionado de Panamá (que tenía su transmisor en el Teatro Cometa)... Aquí Panamá, aquí Panamá, aquí Panamá llamando a Luis Morh a Guatemala... llamando a Guatemala... Guatemala... ¡Anterior volumen indíqueme, otro no! ¡Anterior volumen indíqueme, otro no!...

En Guatemala, calle del Cementerio, al fondo de un jardín cerrado por una puertecita que de tanto llegar sol parecía de hueso muerto, despintando el rótulo. «Se venden flores», en una casa de dos aleros, entre enredaderas y alambres, un radioaficionado capta: «Anterior volumen indíqueme, otro no» y deduce, escribiéndolo de corrido y extrayendo la primera letra de cada palabra: ¡¡AVION!!

... Cambio... cambio... cambio... le estaba pidiendo Panamá..., y se oyó Guatemala...

... Le estoy dando el cambio... Panamá... Panamá... Panamá... le estoy dando el cambio... aquí Guatemala... aquí Guatemala... Guatemala le está reportando... ha tomado nota de su pedido... «Anterior volumen indíqueme, otro no»... pero le voy a dar de nuevo la palabra... cambio... cambio... Panamá... cambio... cambio... le voy a dar de nuevo la palabra, porque es inútil que le dé el volumen que me pide, sin saber en qué onda ha salido... si ha salido en la de costumbre, porque no es cuestión de volumen...

... Ya sé, ya sé, pero recuerde que soy aficionado y no sé muy bien eso de volúmenes y salidas de ondas... lo cierto es que la mía salió y llegó allá con usted... y voy a fijarme bien en qué onda salió... pero habiéndome captado usted, yo ya sé que salió... aunque creo que carga mal mi condensador... ¿carga mal?... no está cargando... no carga nada... me oye, Guatemala, Guate... Guate... Guate... me oye...

En Guatemala, calle del Cementerio, acaba de pararse frente a la puertecita de un jardín donde se venden flores, un viejo quebrado en tres pedazos: hasta las rodillas que al arrastrar los pies inclina hacia adelante, uno; de las rodillas a la cintura echada hacia atrás, otro; y de la cintura a la espalda cargada de años, el tercero, faltando mencionar la cabeza tronchada sobre el pecho.

—¿Botella hay... botella?... —grita golpeando la puerta con su bordón.

Nadie responde. Sólo se oye, tras la puerta de hueso muerto, el vuelo de las mariposas que van recorriendo las flores en su ronda de mieles y perfume.

La mano del radioaficionado anota sobre un papel, ajeno a los golpes que están dando en la puerta, no los oye porque tienen los auriculares puestos:(Avión salió de Panamá sin carga..)

Panamá le estaba pidiendo el cambio y se lo dio...

... Panamá... Panamá... Panamá... le estoy dando el cambio... le escucho en perfectas condiciones, aunque al principio no me fue fácil identificar su llamada...

... ¿Era la incógnita en su cuadrante?... rio Panamá en una especie de estornudo... pues seguiré llegando siempre de incógnito... sin identificarme... alguien nos está interfiriendo... aló, Guatemala, Guatemala, Guatemala... nos están interfiriendo...

El viejo quebrado en tres pedazos golpea desde la calle, preguntando con su voz tostada por el catarro de las edades, si hay botellas vacías en venta, y tras esperar un rato largo que alguien le abra, se voltea y va acercando las posaderas a la grada de la puerta, para sentarse y descansar un poco.

... Aló... aló... Guatemala... Guatemala... le decía que nos estaban interfiriendo... es un buen amigo de Nicaragua que me reporta todas las veces que puede, y me carga porque siempre sale a decirme que es de Managua, como enjuagándose con vocales y a burlarse de mí... sin duda me oyó decir que mi batería no cargaba, porque me resultó invitando a trasladarme a Managua, para cargar... véngase... véngase... y ya verá que carga ahora mismo...

En Guatemala, calle del Cementerio, jardín donde se venden flores y no botellas vacías, el viejecito se ha dormido en la puerta, las moscas en la cara, resollando, roncando, separado por rosas, claveles, dalias, magnolias, hortensias, azucenas, de la casa en que el radioaficionado copia: «Avión salió Panamá sin carga, para cargar ahora mismo en Managua..)

Cargar qué...

... aquí Guatemala... aquí Guatemala... dígame, Panamá, Panamá, Panamá... dígame, Panamá... cómo le quedó su armazón que estaba haciendo para su antena... armazón le llamamos nosotros... ¿Cómo le llaman ustedes, armazón?... armazón... cambio... cambio... cambio... Panamá... Panamá... le voy a dar el cambio... le preguntaba si instaló su antena y si le puso lo que nosotros le llamamos armazón... y que no sé si ustedes también le llaman así, armazón...

... Sí, sí, armazón... armazón le llamamos nosotros... sí, sí... Guatemala... armazón, armazón... así le llamamos en Panamá... me quedó buena, pero creo que la voy a cambiar de lugar, que la voy a poner frente al parque... el parque que hay aquí frente a mi casa... un parque tan lindo que todos dicen que es mucho parque para Panamá... pero lo dejo, amigo de Guatemala, y volveremos a conversar si está usted por allí en la madrugada... no se me vaya a dormir... y no se olvide de saludar al señor que me ofreció obsequiarme el anillo de esmeraldas... dígale que no lo vaya a jugar a la ruleta...

El parte estaba completo:

«Avión salió de Panamá sin carga, para cargar ahora mismo en Managua armas y llegar a Guatemala en la madrugada, avisarle en el casino al amigo del anillo de esmeraldas...»

Al salir el radioaficionado se llevó por delante al viejecito que dormía en la puerta.

—¡Eh, viejo, aquí no es lugar de dormir!

—¡Espérese... ya me va a tocar dormir enfrente! —y señaló con un movimiento de cabeza el cementerio—. Me senté, mientras venían a abrir, pero como aquí no vive gente o son sordos... tal vez tienen botellas vacías para vender...

—Para romper, diría yo... —y le señaló una botella que se le había hecho pedazos frente a la puerta.

—¡Ya hice una que no sirve!... —exclamó el viejo, y con la voz mohosa de aflicción, moviendo la cabeza de un lado a otro ánte lo irreparable—: Una gran pérdida para mí...

—Un veinticincón para que se ayude... —largóle aquél una moneda de veinticinco centavos—, y para que recoja los chayes...

—Lo haré... lo haré... no se disguste... —pujó el viejo, dispuesto a barrer los vidrios con la bolsa de brin que llevaba al hombro, pero antes se encaró con el radioaficionado, y le dijo: —Diz que es mal agüero quebrar una botella vacía, pero cuando la botella es verde, color de esperanza, trae buena suerte...

Aquél ya no oyó lo que sobre botellas y agüeros siguió explicando el viejo. Había que ganar tiempo, movilizarse. El era un S.P.S. en guerra y llevaba hacia el cuartel general de los S.P.S. (Sociedad Patriótica Secreta), el parte transmitido desde Panamá. No era supersticioso, pero mientras cruzaba un baldío buscando hacia la puerta del cementerio, donde siempre había automóviles de alquiler, pensó que alguna relación debía haber entre el anillo de esmeraldas y la botella verde que se le rompió al viejo ante la puerta... y que por ser de buen agüero, les traería la suerte de capturar las armas.

6

—¡Condenada cosa estar en Brooklyn!... No sabíamos quién era Ada Nuffio ni el policía aquel dejaba de suponer imposibles... sí, imposibles... como tuve que gritárselo a la cochina cara inmóvil de cartón mascado... Eso de que la persona atropellada por mí, hombre o mujer, hubiera caído dentro del camión era imposible... se le paralizó más la cara cuando le hice ver que el camión iba cubierto con una lona, y que de haber caído un cuerpo cualquiera, habría rebotado en el toldo y en seguida, largo a largo, dado en el piso, donde yo no era ciego para encontrarlo.

—En eso no había yo pensado... —murmuró, fijando

sus pupilas de clara de huevo azulenca, en mi nariz lastimada—, es decir no sabía que el camión llevase un toldo. En el afán de explicarse uno las cosas, olvida los detalles. Sostengo, sin embargo, que la clave del misterio sigue estando en la persona atropellada... sí... sí... —cambió de idea—, lo del abrigo pudo haber sido una simple treta... ¿Afirmaría usted, bajo juramento, sargento Harkins, que la persona que vio saltar hacia arriba en el momento del choque, del accidente mejor dicho, era una mujer?...

Moví la cabeza negativamente.

—Cabría la hipótesis de que hubiera sido un hombre. Tira el abrigo al aire, corre a un escondite, el encallejonamiento estaba lleno de sombras y le bastó quedar agazapado, y al detenerse usted y volver atrás para prestarle auxilio, dirigiéndose al bulto que creía la víctima y era el abrigo, le juega la vuelta y trepa a ocultarse dentro del camión.

Se frotó las manos. Casi me abraza.

—¡Felicitémonos, sargento, porque hemos dado con la clave del asunto! Ya tenemos la explicación...

—No estaba tan borracho —murmuré al rechazar su hipótesis—, habría oído el menor ruido...

—Entonces explíquelo usted...

—Mi explicación no ayuda a resolver la incógnita de la mano que abrió y cerró la portezuela del camión, para que se regaran las armas en el camino —le contesté y sin darle tiempo a que hablara añadí—: La explicación del accidente, a mi modo de ver es más sencilla. Al arrebatarle el abrigo el aire de la rueda a la dama que marchaba en la misma dirección que el camión, hasta ahora todo nos hace suponer que era una dama, su reacción natural, humana, instintiva, fue escapar a todo correr de la inmensa mole rodante que acababa de poner en peligro su vida, lo que la hizo volver hacia atrás, en el sentido contrario del que yo traía cuando bajé a auxiliarla, y por eso no la encontré; bajo la acción del susto puso distancia velozmente, sin pensar en el abrigo...

—Pero, entonces, quién... quién... Harkins... abrió la compuerta del camión...

—El Angelito... —pensé contestarle, casi lo digo, para reírme un poco, pero el hombre estaba seriamente preocupado.

—Operamos en un país enemigo —mascullaba...

—¿Enemigo? —tuve intención de decirle—, y los ferrocarriles son nuestros, los muelles son nuestros, los transportes marítimos son nuestros, los transportes aéreos son nuestros, las comunicaciones cablegráficas y radiotelegráficas son nuestras... sólo que nos estemos ya declarando la guerra a nosotros mismos...

—Es tremendo... —mascullaba—, nuestros servicios de espionaje no se dan alcance, créame, no se dan alcance y algo más, son bastante nulos, de una nulidad que no llora sangre, sino dólares, porque se les paga muy bien, muy bien, tan bien que cualquiera sabría sobre usted algo más de lo que ellos han logrado establecer...

—¿De quién, de mí?

—De sus contactos, Harkins... Hacen hincapié en su simpatía por los republicanos españoles, lo que parece le llevó a quererse enrolar en la defensa de Madrid...

—Es cierto... —le contesté.

—¡No, no puede ser, sargento Harkins —se le llenaron los ojos de una hiel pelada—, es imposible sospechar de usted! Sus importantes servicios durante la guerra, lo ponen a cubierto de cualquier sospecha...

—¿Qué quiere usted decir? —le grité.

—Yo nada, otros son los que insinúan que usted pudo abrir la compuerta, para dejar caer las armas...

—¡Estúpidos!

—Sí, es una estupidez; de haber sido usted, la deja abierta y explica tranquilamente la pérdida de las armas, como un accidente de ruta...

El *barman* asomaba frente a Harkins, cuyos dientes amarillos, desiguales, destilaban angustia salivosa, y le renovaba la dosis de *whisky* multiplicada, y la de cerveza, sumada.

—¡Condenada cosa estar en Brooklyn!...

El *barman* sabía de memoria, tantas veces se lo había contado, que Ada Nuffio, la profesora de Educación Física, no era la persona atropellada por el camión. Acompañada de su padre se presentó ante la policía y a los periódicos aclarando que se hallaba ese día en el casino y que alguien equivocadamente se había llevado su abrigo, dejándole uno bastante parecido, en forma de kimono, color borra-vino.

Al tacto, igual que un ciego, buscaba el sargento Harkins su vaso de whisky. Un ciego con los ojos abiertos en medio del misterio de una mujer atropellada, de la que sólo encontró el abrigo, y de un cargamento de armas, del que sólo le quedó el paracaídas...

Se resolvió, antes de tomar el vaso, para enfrentarse al *barman*:

—Ni nuestros servicios de espionaje, tres grandes redes; ni los servicios de espionaje del gobierno del país en que operábamos; ni el espionaje del ejército del mismo país; ni el de la policía, resolvieron la incógnita, y de no haber sido héroe de Normandía, me acusan de complicidad con el enemigo, ante la Comisión Investigadora de Actividades Antinorteamericanas... ¡Condenada cosa estar en Brooklyn!...

7

—Atala Menocal me llamo, cumplí veintidós años, estudio filosofía y letras en la Universidad, soy campeona de salto a la pértiga, de tenis, de «bawling», de tiro al blanco, y no sé si tengo novio, pues el que me pretende quiere ser mi amante y yo quiero ser su esposa. Por de pronto soy su compañera en la S.P.S. (en guerra).

¡Atala Menocal en marcha!, me dije dándome órdenes, y salí de casa hacia el casino. Me repugnaba ir al casino, pero debía cumplir cierta misión esa misma tarde. Revisé mi cartera, antes de salir: llaves, encendedor, cigarrillos, «rouge», pañuelo, un pequeño revólver escuadra, polvera, dinero... A última hora me decidí por el abrigo borra-vino. Sus mangas en forma de kimono me sentaban bien. El *bus* que me lleva al casino iba lleno de chiquillos de casas ricas con sus madres jóvenes o niñeras, algunos pocos paseantes. Juguetes, dulces, mamaderas, globos de colores, llantos y risas, me hicieron olvidar el destino que llevaba, y alterné con más de un niño, contestando a sus interrogatorios interminables. A cada parada del *bus* se fueron bajando, no sin decirme adiós con sus manecitas rosadas, y pocos llegamos hasta la terminal del recorrido, frente al casino.

El ruido de las fichas. Oí que me saludaban. Era una amiga de casa. Me presentó a su marido. Pero poca atención se pone en los amigos, cuando la bolita va saltando en la ruleta y las manos de los jugadores se alargan y encogen poniendo las últimas fichas, de ahí que apenas cambiamos las palabras de rigor: «¿Vienes a jugar?... ¿Cómo has estado?... Nosotros nos vamos... No, no, ni perdimos ni ganamos...»

Se jugaba en dos mesas en ese momento y en ninguna vi apostar al 19 colorado. Un nervioso escozor me recorrió la espalda. En una de las mesas, sobre este cuadro rojo, con el número 19 pintado en negro, descubrí una ficha de marfil, de forma octogonal, con bordes dorados. Pero la que jugaba era una señora. Cada vez había más gente. Las mesas apiñadas. Estuve jugando a color para justificar un poco mi presencia, y aunque ganaba casi siempre, no llegué a interesarme, pendiente de la mano de un caballero que con una esmeralda en el anular, debía poner en el 19 colorado una ficha de marfil. Así pasó media hora, una hora, y hora y media. Empecé a desesperar. A las dos horas podía dar por terminada mi misión y retirarme. Así lo hice. Había depositado mi abrigo en el respaldo de una silla, lo dejé caer sobre mis hombros y salí, dispuesta a volver a casa. El caballero de la esmeralda en el dedo anular no había jugado el 19 colorado con una ficha color marfil. Mas la noche era muy hermosa, fragante y estrellada, ligeramente tibia. Los pasos de las pocas personas que a esa hora transitaban por allí sonaban cautelosos en la arena húmeda de rocío. Y en medio de la placidez de la atmósfera, cuando más tranquila marchaba, me sorprendió el cercano rugido de los leones en el jardín zoológico. Apresuré el paso inconscientemente. El instinto de la bestiezuela que se siente amenazada por el rugido retumbante. Podía seguir a pie hasta Eureka para hacer un poco de *footing*. Si me cansaba por allí tomaría un taxi. Marchaba a la izquierda por aceras y macizos de grama, pero en llegando a la vía férrea, cerca de la estación Eureka, antes de cruzarla ya iba a la derecha. Qué desierto estaba todo. Si por allí es verdad que nunca hay gente, ahora no pasaba nadie. Circulaban noticias muy alarmantes. Pensé esperar un vehículo, pero sobre la marcha decidí seguir adelante, hacia el Guarda Viejo, no estaba cansada y aunque el jalón era largo, podía completar mi caminata, segura de que en la avenida Bolívar me sería más fácil encontrar un taxímetro.

Marchaba a la derecha y a medio cruzar un encallejonamiento en forma de «S» un poco oscuro donde insensiblemente alargué el paso, oí, no oí, sí oí, el claxon de un camión que entró en la curva con sus potentísimos faros, y vi, no vi, sí vi mi abrigo volar de mis espaldas, lo llevaba sólo sobrepuesto en los hombros, y sentí, no sentí, sí sentí que salía de entre la rueda que me sopló su respiración al arrebatarme el abrigo, casi me levantó del suelo y me dejó en la oscuridad. No sé si grité. El vehículo se detuvo y vi desprenderse un hombre, con una linterna en la mano y avanzar hacia donde yo estaba. Era un soldado. El casco. El casco y el uniforme. Aún sin pulsos, aún sin aliento, sacudida por un temblor nervioso de la cabeza a los pies, mi primer intento fue huir de aquel sitio para evitarme complicaciones con la policía, pero al darme cuenta que se trataba de un soldado extranjero y que yo era una S.P.S. (en guerra), atravesé el pavimento para que no me encontrara y cuando le vi volverse de espalda sobre lo que sin duda creyó el cuerpo de su víctima, el abrigo tirado en la grama, me escabullí hacia el camión, trepé rápidamente y me dejé ir bajo el toldo de lona que lo cubría, curiosa por saber lo que llevaba, pero no había nada. Agazapada, inmóvil, por una de las aberturas del toldo me llegó un pedazo de cielo estrellado rumiando con sus millones de muelas de oro el inmenso instante de mi vida en que en aquel escondite decidí seguir con el camión adonde fuera. ¿Qué me proponía? Nada concreto. Saber adónde iba aquel transporte verde oliva manejado por un soldado con casco. Los minutos se me hicieron siglos. El hombre aquel no regresaba. Lo oí ambular de un lado a otro, buscando, buscándome. Oí ruido de agua removida, luego las pisadas de sus botas en el asfalto y casi en seguida avanzar hacia el camión a pasos largos, instantes en que ni los párpados moví, temerosa que me fuera a descubrir por el ruido de un parpadeo. Y, ¿si me descubría? Lo pensé antes, cuando su tardanza me hizo suponer que andaba en busca de un policía. Si me descubría, me fingiría inconsciente, como si el impulso de la rueda, al sacarme el abrigo, me hubiera lanzado hacia arriba y de lo alto por la juntura de la lona y la cabina hubiera caído allí adonde me encontraba desmayada. Llegó junto al camión, pero lejos de seguir viaje, metióse bajo las ruedas, anduvo como golpeándolas y volvió con paso inseguro, hasta entonces no me di cuenta que andaba tambaleante, a seguir buscando, sin duda, por el lugar en que había caído el abrigo. No lo oí más. Se debe haber quedado un largo rato silencioso, parado, inmóvil. Yo estaba como había caído, sin siquiera, como ya dije, atreverme a parpadear muy fuerte. Cuando volvieron sus pasos a mis oídos, blasfemaba, maldecía. Oí la portezuela, la golpeó brutalmente al cerrarla, y más tarde, algo así como si hubiera encendido un cigarrillo. Puso en marcha el motor y al empezar a moverse el camión me sentí como perdida en el vientre de una ballena rodante, transportada a gran velocidad entre las luces del alumbrado público que de esquina en esquina pasaban vertiginosamente, pero de pronto faltaron los focos, indicio seguro de que habíamos dejado la ciudad por el Guarda Viejo y a juzgar por la ruta de concreto en que rodábamos, que al llegar a la bifurcación de los caminos habíamos tomado rumbo al sur. Estiré las piernas, alargué los brazos, me acomodé mejor en una y otra postura, ya que podía moverme sin que él se diera cuenta. El pensamiento de que estos camiones fueran a tener entrada, por el lado de Mariscal, a las bases que se les cedieron durante la guerra, me alarmó, ya que en ese caso mi aventura terminaría en un garage, encerrada bajo llave, o en el patio de un cuartel abandonado. Pero apenas tuve tiempo de pensarlo. El lejano resplandor de la ciudad regado en el cielo, a la distancia, y la velocidad a que corríamos, me indicaban que el peligro de Mariscal se había quedado atrás. Rápido zangoloteo en las calles pedregosas de una población que debió ser Amatitlán o Palín. Algún puente. Vehículos cruzados con la sensación de que no chocaban, al encontrarme, sino se pasaban cortando. Otros puentes. Ruidos de ríos hacia la costa. La noche fresca en las mesetas empezó a ser un horno. Acabábamos de cruzar la población de Ecuintla. Hubiera querido fumar. Varias veces apreté la mano sudorosa en mi cigarrera y el encendedor. Imposible. Habría sido imprudente. El zangoloteo me aturdía, el zangoloteo y el calor, encerrada bajo el toldo que al recalentarse con el fuego de la noche costeña soltaba tufo a pintura y alquitrán. Ya debíamos estar cerca del mar. El viento salino, pegajoso y las planicies interminables por donde seguía el camión a más de cien kilómetros por hora, en carrera alucinante. Poco a poco empezó a frenar y casi se detuvo, como para cruzar un mal paso, pero no siguió adelante, y tras un viraje a la derecha, sentí que rodábamos por un pedregal y ya muellemente por un arenal interminable. Se detuvo y al quedar inmóviles, como si la velocidad me hubiera venido ocultando me sentí descubierta. Rápidamente extraje mi pistola y adelantando el pensamiento a los acontecimientos: va a descorrer el toldo, me dije, pero como no sabe ni puede suponer que estoy armada, le ganaré la delantera tomándole por sorpresa y exigiéndole que me explique la presencia de aquel transporte militar perteneciente a una potencia extranjera, en aquel lugar apartado de la ruta. En el cielo estaba la respuesta. Sobre el eco flagrante del oleaje que a favor del viento y en la quietud de la noche llegaba con el ímpetu de las masas de agua rompiéndose en los peñascos, se dejó oír el zumbido de un avión que fue creciendo a medida que se acercaba al terreno donde el camión apagaba y encendía las luces como haciéndole señales. Por una especie de tragaluz abierto en lo alto del toldo tuve ante mis ojos su silueta cruciforme perfectamente delineada, volaba con las luces apagadas y sin ningún color de bandera o número, que lo identificara. Dos veces pasó volando muy bajo sobre el camión, luego oyósele evolucionar en un radio más amplio, para después cobrar altura y desaparecer sobre el ruido del mar. Pero ya mis orejas, mientras mis oídos seguían el avión que se perdía, andaban en otro menester más cercano, pegadas al chófer, que bajó de la cabina corriendo hacia... Apenas lo oí correr, sin saber hacia dónde. Escuché bien y estaba sola. Me puse de pie y asomé los ojos. Una mancha blanca se arrastraba entre los matorrales. Pensé saltar del camión, ganar la carretera y comunicarme con las autoridades para que procedieran a su captura bajo acusación de haber ido a esperar la llegada de un aerotransporte que valiéndose de paracaídas lanzó... no sabía qué había lanzado, si hombres o armamentos, y eso me cortó el impulso de alejarme de aquel sitio sin saberlo... Pero tenía que ser algún cargamento importante, pues de ser paracaidistas, espías o saboteadores, no hubieran desplazado un vehículo tan grande, bastando un «jeep» o uno de los tantos autos de que disponían con la ventaja de estar todos amparados por la placa diplomática. Escuché las pisadas de sus botas en la arena y le vi avanzar hacia el camión. Se tambaleaba. Viéndolo hacer equis, no por lo inseguro de la arena, me sentí cegada por la rabia, al constatar la impunidad con que, hasta borrachos, operaban y apunté la escuadra para acabar con él allí mismo, pero ¿estaba segura de que no habían sido paracaidistas los que cayeron?, y ante esta duda me contuve ya para descerrajarle los tiros a boca de jarro, cuando llegaba a la portezuela, el casco echado hacia atrás y el pecho descubierto. Lo vi colgar la mano del picaporte y pasear la cabeza con aire de beodo, entre improperios y pataleos de bestia furiosa. Saltó al timón y puso en marcha el motor que fue arrastrando la inmensa mole cavernaria del camión a lo largo del arenal. Gringo infeliz, de aquí no vas a salir ni hoy ni mañana!, le grité con el pensamiento, saboreando el gusto de lo que iba a pasar, quedaría pegado en la arena como un moscardón verdoso en un papel de cazar moscas.

Frenó, apagó el motor y saltó a tierra tambaleándose. Me di cuenta que se dirigía hacia lo de atrás del camión y me oculté en la pestaña del toldo que me cubría por entero, y de la que yo era como un alfiler en una solapa. Abrió la compuerta de muy nal humor, entre escupidas y manotazos. No sé si intentó subir. Yo seguía, escuadra en mano cada uno de sus movimientos, dispuesta a darle muerte sin haberlo visto nunca, sin conocerlo, sin hablarle, como se mata en la guerra, porque sólo los de nuestra sociedad patriótica aceptábamos el hecho de que estábamos en guerra, contra la opinión del gobierno, militares y dirigentes políticos que creían que se trataba de un «chantage», y por eso nos llamábamos S.P.S. (en guerra), para recordarnos en todo momento que estábamos en guerra.

Se alejó hacia los matorrales, donde vi caer el paracaídas, quién sabe si lanzaron varios, yo sólo uno vi, y adonde había aproximado el camión para quedar más cerca, y no tardó mucho en volver, en incorporarse ante mis ojos en medio de la noche quemante, llena de astros, blanco papel del día que el sol de la costa, al incendiarlo, convierte en una hoja de carbón en la que las estrellas se van encendiendo y apagando, como brillantitos y rubíes. Regresaba con un fardo a la espalda, no tan grande cuanto pesado a juzgar por el esfuerzo que hacía para sacar las botas de la arena, donde, a cada paso, se clavaba. Por fin llegó hasta la pestaña de la carrocería y con gran trabajo y palabrotas lo empujó hacia el fondo. Lejos estaba de pensar que había una pistola apuntándole al entrecejo. Se detuvo a enjugarse el sudor con el pañuelo y se alejó en seguida buscando hacia el matorral. Volvió con otro fardo sobre la espalda, tratando de no hundir mucho los pies en el arenal, pero se hundía, alcanzó a llegar al camión, tornó a depositar el bulto en el borde de la carrocería y a empujarlo hacia adentro. Me di cuenta, mientras trasladaba el cargamento del matorral al camión, que al final tendría que subirse adonde yo estaba para apercharlos, y era entonces cuando debía actuar, decididamente, o lo capturaba o lo mataba antes de que pudiera hacer uso de sus armas, evidencia que era mayor a medida que aumentaba el número de bultos que obstruían en la compuerta, el paso de los que iba trayendo. Y si él ya se miraba extenuado, yo estaba cubierta por un sudor de espera agoniosa, desesperada, frío tastasear de mis dientes, igual que si la conciencia lúcida con que iba a dispararle, en la guerra como en la guerra, me precipitara a enfrentar el momento, cada vez que se acercaba. Gotas de ese sudor helado me corrían por las mejillas. Las enjugaba con el revés de mi mano izquierda, donde hasta hace un momento tenía la pistola. Sé tirar con las dos manos, pero esta vez debía usar la derecha, al menos no era la del corazón, ya que me daba cuenta que al final lo iba a liquidar sorprendiéndole y un poco traidoramente, pero ¿qué es lo que ellos estaban haciendo sino traicionar, en un país indefenso, el espíritu de América?...

Y en aquella apartada planicie marina, junto al Océano Pacífico, me di cuenta del doloroso destino que nos esperaba: el poderoso y los pequeños luchando frente a frente, por generaciones de generaciones.

Bajé la guardia cansada de esperarlo. No volvía. Su tardanza me hizo concebir la idea de robarle el camión cargado, por el ruido de los fardos al chocar en la cama de la carrocería metálica, y la forma de los bultos, me di cuenta que eran armas. Mejor robarle el cargamento que matarlo. Y me aligeró la alegría de encontrar aquella salida a la situación, pero me di cuenta que mi propósito fracasaría en la arena y además, ya el gringo venía de vuelta con luz de estrellas, con canto de grillos, con aserrar de chicharras, croar de ranas y el vuelo de uno que otro murciélago cegatón. Venía arrastrando un bulto y si antes, cada vez que se acercaba cargado, tuve la impresión de que era el último, lo que significaba el comienzo de mi batalla, esta vez me fue impuesto por el corazón el creerlo así, porque de ser, como lo presentía, el último este bulto que traía arrastrando, lógico era que se subiese a ponerlos uno sobre otro y al solo intentarlo yo abriría fuego desde el fondo. Nunca sentí el estómago más pegado a la columna vertebral, hundido el vientre, lleno y vacío el pecho de contracciones de garra que al apretar, para la carnicería, siente en las uñas humedad de lloro, seca la boca hasta el galillo, presta a responder al instante en que me iba a encontrar con él, sin conocerlo, para hacerlo rodar fulminado por un rayo que no se guardaba en la nube iracunda, sino en un estuche pavonado del tamaño de una polvera.

Pasó arrastrando el bulto al lado del camión y se detuvo como a oír algo al par de la cabina, a unos centímetros de donde yo estaba, detrás de la lona, izada en alto, como un burladero. Lo sentí palpitar, agitado, sudoroso, hipando. ¿Por qué no intimarlo para que se diera preso? Allí mismo, por sorpresa, o cuando subiera ahora que ya daba los pocos pasos que le faltaban para llegar a la parte posterior. Mis ojos apuntaron hacia él en espera de que trepara de un salto. Pero estaba en la lucha de subir el bulto. Varias veces lo intentó sin lograrlo. Haciendo un gran esfuerzo a la tercera o cuarta, lo prendió del filo de la carrocería, antes de empujarlo al interior. ¡Al fin!, se debió decir, con tal abandono desplomó los brazos cerca del fardo y de los otros fardos amontonados en la entrada, y sobre los brazos, la cara. Más tarde, al rato, alzó la cabeza y lo vi alargar las manos hacia adentro... ¡Eh!, me dije, se apoya para saltar... y nunca sentí más firme la escuadra en mi mano, pero noté que sólo manoteaba las compuertas para cerrarlas, lo que no pudo hacer antes de remover las armas que estaban muy a la orilla. Duró siglos en aquella operación que para mí terminaría subiéndose él a apilar los fardos y yo capturándolo o matándolo. Por último cerró. Oí caer los pernos y trabar las cadenas en los ganchos, tironear la lona para cubrir mejor lo de atrás, y cuando ya estábamos separados por la compuerta, mientras él se sacudía las manos, yo bajaba la guardia en mi escondite, más oscuro ahora que cerró mejor el toldo, decidida a seguir en el camión a fin de saber el destino de esas armas. Lo importante ahora era saber a dónde las llevaba.

Y listos para marchar... ¿a dónde?... si el motor rugía llevado al máximo de su potencia, sin hacer andar el camión. Las ruedas giraban en la arena como en el vacío, muertas, pues por más que se enterraban no encontraban terreno firme, y en balde los cambios de velocidades, avance, retroceso, avance, otra vez retroceso queriendo sacarlo para atrás, y los ligerísimos movimientos que alcanzaba a dar al timón... Ni muerto ni capturado, atrapado por la arena, como si la tierra también participara en la defensa de sus hijos en aquella forma oscura. Se oía que entraba y sacaba el cuerpo, que manoteaba las palancas, que se le soltaban ya de los pies los pedales, sin conseguir otra cosa que el trémulo sacudirse del gigantesco transporte, interminablemente, en el mismo lugar. Una simple capa de arena reducía a la impotencia a quién sabe cuántos miles de caballos de fuerza. Recurrirá a las cadenas, pensé en seguida que paró el motor y eso era tenerlo otra vez moviéndose a los lados. Mis sentimientos eran confusos. Ahora me pesaba el habermeealegrado de que la arena lo atrapara, como a una mosca verde. Lo importante era salir de allí y conocer el sitio a donde conducía el armamento. No le oí más, igual que si se hubiera quedado dormido... Y en el estar atisbando qué hacía, empecé a sentir que se nublaban los ojos, que me faltaba aire, que el toldo daba vuelta con todo y mi cabeza, interín en el que echó a funcionar el motor sin que yo me diera cuenta, asfixiada, mareada, a punto de caerme, como que me desplomé lanzada contra lo de atrás de la cabina al arrancar el transporte hacia adelante, que no arrancó, saltó igual que un edificio lanzado fuera de sus cimientos. Di con el hombro en la cabina y caí de rodillas apoyando una mano en el piso de metal caliente de la carrocería y con la otra sosteniendo el arma, la boca llena de agua, duros los ojos en suspenso, esperando que se detuviera al salir a la carretera, pues sin duda me había oído. Pero no paró, volábamos por las primeras rectas, pronto sabría a dónde llevaba las armas... A todas partes, me dije, menos a poder de las gentes contra quienes van a ser usadas en acciones de represión mortífera, peones, obreros, campesinos... ¡Ah!... pero eso estaba en mi mano, que fueran a manos de ellos estaba en mi mano... y vi mi mano y vi las manos de todo un pueblo tomando las armas para defenderse... No lo dudé ni un minuto, había que proceder sobre la marcha, como quien se quita una brasa de encima. Guardé la escuadra en mi cintura y fui hacia las compuertas tropezando con el armamento que bajo el toldo y en la oscuridad de la noche no veía bien, y estuve a punto de perder pie, me quedé prendida del camión vaya a saber cómo, pero el susto se me tornó contento al oír caer el primer fardo en la carretera... el segundo... el tercero... después ya no conté...

La proximidad de Escuintla me inquietaba: la guarnición militar con sus centinelas, la policía, los trasnochadores o los que se levantan a trabajar de buena madrugada, alguien que viera que aquel camión iba perdiendo la carga trataría de avisarle al chófer, pero afortunadamente, el gringo corría como bala y dejamos Escuintla, sus casas, sus calles, sus cocoteros... Me parecía un sueño... sólo en los sueños suceden las cosas como uno quiere...

Los bultos que faltaban cayeron sin mayor dificultad como si ellos mismos salieran a buscar las manos en que debían estar, el camión al ir subiendo la cuesta cada vez más acentuada llevaba la parte de atrás de la carrocería inclinada hacia abajo, y tan pronto como vi saltar el último, cerré las compuertas, asegurándolas con sus pernos y cadenas en los ganchos, y en la última vuelta, ya para asomar a Palín, donde la carretera pasa bajo un puente de ferrocarril, me tiré...

La altura desde la punta de una pértiga al suelo entre una nube de polvo. Olor a grama mojada, y después los globos rojos del enorme transporte perdiéndose a mis ojos, como dos inmensas gotas de sangre. Me levanté y corrí en busca de mi cartera que tuve cuidado de arrojar antes de saltar del camión. Interminablemente caía el agua en las cascadas de la Planta Eléctrica de Palín, entre montañas y bosques alumbrados con focos incandescentes. Lo importante ahora era no quedarse en la carretera. Recogí la bolsa y eché a andar hacia un cercado de piedras que separaba el camino de una casa iluminada al final de un campo arado, donde los surcos al ir saliendo el sol parecían parpadear. Sus moradores, que ya andaban en los quehaceres del día, me recibieron sorprendidos, haciendo callar los perros que despedazaban con sus ladridos el mentido accidente que yo trataba de explicar. No es a la primera persona que le ocurre, eso de dormirse y caerse en la camioneta, comentaban crédulos y hube de excusar sus atenciones agobiantes, feliz de tener en las manos una taza de café caliente y bajo el cuerpo una hamaca mecida al compás de mares de bambú que balanceaba sus redondas ramas como los tumbos de un oleaje vegetal, y en la que poco a poco me quedé dormida.

Desperté casi a la hora de almorzar, entre chiquillos pobremente vestidos, medio desnudos, que me miraban, como si fuera una aparición, y hube de aceptar, para no ofenderlos, compartir con ellos un «sanchocho» que fue todo un banquete campestre, pues además hubo carne de armado, palomitas, aguacate, fruta y para engañar el bocado, tortillas de maíz recién sacadas del comal.

Me despedí a media tarde, no sin repartir algunas monedas entre la gente menuda, con la suerte de que al solo asomar a la carretera, pasaba una camioneta «sport» de las que hacen el servicio de pasajeros de Escuintla a la capital, adonde llegué una hora más tarde, cuando por todos los rumbos, en calles y plazas, se regaban los gritos de los voceadores de periódicos que anunciaban el hallazgo de un gran cargamento de armas en la carretera del Pacífico.

Los S.P.S. (en guerra), estaban sumamente alarmados, temiendo por mí, pues daban por seguro que había encontrado al caballero del anillo de esmeraldas en el anular jugando al 19 colorado en el casino y que con él habíamos marchado a la captura de las armas a la finca «El Grano de Oro».

—¡Atala!... ¡Atala!... —gritaron todos al verme entrar,

palpándome como a un ser que regresa de un enorme peligro, efusión bulliciosa que se convirtió en silencio cuando empecé a contar lo que me había sucedido:

—Amigos, el Caballero de la Esmeralda no se presentó en el casino a jugar el 19 colorado, pero fue mejor... Al salir me encontré con el azar iluminado por una sortija color de esperanza...

¡Americanos todos!

1

Alarica Powell sacó la cabeza por la ventanilla del tren; ya estaba parado y le parecía que seguía andando, y alcanzó a ver, entre las estrellas y el alba, una nave blanca junto al muelle color de tiburón. Antes de mediodía iría navegando en aquel barco de papel hacia Nueva Orleans. En la emergencia, suspendidos los servicios aéreos, no hubo sino buscar el primer puerto en el Mar Caribe y llegar a tiempo para tomar el último vapor que se detuvo unas horas a cargar agua, verduras y correspondencia. La acompañó, desde la capital hasta instalarla en el camarote, una noche interminable rodando en un tren de vía angosta, sin más alivio que cigarrillos y *high-balls,* Milocho, el famoso Guía de Turistas, a quien se disputaban todos por su vena festiva, ya su diminutivo era de payaso. Milocho, y a quien si toneles envidiaban, no tenía fondo conocido como bebedor de whisky, chimeneas temíanle por sus humos, infuloso y fumador, figurines deportivos por sus vestimentas chillonas, prestidigitadores por sus habilidades de salón, conversadores por sus chistes y donjuanes por su piel de banana tibia, irresistible a las beldades que, como Alarica Powell, asomaban al país de vez en cuando entre las manadas de gringos feos, disfrazados de turistas.

Su romance con Alarica terminó en el camarote tan arrebatadamente que mejor hubiera sido esperar la vuelta. Pero qué golondrina regresa. Aunque lo prometa. Y menos éstas de plumaje rubio que hasta el cabello tienen de oro.

Milocho, diminutivo caprichoso de Emilio, guardaba la imagen, el olor, el peso pluma de aquella diosa californiana, más deseable ahora que, forzado por los acontecimientos que se precipitaron, buscó amparo en un caserío del Valle de Motagua, en una casa cercana a un puente colgante, imagen de la hamaca que tenía por lecho, sin otra bebida que el agua del río, y por escaso alimento: frijoles, tortillas y café. Mas cuando dejaba de pensar en la golondrina rubia y medía el peligro de muerte que había corrido antes de llegar a poblado, aquel rincón de humedad vegetal y calor de arena, tupido de helechos gigantes y visitado por aves que, cansadas de volar alto, descendían a la costa raspando sus alas en las peñas, le parecía un sitio amable, a pesar de las nubes de moscas pegajosas, el tufo a cerdo que despedían las callejuelas y los ranchos, los niños desnudos, panzones de lombrices, el croar de las ranas, la modorra de los habitantes, y los gallos que cantaban a mediodía haciendo más profunda la soledad cóncava del cielo metido en añil.

A su lado, en otra hamaca, dormía la siesta a todo roncar un comerciante de apellido Moloy. Los acontecimientos lo vararon en aquel entresijo. Compraba cera en bruto en los poblados del interior y la revendía en las candelerías de la capital.

Fuera de la hamaca colgaba en ese momento una de sus manos, trabajada, callosa, y Milocho, valido de una caña de bambú a la que había dejado dos o tres hojitas en el extremo, le hacía cosquillas, riéndose de las rápidas contracciones de sus dedos por atrapar o espantarse lo que, entre dormido y despierto, creía un insecto. Cansado de jugar con aquella mano tosca, pero sensible al cosquilleo como hoja de adormidera, Milocho empezó a pasearle las hojitas de bambú por la nuca y las orejas, saltando de gusto al ver que aquél se daba grandes manotazos con la diestra que, como más suya, conservaba doblada sobre su pecho, molestia picaril que en seguida concentró, presa de una mayor hilaridad, en los alrededores de la nariz de Moloy, sus párpados, sus labios, cuidando de que no despertara ya que tan pronto parpadeaba o movíase, le dejaba estar. La travesura, el juego, el gusto con que al mal tiempo se le hacía buena cara, comer, rascarse, bostezar, desperezarse, pasear con las manos en los bolsillos, fumando como locomotoras, para ahuyentarse los moscos, todo se cortó en aquella siesta, mientras jugaba con la mano de Moloy, al golpe de una descarga que fue como un rayo en seco, seguido de un relámpago de fuego blanco que le dejó los ojos titilando en ceguera de celuloide, mientras se sucedían explosiones gigantescas y ráfagas de granizo metálico.

Se dio cuenta que estaba vivo, agarrado de la hamaca que bailoteaba con el piso y el techo de la casa, bajo una lluvia de piedras y argamasa pulverizada, al desviar los ojos hacia la hamaca en que dormía Moloy, sentir que no podía hablar, que tartamudeaba, clavadas las pupilas en la mano que hace un momento hurgaba jugando con la varita de bambú y que ahora pendía rígida, amarillenta, con las uñas quemadas, en la muñeca velluda el reloj de pulsera marcando las 2 y 35...

—¡No puede ser!... —gritó fuera de sí, sin despegar los ojos del bulto apelotonado en la hamaca, oyendo el chic, chic, chic de la sangre que goteaba en el suelo.

—¡No puede ser... no puede ser, Dios mío!... —balanceó la cabeza de un lado a otro.

—¡Dios le haya perdonado y alégrese de que no fue usted al que le cayó la centella!... —exclamó un fulano que extrajo su humanidad, pálido y terroso, de los escombros de media casa.

Se llamaba Martín Santos y lo conoció en la última jornada del camino que hicieron a marchas forzadas, bajo un sol calcinante, sin encontrar sombra en toda la extensión de unos inmensos llanos, al saber que soldados mercenarios acababan de invadir el país y venían fusilando a cuanto ser humano encontraban a su paso. Era un cincuentón, huesos de águila, insumiso ante la vida y ante la muerte, como él mismo decía, pues con ninguna de las dos estaba conforme, de ojos hondos, más ojera que ojo, cavados junto a la nariz en gancho, bigote negro y pelo entrecano.

En el piso de ladrillo, barro rojo quemado, empozaba la sangre sus rubíes bajo el ataque de las moscas.

—¡No puede ser!...

—¡No puede ser y por poco nos maljoden!... —recogió Martín Santos sus palabras. —Deben haberle tirado al puente que está aquí atrás, esa hamaca de fierro por donde pasa el tren, pero como que no le pegaron, les falló puntería. ¡Qué riendazo de fuego por María Santísima!... Centella y tronido... Primero se oyó el mecatazo y hasta después el ruido del avión, mismo como si hubiera tirado la bomba desde bien lejos, antes de llegar al sitio, y... jodido, no les bastó y se vino de vuelta ametrallando.

—¡No puede ser que ellos!...

—¡Ah, güeno, entendámonos, creiba yo que usted decía que no podía ser que el paisa hubiera fenecido... pobre, ¿verdad? Para mí que fue la granizada de balas después de la bomba, lo que lo ultimó.

—Por mucho que lo veo, no puede ser que ellos...

—¿Quiénes ellos?

Milocho calló. El sudor le corría por la cara helada del susto que le produjo la explosión en seco del proyectil arrojado sobre el puente y que echó por tierra parte de la casa en que estaban refugiados, ocasionando la muerte del comprador de cera.

—Pero quién otro sino ellos... —se arrancó de la boca el pañuelo que mordía. —Cumplieron su amenaza. Ellos son los únicos que en esta zona poseen bombarderos pesados, cazas ultrarrápidos, bombas de alto poder destructivo. Sería tonto suponer que en la vecindad del Canal de Panamá, otros que no fueran ellos dispusieran de aviones de guerra, pilotos experimentados, bombas combustibles...

Bombas de 200 y 500 libras llovían sobre la costa en ese momento.

—¡Mire, mire... —le gritó Martín Santos—, dése cuenta del castigo que están aplicando a nuestras poblaciones!

Se había salido de la casa, saltando como felino, el machete desnudo en la diestra, el sombrero hasta las orejas para que no se le volara y con la cara levantada al cielo profería:

—¡Gringos hijos de puta, bájense si son hombres!

El Guía de Turistas, desmelenado, las pepitas de los ojos muy afuera, sacudido de la cabeza a los pies por un temblor de cuerpo en que se mezclaba el temor y la rabia que da el no poderse defender, el ser impotente ante la desigualdad de las armas, seguía en el aire de la costa limpio después de las lluvias, la llegada de los aviones, los puntitos negros de las cargas mortíferas que lanzaban desde muy alto, igual que polvo de pimienta y las detonaciones profundas que hacían saltar en pedazos los míseros poblados.

—¡Oiga, oiga, su «no puede ser que ellos»... y nos están recontra jo jo jó!... —vociferaba Martín Santos, machete en mano amenazante, pies en tierra, sombrero atascado hasta las orejas, y con la mano zurda queriendo arrancarse la pistola del cincho.

—¡Oiga, oiga, oiga cómo estallan las bombas para hacer volar aldeas!...

Las explosiones seguían.

—¿Por ese lado oyó? Por este lado deben haberse volado «Sabana Grande»...

Martín Santos saltaba del suelo, a cada detonación, el brazo desnudo en alto, el machete cortando el aire, y tras un silencio, de esos silencios en que se siente que la muerte va tirando la plomada desde el cielo, otro retumbo, y otro, y otro...

—¡Vea el incendio que prendió en la cumbre de «La Lora»! Pero no es mismo allí, de por detrás sube el esplendor: la aldea de «Cruzcrucita» es la que está ardiendo. Y allá, allá va el avión que la dejó en llamas...

El Guía de Turismo cerró los ojos, sepultóse bajo los párpados, y tras un instante, se cubrió las orejas con las manos. No bastaba con no ver. Oía... Oía las detonaciones...

A la distancia, sus bombarderos... (¿Sus bombarderos? ¿Bombarderos de él, de Milocho, el Guía de Turistas?...

Y... sí... porque era ciudadano de allá con ellos...) seguían sus operaciones de ablandamiento, destruyendo los poblados de casas de barro y techos de paja de la tierra donde había nacido. El llanto le bajaba por gotas, escapando de sus párpados cerrados, a esconderse en sus labios amargos, secos, balbuceantes... Ciudadano de la nación que golpeaba de muerte la tierra en que vio la luz... Cumplieron su amenaza... Ya lo decían... Pero nunca creyó que fueran capaces de aquella barbarie.

—¡Ja, ja, ja, ja.... —soltó una carcajada para turistas— ja, ja... americanos... americanos todos... ja, ja, ja...! —pero ya no era su risa de antes, ahora era una carcajada de dientes en mandíbulas rígidas que cortaban como guillotinas.

Y tras una pausa:

—¡Ja, ja, ja... Alarica Powell, tu gente, tu país, tus aviadores!...

Martín lo sacudió. Otros carniceros, también americanos, cerníanse sobre el cadáver de Moloy.

Un inmenso paraguas de género negro descendía dando vueltas hacia la parte destechada de la casa, donde quedaba la hamaca en que seguía desangrándose el cuerpo del infeliz comprador de cera, la mano colgada fuera.

—Ayúdeme, amigo, hay que enterrar al cliente antes que se lo manduquen los zopilotes... —le sacudió Santos, yendo después a desanudar un lado de la hamaca— sólo que los guías de turistas no son para estas cosas, para enterrar gente, sino para pasearla...

—Pero ya aprenderemos... —dijo Milocho y se levantó a desatar la otra punta de la hamaca, para ayudar a Santos a llevar en vilo el cadáver de Moloy.— Ya aprenderemos, Alarica Powell, ya aprenderemos a cavar tumbas para turistas...

—Cavar, amigo, no hay con qué, lo vamos a echar al río...

La voz de Martín Santos retumbó en el caserío desierto. La gente huía al monte con perros y críos. Silenciosos, en fila india, aterronadas las caras tristes, casi sin proyectar sombra, tan alto estaba el sol.

El río se amansaba por ese lado en una gran vuelta de suspenso líquido verde, lechoso de espumas, relumbrante de piedrones marmóreos, y sin mayor prisa, tras el primer hervor de las aguas al chocar sus lenguas en el cuerpo de Moloy, se lo fue llevando entre sumergido y flotante.

Muy alto, altísimo, pero perfectamente visible se vio pasar otro avión. El ruido de sus motores se confundió por un momento con el rugir caudaloso del río en el que ya nada quedaba del cuerpo humano que acababa de perderse en sus aguas. Apenas si un reguero de sangre salpicó la distancia que iba de la casuca en ruinas al playado.

—No, yo no me hago cargo de estas cosas —dijo Milocho, devolviendo a Martín Santos los papeles y objetos de Moloy—, llévelas usted, habrá que dar parte a la autoridad. Lo que falta es el reloj...

—¿Qué reloj?

—Si seremos idiotas, el reloj de pulsera...

—Pues se fue con él, mi amigo, se fue con la hora de su muerte en la muñeca...

—¿Está oyendo?

—Sí, están bombardeando... debe ser por Gualán...

Un bisbiseo de rezo caía de los chilamatales al río Motagua, apacible, majestuoso. Las aves buscaban el refugio de las ramas oscuras. En las claridosas saltaban las ardillas, corrían las lagartijas. Las nubes, teñidas de bermellones crepusculares, caían sobre el horizonte. Brillaban, inmaculadas, las primeras estrellas. Una celeste luminosidad de cielo altísimo. Y de nuevo, trepidantes, los P-47 y C-47 pasaban con su escolta de pequeños aviones llevando sus cargas de muerte para atacar aldeas de ranchos de paredes de caña, donde la gente sólo tenía las uñas para defenderse, gente medio desnuda que juntaba en sus ojos de vidrio triste, algo que se parecía al llanto, rabia líquida, rabia de un metal salobre y quemante como el agua del mar.

2

—¡Qué don Milocho éste!, ¿de dónde sale? —exclamó en la puerta de la Comandancia Militar, el Coronel Ponciano Puertas.

En pocas palabras le explicó el Guía de Turistas que había ido hasta el puerto a dejar una clienta y de regreso los acontecimientos impidieron llegar a la capital. Se interrumpió el servicio de trenes, los pocos automóviles que por allí se encontraban desaparecieron y a caballo no era recomendable.

—¡Qué don Milochito éste!, ¿de dónde sale?

—¡Déjese de babosadas, jefe, y regáleme un trago!

—Pase, pase a mi pabellón, allá hay una botella de whisky.

A Milocho le blanquearon los ojos de gusto al ver la botella, pero el gozo se le fue al pozo al levantarla. Mano de experto, al peso notó que sólo quedaba un regular trago para el hoyo de la muela. Se limpió la boca con el revés de la mano y se lo empinó.

—¡Qué don Milochote éste, ve dónde se fue aparecer, por donde menos lo esperaba!

—Y usted, mi coronel, qué hace...

—Estamos pacificando... No he dormido...

—¡Qué bueno que por fin haya paz!... —dijo Milocho y se mordió los labios hasta casi sentir el sabor de la sangre. ¿Cómo podía hablar de paz, si su país estaba invadido? Sólo por complicidad con el gran agresor. ¿Complicidad? Pero si él era más que cómplice, ciudadano del país que estaba acabando con su pequeña patria. Sacó el pañuelo para secarse el llanto de las manos, pues tuvo la impresión de que la mano con que juró fidelidad al poderoso, más que sudar, lloraba.

—Paz a toda costa —siguió el Coronel— pero hubo que volarse de un solo viaje un ciento de indios. Veintinueve fusilé de un jalón en «Nagualcachita». Pacificando, don Milochito, y «pancificando». A los hombres bala para que se pacifiquen, y a las hembras, «panza» para que se tranquilicen. Vaya a darse una vuelta por «Nagualcachita», y me cuenta qué le parece el trabajito. Así secundamos nosotros la acción de los aviadores de ustedes, que hay que quitarse el sombrero para decirlo: son unos señores aviadores. Y no crea que nos doblamos sólo a los puros cabecillas. A todos. La ley fue por igual. Y casa en la que encontramos en las paredes rótulos con mierderías de sindicato, les pegamos fuego.

—Pero, Coronel, por lo general...

—¡No me jodicie, Coronel por lo general!... —interrumpió riendo Puertas.

—No, Coronel, lo que quise decirle es que generalmente no son los dueños los que pegan esa propaganda en las paredes de sus casas...

—Mientras se averigua, don Milo, se ordenó quemar las casas. Después sabremos quién los pegó.

—Lo que yo quisiera pedirle, Coronel, es que me consiga un caballo o una mula para seguir viaje a la capital. Pagaría lo que fuera... —le disgustaba hablar, estar al lado de aquel hombre. El era muy infeliz, pero aquél era peor.

—No se lo aconsejo...

—Desde luego que con un salvoconducto de su puño y letra...

—Qué más salvoconducto que su inglés y su ciudadanía. ¡Puntería del hombre, hacerse ciudadano de allá con ellos, que es lo único que vale! Bueno, es verdad que ahora «Americanos todos»... —agregó el Coronel.

Y en su visita a «Nagualcachita», Milocho tuvo la oportunidad de confirmar las palabras del jefe militar, en lo de los fusilados y el valor del inglés en aquella emergencia.

A la entrada de lo que fue esta población yacían veintinueve cadáveres en la postura en que cayeron, unos a lo largo, otros encogidos, éstos con zapatos, aquéllos descalzos, cuáles con trajes de casimir, cuáles con simples ropas de sufrida manta, las caras de amarillo jengibre, las barbas de basura, los ojos entelados de hielo de muerte, tatuados de agujeros de pólvora y de sangre. Un centinela lo detuvo, apuntándole al pecho un fusil ametralladora.

—¿Qué se le ofrece?... ¿Qué hace usted aquí?... ¿Quién lo ha mandado?... —éstas y otras preguntas se amontonaron en los labios de Milocho, indignado de que en su tierra un soldado extraño... pero... ¿él no era también extraño?... ¿y no era extraño el jefe?... ¿y no eran extraños todos?... Su pobre patria se había quedado sola, sola entre extraños...

—¿Quién vive?... —le demandó el centinela, sin bajar el arma.

—American... —contestó Milocho avergonzado, triste; sentiría tristeza siempre al decir que era americano.

—¿Entiende español?

—Lo hablo...

—Su nombre...

—«One thousand eight»... —respondió Milocho disimulando algo que quiso ser una sonrisa y que fue una plegadura de sus labios.

El soldado también sonrió. Rascóse la cabeza y le pidió un pitillo. Luego le dijo quién era él. Se llamaba Ernesto Sigüenza Montes, oriundo de Nicaragua. Lo habían contratado para hacer la guerra por precio fijo, pero hasta ahora no tenía recibido sino un pequeño adelanto, y en cuanto al saqueo, era una guerra bien insípida, con más muertos que saqueos.

—Y allí viene ese compañero... ése habla inglés, Mister... —se atajó Sigüenza al ver acercarse a un gigantón, la ametralladora al hombro, el sombrero haciéndole techo de rancho sobre la frente, abierto de piernas, corto de brazos.

—¿Quién es el señor, y qué quiere? —preguntó con voz áspera al centinela.

—Un reportero gringo... —le contestó Sigüenza.

—¡Ah, es de los nuestros!...

Y ya en inglés y en un tono más amable, le contó que él era de la costa norte de Honduras, y que de allá se lo habían traído contratado para matar «chapines». Y, cómo me iba a negar, si el maldito «chapín» sólo muerto es bueno. Y ahora con ustedes les llegó la hora. Con los aviones de ustedes no hubo babosadas y ya se están achicando. El «chapín» para orgulloso es tremendo. Allí los tiene con toda la gringada enfrente y no dan su brazo a torcer. Acabo de doblarme a un tal Pancho Talavera. Ciego, viejo y tembloroso, que apenas podía con la fe de bautizo, cuando le dije que era hondureño y que venía a «liberarlo» me escupió a la cara. Allí mismo lo tendí de un tiro...

Otros mercenarios le formaron rueda al «míster», a quien la historia de Talavera despertó el instinto periodístico, según los de la mesnada, tal interés mostró por saber si se podía ver el cadáver. No hubo caso. El cuerpo de Talavera, como el de muchos patriotas más, ya bajaba hacia el mar en las aguas del Río Motagua. Lo que Milocho tenía era un sentimiento de admiración tan grande hacia Talavera. Mezcla de admiración y de gratitud. Al menos, se decía, al menos uno... uno... uno de nosotros les escupió a la cara...

Entre los que le rodearon se acercó Jimeno Blas Funes, un dominicano de Ciudad Trujillo, contratado para echar bala en favor de los americanos.

—Yo soy de Costa Rica... —se presentó un carilindo, fijando sus ojos garzos en Milocho.

—Y ha resultado medio bueno para el refugio... —intervino un guanaco pescuezudo y lampiño, fumador de puro y platicador de endechas.

—No me contrataron para venir a conocer el paraíso de los turistas, sino para una guerra de exterminio... ¿verdad, Míster?

—Ya salió éste con sus palabras «ticas»... Exterminio... Estercita te debías llamar y como sos lindo...

—Te callas o te meto una bala...

—Y para eso debes de ser bueno... —canturreó el guanaco—, para afusilar gente, si no que lo diga el finado Morazán.

3

A la mañana siguiente de su visita a «Nagualcachita», el Coronel Ponciano Puertas en persona trajo a Milocho la noticia, la gran noticia.

Dentro de dos días empezarían a correr trenes y el Guía de Turistas podría viajar a la capital sin ningún peligro.

Dos días que no fueron días, sino años, entre el mosquero runruneante, los vivas a la «liberación» de las mesnadas mal pagadas y borrachas que apuntaban las bocas de sus ametralladoras, fusiles y pistolas hacia lo alto, para disparar al cielo, como si no les fuera suficiente la devastación, muerte y ruina que sembraban en la tierra.

—¡Hay que acabar con este cielo de los «chapines»!... —vociferaba un nicaragüense medio poeta, soltando andanadas de fusil-ametralladora hacia el azul divino, ese azul que se juntaba en los lagos, como leche ordeñada de los palos-tintes.

Noche de calor tempestuoso. Los vivaques medio apagados, humeantes. La soldadesca suelta. El Coronel Ponciano Puertas repantigado en una perezosa, la botella al lado y una mujer a quien llamaban la Cubana, paseándole la punta del pecho por la nariz y los carrillos, la barba y los ojos, evitando en el juego que éste le atrapara el pezón con los labios.

—No, viejo, sin meter las manos... —le decía la Cubana—, si no qué gracia tiene. Apostaste a que me agarrabas la punta sin meter las manos, y vamos a ver si puedes o te das por vencido.

Ponciano Puertas se esforzaba por atrapar la punta del seno desnudo de la Cubana, a cuya espalda empezaba la noche inmensa de oscuridad y muerte.

—¡Date por vencido!
—¿Por qué me voy a dar por vencido? ¡Vencido nunca!... —respingaba el Coronel sudando, respirando trabajosamente, lengüeteando el aire, la cara gangrenosa de alcohol, y los ojos rojos como tomates.

—¡Date por vencido, viejito... en este caso no hay

aviones gringos que vengan en tu ayuda... para atrapar mi teta necesitarías por lo menos veinte aviones de esos que les están dando el triunfo!

Ponciano Puertas le tomó el seno con las manos y un tremendo mordisco convirtió en alarido la broma de la Cubana.

Entre los dientes de oro del Coronel, se dibujó un hilo de sangre.

Después del grito, del grito agudo, terrible, la Cubana enmudeció. No sollozó. No se quejó. No dijo más. Conformóse con irse alejando, la mano sobre el seno herido, los ojos anegados de lágrimas.

El militar seguía sus movimientos sin parpadear, todos los pelos de su cara de punta, mostachos, cejas, patillas, los dedos buscándose el revólver que extrajo y empuñó con mano firme.

No hizo uso.

Había creído que la Cubana se alejaba con el propósito de arrebatar un arma a cualquiera de los soldados medio dormidos de la guardia, para volverla contra él.

La vio perderse en la noche, y desde el mundo en que no hay más que tinieblas, oyó que le gritaba:

—¡Traidor!... ¡Traidor!

Milocho, que haciéndose el borracho seguía la escena, se estremeció, no por el mordisco alevoso, no por la risotada del Coronel al oírse llamar traidor, mostrando los dientes de oro manchados por la sangre del pezón herido, sino por la palabra inabarcable como la sombra, aquella palabra traidor, que empezaba a ser moneda legal en su pobre país.

Y así terminó Milocho su espera de dos días que fueron siglos, cerca de una población que se llamó «Nagualcachita».

4

—*¡Ladies and gentlemen!*... —Empezaba diciendo Milocho al cruzar con el bus lleno de turistas el «Puente del

Matasano», iba de pie, entre serio y sonriente, al lado del chófer.

—¡*Ladies and gentlemen*!... me apresuro a comunicarles... atención... atención... oigan lo que tengo que hacerles saber urgentemente... la ciudad a la que estamos entrando fue destruida en noviembre de 1773 por los terremotos de Santa Marta... atención... atención... esta ciudad fue destruida en noviembre de 1773 por los terremotos de Santa Marta... atención... atención... esta ciudad fue destruida por los terremotos de noviembre de 1773... lo advierto, por si alguno de ustedes creyera que fue echada abajo por sus bombarderos, en los últimos ataques aéreos a este país...

Y más adelante, tras recorrer las calles entre ruinas de la Ciudad de Antigua, al detenerse el *bus,* descender los turistas y enfrentarse como hormigas de colores, a la inmensa soledad de San Francisco, Milocho saltaba a una de las gigantescas columnas derribadas y gritaba:

—¡Repito que esta ciudad no fue destruida por los bombarderos de los señores... sino por esos señorones que están allí presentes!... —y señalaba los volcanes de Agua, Fuego y Acatenango, no sin orgullo, hervorosos los labios de su risa, producto enlatado para hacer reír a turistas, máxime cuando alguno de ellos se apresuraba a tomar en serio nota taquigráfica de lo que acababa de oír.

Se lo encargaban por cable. Llegó a ser el guía preferido por los millonarios. Sus festivas labias, su alegría triste, la alegría que gusta a los magnates, y su envejecida risa de clown.

—*Ladies and gentlemen...,* no se preocupen, fueron nuestros volcanes los que destruyeron esta ciudad grande y poderosa, y en cuanto a la obra de sus pilotos que dejaron en el suelo otras de nuestras poblaciones, tampoco se preocupen que, por lo que ustedes ven, los terremotos nos tenían entrenados... país de expertos en ver caer ciudades...

—Muchas gracias, señor, por lo que ha dicho —interrumpió alguno de los turistas—, al hacernos la preciosa salvedad de que esta ciudad no fue destruida por nuestra aviación... La agrego a mi lista... Ya son muchas las cosas que no hemos destruido nosotros.

—Poca importancia, señor... —decía otro de los turistas—. Ninguna importancia... si nosotros la hubiéramos destruido ya estaría reconstruida... Por eso mejor que los destruimos nosotros y no los terremotos... Pero como ser peligroso que se fuera a creerse que nuestra avación había hecho esta ciudad en ruinas, la vamos a reconstruir...

—¿Reconstruirla? —se le fue el aliento a Milocho.

—Sí, señor, vamos a reconstruirla en seguida...

—¿Reconstruirla en seguida?...

Ya Milocho no podía hablar.

—Pero, señor, si por eso advertí que no la destruyeron ustedes...

—Eso no importa...

—Sí importa, señor, sí importa...

La amenaza de este turista obcecado y multimillonario fue llevada a los periódicos locales, con letras grandes, en las informaciones, y tratada en los editoriales, como tema de candente actualidad. «No, no —se leía en los periódicos entre líneas—, que no la reconstruyan, que no se molesten... bastante arruinados nos tienen ya, para querernos acabar de arruinar, quitándonos nuestras ruinas, base de la industria turística del país.»

5

De las ruinas de la Ciudad Colonial, asombro de propios y extraños, al decir de los cronistas, emergían los conos perfectos de los volcanes de Agua, Fuego y Acatenango, tres dioses y una sola amenaza verdadera en medio de una naturaleza riente y pensativa, riente por los dones que prodiga, según el hexámetro latino de aquel poeta colonial que murió en el exilio, y pensativa por la presencia de los titanes otrora empenachados de llamas, arrojando lava, piedras y humo, y ahora al parecer descansando, salvo el volcán de

Fuego, a cuyo cráter asoman de vez en vez inmensas lenguas rojas.

Una risa de mujer resonó en una de las habitaciones de la alta galería de pasamanos cubiertos por enredaderas que botaban su temblor de hojas y flores sobre el patio, y se regó por la planta baja, confundida con la risa en cristales de una fuente, turbando el silencio de la que si ahora era posada para turistas, enantes fue convento de monjes descalzos.

—La pareja más feliz... —le dijo el chófer al oír aquella risa femenina, gozosa, tempranera, mientras hundía en el cubo de agua la esponja con que lavaba de buena mañana los cristales delanteros del *bus*—. Sólo que a don Milo se le ha puesto un mal carácter... un modo tan feo... Se emborracha para andar por las calles gritando: ¡Americanos todos!, y luego empieza a golpearse la cara. El «mero yo», dice cuando está así, le está pegando al otro, al «ciudadano», y más vale que le pegue y no que lo mate. Empieza a hablar en inglés, y de pronto se da de manadas en la boca, para no hablar más ese idioma inmundo, dice, sino su propio idioma... Pero la gringa lo va a domar... Si se casan lo doma... El cuenta que harán viajes de California a Nueva York, llevando, en *buses,* pasajeros y carga...

Y esta pareja feliz, en la habitación de la hoy posada, ayer convento, la formaban Alarica Powell, la golondrina rubia que volvió, y Milocho, el famoso guía de turistas millonarios, cuyo verdadero nombre era Emilio Croner Jaramillo.

—No sé por qué te causan risa mis volcanes... —dijo Milocho aún bromeando.

—Y qué otra cosa me pueden causar, cuando yo tengo mis aviones, como dices tú... —siguió ella la broma.

—Tus aviones y la dicha de haber encontrado mis volcanes dormidos...

—O... haciéndose los dormidos, que no es igual... —aguijó Alarica, sin dejar de reír.

—Lo que pasa es que los poderosos no se ocupan de las

insignificancias... ¡Tus aviones... bah: moscas pequeñas para mis volcanes... ni los despertaron!

—¿Poderosos o... impotentes?

La mirada de Milocho, torcida como un puñal que hiere al sesgo, se arrastró tras los sonidos de aquella palabra... No era la primera vez que se la soltaba Alarica. De su boca presa de un temblor amargo, arrancó la cachimba de ámbar, para aliviar el cigarrillo del peso de la ceniza, tratando de conservar su serenidad.

—Sí, sí, tus volcanes son un poco la imagen de la grandeza impotente de ustedes... Pero aquí, *darling,* no sólo los volcanes, todos, todos se hicieron los dormidos cuando asomaron mis aviones...

Milocho saltó de la silla en que estaba:

—¿Y con qué querías que nos defendiéramos? ¿Con las uñas? ¿Con los dientes?...

—Con nada... —ancló ella la voz con suave acento despectivo, encolerizando más a Milocho; ¿pero no era él ciudadano..., compatriota de ella? ¿Por qué se enojaba?

—Nos defendimos como pudimos... haciéndonos los dormidos, que es como hacerse el muerto... —siguió él la cólera momentánea ahogada en su pobre papel de histrión, aunque lo traicionara el haz de venas que le saltaba en la frente con pulsación de mecha de pólvora encendida—. ¿Qué otra cosa le queda al que se ve asaltado por una cuadrilla de bandoleros, si no tiene armas con que defenderse?... Hacerse el muerto, *darling,* hacerse el muerto...

—Con nada, bobito, con nada queríamos que se defendieran... ¿Para qué se iban a defender y a quién iban a defender?... A esos indios mugrosos que tarde o temprano habrá que acabar con ellos y poblaciones que mejor están por tierra, bombardeadas por nosotros, pues así hay pretexto para que se las levantemos de cemento armado...

La voz de Alarica pasaba por sus dientes, como su cabello rubio por el peine de ámbar con que se peinaba la melena frente al espejo.

Milocho apartó la mirada antes que la Golondrina rubia leyera el odio que destilaban las pepitas de sus ojos.

El clima era fresco, primaveral, pero él sentía la asfixia, el ahogo del calor de la costa, ambiente de fuego en el que de una hamaca colgaba una mano amarilla con las uñas violáceas, la mano del pobre comprador de cera en bruto que extendía sobre el horizonte, detrás de la cumbre de «La Lora», un resplandor de cielo empapado en sangre, y mano que en la bocamanga del brazo de Martín Santos empuñaba el machete vindicativo desafiando inútilmente a los atacantes aéreos.

—Nada dices... —apremió Alarica, ya su melena recogida en un borbotón de pelo de oro.

—Nada... —articuló aquél, tratando de esconder las pupilas, trozos de vidrio negro que nublaba el llanto, la humedad del llanto—. Nada, *darling* —endulzó la voz lo más que pudo, para no traicionar sus intenciones y con el pretexto de saber si el chófer estaba listo, debían seguir viaje esa misma mañana con los demás turistas hacia el Lago de Atitlán, descendió por una escalera en busca de aire, aire... aire... tan rápidamente que bajo sus pies no pasaban gradas, sino las aspas de un ventilador.

Los turistas, hombres y mujeres seriamente disfrazados de niños preguntones, alineáronse en los asientos del *bus,* presto a partir de la Ciudad Colonial a la región de ese lago maravilloso, rodeado por doce pueblecitos que llevaban los nombres de los Apóstoles, y en el que, según la leyenda indígena, se guarda en caracol de roca viva, el gran ombligo del huracán.

Retrasado y sin la orquídea de su risa para turistas, apareció Milocho por la amplísima puerta de la posada, puerta de claveteados cachetes y adornos de forja que se abría sobre una inmensa plaza de grama friolenta tutelada por árboles centenarios, y tras un cortante *«Ladies and gentlemen»,* anunció a los viajeros que por enfermedad del chófer, se veía obligado a ir manejando él, si ellos le daban su confianza, todos aplaudieron. Agradeció y fue a ocupar el asiento frente al volante, el corazón más duro que sus dientes no palpitaba, le masticaba las entrañas, decidido a probar a la persona que se sentó a su lado, Miss Alarica

Powell —qué extraño le parecía su nombre, qué extraña le parecía ella, su risa, sus movimientos, su perfume— que teniendo los medios y ninguna moral todo se puede ser... hasta poderoso...

Mas al poner los pies en los controles, las manos en el timón y en las palancas, las pupilas en el tablero que una vuelta de llave iluminó con luz mortecina, sintió que se le aguadaba el cuerpo, que perdía presencia, flojas las coyunturas, fluctuante el ánimo, y si saltó al volante con agilidad felina, decidido a que no lo humillara más Miss Powell, resuelto a tomarse la revancha, ya por sus venas no corrían torrentes de rabia negra, rabia para la muerte, que sus pulmones convertían en rabia para la vida, ni veía más aquel mundo de luto y sangre que pretendía destruir, reducido a su dimensión de criado, los labios sacudidos por el miedo como las agujitas del amperímetro, y la mano temblorosa, incapaz de encender el motor con el botón de arranque.

Mientras tanto, los turistas en espera de la partida renovaban los cigarrillos en sus boquillas, el tabaco en sus pipas, los rollitos de películas en sus cámaras fotográficas, o revisaban lapiceras, apuntes de viaje, documentos, sin faltar los que se comían las uñas, se escarbaban las narices o se entregaban al relax, para hacerse más muebles de lo que eran.

Plantado frente al timón, fijos y solitarios los ojos en la incandescencia luctuosa del tablero, sin mirar nada, aunque parecía leer atentamente los indicadores de aceite y gasolina, puso en marcha el motor y echó a andar el vehículo, igual que un autómata, al oír la palabra *ready*. Probablemente fue Miss Powell quien la pronunció.

¿Ready?

Ya iban rodando...

Altísimas gravileas de flores amarillas y follaje plomizo por el polvo del verano regaban sobre la carretera sus sombras salpicadas de luz en retaceo cinematográfico. Corría el *bus* hacia las colinas que formaban las primeras estribaciones a los volcanes, por un valle sembrado de cafetales rumorosos de miel viva, miel convertida en insectos enloquecidos en la mañana de sol, hortalizas cruzadas por serpientes de riego, huertos de frutas, jardines de rosas y párvulas poblaciones con iglesitas de rosicler que se anunciaban al asomar el puente y se despedían al desaparecer el camposanto.

Por el espejo empotrado en la parte alta, frente al timón, Milocho contó el número de turistas que llevaba... veintinueve... todos compatriotas... Miss Powell treinta y él treinta y uno... todos conciudadanos... sí, mejor sentirse «ciudadano» que nativo... Un «ciudadano» por el solo hecho de serlo debe ser respetado en todos los puntos de la tierra y puede permitirse el lujo de la venganza colectiva, espectacular, planetaria... Sí, sí, la de él sería una «Operación Planetaria», llevar turistas a visitar planetas...

Los contó de nuevo... veintinueve... Los volvió a contar... veintinueve... Los siguió contando... veintinueve... veintinueve... veintinueve... al compás del *bus* que rodaba cada vez más veloz... y habría seguido contándolos... veintinueve... veintinueve... veintinueve... más y más veloz, si no se le despedaza el vocablo en los dientes, al darse cuenta que con la misma cifra contaba a los fusilados de «Nagualcachita»...

Apartó los ojos del espejo para no ver los aparecidos, turistas de pompas fúnebres condecorados de agujeros de pólvora y de sangre...

El «ciudadano» contaba a sus compatriotas... El nativo a los fusilados... Sin estar borracho se enfrentaban de nuevo el «ciudadano imperial» y el pobre diablo nacido allí, aquél, dueño de una nacionalidad que le hacía invulnerable, capaz de lanzarse en cualquier momento a la «Operación Planetaria», precipicios abismales no faltaban, cuestión de dar un timonazo, y este infeliz, sin otro papel que el de contener al «ciudadano» en su frenesí de exterminio.

Corrían hacia el horizonte cordillerano por la mesa de un valle inacabable, el pie de Milocho a fondo en el acelerador y sus ojos como pájaros rastreros, parpadeantes, sobre el camino, temeroso de alzarlos y encontrarse en el espejo nuevamente a los fusilados de «Nagualcachita» con sus caras amarillentas, color de jengibre, sus barbas de basura pegadas a las mejillas, y sus ojos entelados de hielo de muerte...

Sacó el pie del acelerador. Cruzaban una población importante, con muchas ventas de aguardientes y chicherías. Levantó los ojos del camino convertido momentáneamente en una calle empedrada que los hacía zangolotearse a todos, para ver la hora en el reloj de la torre municipal. Las 10 y 35 de la mañana... De momento sus pupilas quedaron en los techos rojizos de las casas, las araucarias y algunos pájaros que volaban, pero no pudo mantenerlas fuera, se le fueron en el espejo, donde en lugar de los fusilados, encontró a los turistas consultando sus relojes. Las 10 y 35... Sí, sí, se dijo, mejor que lleven la hora exacta... En veintinueve relojes... en treinta y un relojes... en treinta y dos relojes, contando el de Miss Powell, el de él y el del *bus,* las 10 y 35... las 10 y 35... las 10 y 35... moviéndose... moviéndose contra las 2 y 35 de la tarde que llevaba el reloj de Moloy, cuando lo echaron al río...

Dejaban el valle por un camino de rápido descenso, los turistas celebrando con voces de niños locos la forma tan perfecta de rodar como si volaran por una carretera, estrecha, zigzagueante, entre precipicios cortados verticalmente en roca viva, y Miss Powell feliz de hacer velocidades entre abismos. Volvióse a Milocho y le puso un cigarrillo en los labios, se lo encendió y tras susurrarle al oído algo así como «manejas tan bien que te confiaré uno de mis bombarderos», se caló los anteojos ahumados, la hería el sol de vidrio brillante, dobló una de sus hermosas piernas sobre la otra, extendió en su regazo un mapa de la ruta y con la uña guinda de su índice fue siguiendo en la carta el camino por donde corrían vertiginosamente. El cigarrillo que llevaba en los dedos repetía el caprichoso movimiento de aquel fugar en serpentina de una carretera que, olvidada en el valle la línea recta, se enrollaba y desenrollaba como una voluta de humo entre cerros y barrancos cortados a pique.

¡Hala... quítense esos anteojos... tuvo el impulso de gritarles... vean el sol que dentro de un momento ya no verán nada!...

Iba acelerando, acelerando, acelerando... veintinueve... veintinueve... acelerando... acelerando... ya no verán nada... dentro de un momento ya no verán nada... quítense esos anteojos... acelerando... acelerando... escupan esos chicles, recen... recen... acelerando... acelerando... su visión era doble... ya no sólo veía a los turistas, sino a los fusilados... sobre cada turista iba un fusilado... le acariciaba la cara... el fusilado le acariciaba la cara al turista y le decía... «¡Quítate esos anteojos gringo, ...que dentro de un momento ya no verás nada... gringo, míranos... aún es tiempo de que veas... aún es tiempo de que escupas el chicle y reces... gringo... gringo!...»

En uno de los sacudones del enorme transporte chocó su pierna contra el muslo de Alarica, y en milésimos de segundos se dio cuenta que iba hacia el abismo con un *bus* cargado de turistas con anteojos negros masticando chicles. Timoneó a tiempo, la parte alta de la carrocería rozó las ramas de los árboles que bordeaban el camino, logrando enfilar a toda velocidad por una recta, entre las voces y risas de los viajeros, desplazados de sus asientos que se pedían excusas o buscaban a sus pies o en redor suyo los objetos que se les escaparon de las manos: pipas, broches, whiskeras, encendedores, limas de uñas...

Se aflojó la corbata de un tirón. El muslo de Alarica seguía junto a su pierna. De otro tirón hizo saltar el botón de su camisa. Tener el cuello libre, respirar, no ahogarse ante la carcajada muda de las veintinueve bocas terrosas de los fusilados de «Nagualcachita», riéndose de él en el espejo, como de un cobarde... frente a la mano de Moloy, exvoto de cera amarilla colgada del parabrisas con su hora inmóvil contra todos los relojes en marcha... frente al machetear inútil de Martín Santos que hacía trizas el aire en que iban los aviones, impotente, sin poder otra cosa... frente al escupitazo santo del viejo Talavera... el incendio en girasoles de fuego tras la cumbre de «La Lora»... el grito de la Cubana comiéndose los granizos del llanto...

Se reclinó contra el timón. Todo el dolor de su pecho de nativo, de mestizo, de ínfimo sobre aquella rueda ciega, decisiva, apretada en sus manos mojadas de sudor, rueda de reloj de la que dependía que pasara rápido o ligero el tiempo de muchas vidas...

El muslo de Alarica... Junto a su pierna seguía el muslo de Alarica... Vivirían en California y ganarían miles de dólares con una línea de carga y pasajeros de California a Nueva York y de Nueva York a California. Para eso era «ciudadano americano». ¡Ah, qué confortable ser «ciudadano americano»! ¿Confortable? ¡Formidable! ¿Qué le importaban los indios muertos y los pueblecitos bombardeados? Alarica era lo que lo azuzaba, lo enceguecía, lo precipitaba a querérselos llevar a visitar planetas. Una locura. Una pura locura. ¡Uf!... ¡Uf!... respirar... respirar a todo pulmón... «respirarse» americano... llevar junto a la pierna la extensión amorosa de California en aquel muslo de trigo y de manzana...

—¿Por qué vienes manejando, *darling?*

La pregunta de Alarica lo estremeció.

—¡Yo sé, *darling*, yo sé!...

Imposible. No vendría allí sentada junto a él, si hace un momento hubiera estado en el secreto del timón en sus manos. Se lo arrebata, se arroja andando del *bus,* alarma a los turistas, reclama auxilio a voces.

—¡Yo sé, *darling*, yo sé!... —repetió Alarica, antes que él despegara los labios para pedirle un cigarrillo.

—¡Aprobado!... —le dijo ella, mimosa, al encendérselo—. ¡Aprobado!... ¡Aprobado!...

—¿Cómo aprobado? —chupeteó Milocho el cigarrillo al hablar.

—Dejaste al chófer en la Antigua con el pretexto de que estaba enfermo, pero no estaba enfermo...

Milocho ya no la oía. La pulsación del reloj le quemaba la muñeca velluda. Le precisaba olvidar en el menor tiempo posible lo que había pasado, el acelerador a fondo, un chorro de camino entrando por la ventanilla de atrás hasta el espejo con las caras y los cuerpos de los turistas: anteojos carbonosos, saltándoles en las narices al compás del chicle y tórax de viejos en camisolas de papagayos tatuados de áncoras, lunas, barcos, palmeras, sirenas, estrellas o disfrazados de los «horribles durmientes del bosque», cuando se ponían sobre los ojos, los antifaces de oscurecerse el día.

El viento peinaba los pompones de los cañaduzales. Habían descendido tanto en tan poco tiempo que volvían al clima de la caña de azúcar, los cocos y las piñas dulces, pero tras cruzar un puente de tablones flojos empezaron a trepar de nuevo por un camino de tierra colorada que subía en espiral. Conejos y pájaros de vuelo bajo escapaban milagrosamente de las gigantescas ruedas del *bus*. Por amor al peligro quedábanse a la espera hasta el último momento y saltaban o volaban cuando ya la muerte les rasuraba las orejas o las alas.

—Muy bien, *darling,* muy bien... querías probarme tus habilidades en el volante, por eso dejamos al chófer en la Antigua, y has dado una gran demostración... Golondrina Rubia será la mascota de tus viajes de California a Nueva York, una vez por mes... Una vez tú irás solo y otra vez yo iré contigo... Viajaremos de noche... más de noche que de día... de noche los viajes son como un sueño a gran velocidad... a mí me gusta, me enloquece la velocidad... ver aparecer y desaparecer las ciudades iluminadas, al borde de la ruta, como las monedas en los traganíqueles...

Las primeras resquebrajaduras del terreno, al dominar una nueva cumbre, entre cercas de yerbas cundidoras, pajonales azotados por el viento y peñasquerías con araños de aguas invernales, anunciaron la proximidad vegetal de los volcanes de tierra húmeda hasta el cráter de piedra quemada, tan rápidamente aparecidos que ocultaron el horizonte y apenas si dejaron tiempo al guía de gritar a los turistas que contemplaran las tres moles impasibles, ya deteniendo el *bus* para cumplir con la explicación que en aquel sitio daba a los viajeros, empezando por el Volcán de Agua.

Echaron pie a tierra y qué pequeños, qué poca cosa frente al titán que trataban de medir, enmudecidos, unos con los ojos, otros con anteojos de larga vista, entre el corretear de los que filmaban o simplemente hacían funcionar sus cámaras fotográficas.

—*Ladies and gentlemen...*, estamos al Sur de la Ciudad Antigua, en la falda del Volcán de Agua, admiración del mundo por su forma de pirámide perfecta de tres mil...
Nunca le había pasado. Tres mil... tres mil... La cifra exacta... A los «americanos» les gusta la cifra exacta... Pero no la encontraba, se le quemó en los labios la risa de Miss Powell.

—Sin emplear sus fuegos ígneos —continuó su explicación— este volcán sepultó una ciudad entera el 10 de septiembre de 1541, dos horas después de anochecido, vengándose de las crueldades de los que diezmaban las poblaciones indígenas, ahorcaban a sus caciques, humillaban a sus gentes... Y aquel otro... —señalando al Volcán de Fuego—, redujo a escombros la segunda ciudad construida en otro lugar, en noviembre de 1773... y aquel otro —señalando al Volcán de Acatenango—, no dejó piedra sobre piedra de la tercera ciudad construida en otro lugar, en diciembre de 1917... —ya no sabía qué decir, adjudicando caprichosamente a cada coloso su parte en la tragedia del país, con tal de no oír reír a Miss Powell.

Algunos turistas tomaban notas, tupían a vuelapluma las hojas de sus cuadernos de viajes. Otros asomábanse al borde del mirador a contemplar el profundo espacio tibio que se abría hasta el mar, con sus cordilleras ondulantes, como lomos de huracanes mineralizados y los ojos horizontales de sus lagos de carbón luminoso.

Y no terminaba Milocho su patética descripción de la venganza que, según la leyenda, se tomó el Volcán de Agua con los conquistadores, sepultando una ciudad entera en lodo y piedras, arena y árboles, tinieblas y retumbos, cuando Alarica, muy prendida de su brazo, sin dejar de reír, le repetía:

—¡Eso era antes, *darling*... eso era antes... ahora los volcanes son como ustedes... no sirven para nada!

Se la despegó del brazo, como si no la oyera, clavándole las pupilas de lava que la habrían taladrado hasta los huesos si no van apagadas, y encaminóse al timón. Todos a sus asientos y en marcha por laderas de montañas arboladas,

donde el camino colgaba como una cortina en hamacas de
las ramazones de troncos sacudidos con todo y el terreno al
paso de la mole rodante acompañada de un interminable
trompeteo de bocina que el eco multiplicaba y que servía
a Milocho no para evitar un choque con otro vehículo en
las vueltas que se hacían más y más cerradas, sino para
arrancar de sus oídos las palabras y la risa taladrante de Miss
Powell...

«... eso era antes... eso era antes... ahora los volcanes
son como ustedes... no sirven para nada...»

En las hondonadas, entre el rugir del motor, en lugar de
caballos de fuerza parecía que llevaba toros de lidia, y el
flatulento soplido del escape, regaba la bocina su metal de
congoja...

Y qué inútil, qué inútilmente bocinaba...

El timón en sus manos era la evidencia de que no servía
para nada... para nada... sí... sí... ya lo sé... pero no
quiero, no quiero oírlo...

«... eso era antes, *darling*... eso era antes...»

Sí... sí... ya lo sé... pero no quiero oírlo, no quiero
oírlo... bocinaba... bocinaba... bocinaba... si no era posible arrancar de sus oídos la risa y las palabras de Miss
Powell, bocinaba contra las gigantes ruedas, caras de negro
con sólo bocas... bocas en forma de bocadillos de labios
negros... bocas negras... bocas con filo de dientes negros...
bocas... bocas... bocas que al morder la tierra yesosa del camino que descendía por colgadas cornisas entre paredones
y abismos, repetían: para nada... para nada... para nada...

«... eso era antes, *darling*... eso era antes...»

Y él llevaba el timón en las manos entre cientos de bocas
negras... entre miles de bocas negras... para nada... para
nada... para nada...

Las ruedas giraban en torno de sus ojos, como ojeras de
goma, y las miraba pasar, rodar como noches que en lugar
de estrellas llevaban bocas negras... bocas y bocas negras...
bocas y bocas y bocas negras repitiendo: para nada... para
nada... para nada...

Y él llevaba el timón en las manos...

«... eso era antes... eso era antes...»

Sobre la trompa del *bus* echado hacia adelante, tan acentuada era la cuesta por donde descendían, alcanzaron a ver el cauce de un río seco, gran serpiente de agua que abandonaba su piel de arena en los veranos, y al entrar en la parte más estrecha, donde apenas cabía el *bus*, sorprendieron millares de pinos que aterrizaban igual que aviones de alas verdes en vuelo parpadeante, y como una terrestre navegación de nubes de rocío descompuestas a contrasol en gotas de arco iris...

Dejó de bocinar, sin dar crédito a sus oídos. Entre el aterrizar de los pinos que se iban posando del lado de los cerros, del otro lado llevaban el abismo desnudo, le pareció que los turistas cuchicheaban, entre risas: ¿para qué viene manejando?... ¿para qué dejó al chófer en la Antigua?... y se contestaban: para nada... para nada... para nada... cuando lo que en verdad venían haciendo algunos en voz baja, no se les fuera a tomar por miedosos, era protestar contra la velocidad alucinante que traían, entre las burlas y las risas de los enloquecidos por el vértigo, quienes en su ebriedad temeraria y momentánea, encontraban ridículas aquellas voces de alarma, la indiferencia de los que extasiados se bebían el paisaje, y la calma razonada de los que para tranquilizarse y tranquilizar a aquéllos, conformábanse con señalar a Milocho, como diciéndoles: con este hombre vamos seguros, quién se preocupa, no sólo es un gran volante, sino conoce muy bien las rutas de su país.

—¡Me señalan... —se decía Milocho observándolos por el espejo— me señalan... se mofan de mí... quieren saber para qué llevo el timón en las manos! ¡Ya lo sabrán!...

Los turistas seguían sin chistar, sin parpadear, sin respirar casi, el cuajo de pavor en la cara, las peripecias del volante que para ellos había perdido el control del transporte y trataba de evitar la catástrofe, pero al darse cuenta que no era así, que aquél los insultaba, que el abismo se aproximaba a las ruedas o las ruedas al abismo entre lengüetazos de rocas erguidas como últimos valladares al borde del camino, empezaron a pedir socorro:

¡*Help!*... ¡*Help!*...

¡Auxilio!... ¡Auxilio!... traducía maquinalmente Milocho, bien que de verdad oyera: ¡Asesino!... ¡Asesino!...

—¡Ah, canallas!... —se trituró los dientes—, ¿asesino yo?... ¿y a los *air-bomberman* y a los pilotos que atacaron con altos explosivos poblaciones indefensas en esta tierra que ahora recorren como propia, ametrallando niños y mujeres, cómo les llaman?... ¿Asesinos?... ¡No!... ¡Los *air-bomberman* siguen siendo *air-bomberman* condecorados y los pilotos, pilotos!...

El descenso en trompo loco, ya sin carretera, más en el aire. Fugazmente alcanzó a ver por el espejo a los fusilados de «Nagualcachita», entre bultos de turistas que caían y se levantaban de sus asientos agarrándose de donde podían, golpeándose entre ellos, dando en el piso, dando en el techo, dando en los cristales, baile de anteojos negros, camisolas y dentaduras blancas, fijas, de enfriado *chewing-gum*...

—¡Bájense... bájense los fusilados de «Nagualcachita»! —empezó a gritarles—. ¡Abajo... abajo... ustedes ya están muertos... ahora es con ellos... déjennos... déjennos solos!...

—¡Cobarde!

—¿Cobarde?...

—¡Cobarde!... —oyó que le gritaban los de «Nagualcachita».

—¡Bájense... bájense los fusilados y verán que no soy cobarde! ¿Verdad que no soy cobarde, *darling*?... ¿Verdad que ahora vamos a bombardear pueblecitos en California... de California a Nueva York? ¡En tu país todo está por bombardear!

Alarica dobló el brazo para no destrozarse la cabeza en los cristales del parabrisas, de donde rebotó hasta el asiento, frágil y huesosa... y no hubo al borde del abismo por donde el transporte acababa de precipitarse, sino un pestañeo de zacates secos, un escurrimiento de piedras y tierra gruesa que se fue haciendo lluvia fina, un silencio turbado por un solo grito, breve, brevísimo, cortante, formado por muchos gritos y un postrer arrastrarse de las ruedas traseras del *bus* cuando ya las de adelante iban en el aire, como el tren de aterrizaje de un bombardero.

—¡Americanos todos! —alcanzó a decir Milocho sin soltar el timón ni sacar el pie del acelerador clavado a fondo...— ¡Americanos todos!...

Las ramas de los árboles recibieron con sus manos piadosas los cuerpos lanzados al vacío y de sus ramas, al choque, desprendiéronse como muñecos, cayendo a más de sesenta metros de profundidad en roca viva.

Poco hubo que investigar. En fila de hormigas bajaron los indios que habían vuelto a trabajar como peones-esclavos en los caminos, y en parihuelas improvisadas con troncos y ramas tardaron casi dos días en extraer los cadáveres del fondo del abismo. Ambulancias movilizadas al sitio de la catástrofe volvieron con su dolorosa carga a la ciudad y un transporte aéreo vino por los despojos de las víctimas. Las poblaciones del interior se estremecieron, temerosas de nuevos bombardeos, al oír el rugido de los motores. Pero este avión no llegaba a dejar, sino a llevar carga de muerte. Los volcanes respiraban la paz del cielo con sus pulmones azules. El último cadáver que se rescató, entre peñascales y espinos, fue el del Guía de Turistas, Emilio Croner Jaramillo, el famoso Milocho, no muy desfigurado, con la boca abierta, como si todavía gritara:

—¡Americanos... americanos todos!...

Ocelotle 33

1

Caserón. Mucha ventana a la calle principal. Anchos muros. Amplio zaguán. Puerta claveteada. Llamadores de bronce. En el primer patio, sala, comedor, cuarto de estar y dormitorios sobre un corredor que caía a un jardín con arriates, macetones de flores, árboles y enredaderas. Un pasadizo comunicaba por el mismo corredor con el segundo patio, donde al oratorio seguían el costurero, el cuarto de planchar, la cocina, piezas de servicio, carbonera, asoleadores de ropa, pila con lavaderos, horno, gallinero, inodoros y portón para entrar la leña.

Caserón de los Mercado. Sepultura de dos solteronas y una sobrina malcasada, con tres niños. Parecía extinguido. Entró en actividad en pocas horas. Hombres volcánicos, ígneos, ciegos, retumbantes. Caras de lava. Manos de lava. Dientes y uñas de humo duro. A guantazos echaron abajo dos panales y hubo un rugido en los que fueron alcanzados por las abejas. Maldijeron y blasfemaron hasta que se les paralizó la lengua.

Antenas, alambres, cables, escaleras, pasos en las azoteas, golpes en los basamentos, equipos que fueron sustituidos, ya cuando la casa estuvo en condiciones, por jefes galonados de piernas elásticas, apenas comunicativos, estrictos en su soledad de piezas responsables.

Los pisos multiplicaban tacones de botas militares, andar de gente que goteaba espuelas y el como despellejarse en el suelo de los pies descalzos de soldados y asistentes.

Algunas de las ventanas abiertas de par en par sobre la calle principal mostraban oficiales de camisa kaki o guerreras verdosas, mientras la puerta del zaguán, donde se apostaron centinelas, apenas se daba alcance para tragar y vomitar la gente que entraba y salía: hombres que bajaban de automóviles y «jeeps», camiones, ambulancias; mensajeros con telegramas urgentes, siempre urgentes, cada vez más urgentes; carteros, gendarmes, alguaciles y vecinos que eran llamados o venían a presentarse, sin faltar los presos vestidos de cebra que cuidados por soldados con fusil, llegaban cargando en largas vigas al hombro, las ollas metálicas del rancho de la tropa.

En la sala, sobre una mesa de caoba y mármol blanco, se colocó todo lo necesario para escribir: papel, tinteros, plumas, lápices, secantes. Pero allí no se escribía. Se escribía a vuela pluma en las piernas de los secretarios que tomaban de los labios de los jefes las respuestas de los partes. Y los jefes firmaban con sus estilográficas apoyando los papeles en las paredes, las puertas, los pilares del corredor.

En horas, sí, en horas. Todo cambió en horas.

Los ojos de la más erguida de las solteronas, ojos de agua con ceniza, se fijaron en el General, Coronel, Comandante, quién sabe qué grado tendría aquel río de militares, cuando éste le hizo saber que a partir de aquel momento quedaba instalado en su casa el Cuartel General de Operaciones.

Era un hombre pequeño, gordo, cabezón. Una calabaza totalmente calva al centro y pelada a navaja alrededor. La más completa cabeza pelada sobre una guerrera rellena de carne. Orejón, ojos chiquitos, dientes de muñeco. En los rincones de los párpados y comisuras de los labios, se le formaban arruguitas de risa cuando hablaba.

—Coronel León Prinani de León.

La solterona que hacía de ama de casa, acercóse a su hermana que era un poco dura de oreja y le gritó:

—Coronel León Prinani de León...

Con voz de persona que de tanto estar en silencio olvida cómo se emiten los sonidos, tras ensayar la lengua, los labios, las bisagras huesosas de sus mandíbulas, aquélla sopló a su incorpórea hermana:

—Dile cómo nos llamamos nosotras...

—Es verdad, Coronel... Luz Mercado y mi hermana Sofía. Y aquí viene nuestra pobre... mi pobre... nuestra pobre sobrina, Valeria Mercado de...

—... de Najarro —ayudó a su presentación Valeria, hija de un finado hermano de las solteras y joven señora a quien la presencia de los militares tonificó en pocas horas, hasta hacerla sacudir la postración en que estaba desde la desaparición de su marido, el famoso Chus Najarro.

—Pues, señoras... —dijo Prinani de León, sin quitar los ojos de la pobre sobrina, hermosa mujer color de tierra, lustrosa como la piel de un limón, triste como una vasija, de ojos negros como sus cabellos.

—Señoritas... —rectificó la tía Luz.

—Señoritas, perdón... Nos tendrán ustedes como unos tábanos raros por el tiempo que dure esta terrible emergencia. El suelo patrio, como ustedes saben, ha sido invadido por tropas mercenarias. He tomado todas las disposiciones para que su casa, muebles e instalaciones no sufran mayor deterioro que el del uso y en la cabal advertencia de que el gobierno reconocerá el alquiler que ustedes pidan, desde la fecha de hoy, y los desperfectos que se les ocasionen.

Al Coronel Prinani de León, jefe de operaciones, le acompañaban otros oficiales de alta graduación y tan pronto como hubo comunicado a las solteronas la ocupación de la casa, aquéllos tomaron por asalto la sala y el comedor, mientras la sobrina pasaba su cama y las camitas de sus hijos a una pieza contigua a la cocina, en caso de emergencia es mejor estar cerca del fuego para calentar la leche de los niños, y las tías daban con sus huesos y sus muebles en el oratorio, para estar más cerca de Dios, perdón pedido de la familiaridad con sus santos, no por falta de recato al vestirse y desvestirse ante ellos, sino porque lindos varones eran, aunque tuviesen ojos de vidrio.

Valeria quedóse junto a las viejas terminada la presentación. Seguía con los ojos que de tan negros le sombreaban las mejillas ligeramente azafranadas el ir y venir de soldados que entraban cajas, cestos, garrafones, jabas, al cuidado de un cabo patizambo que hacía restallar el látigo cada vez que su mirada chocaba con la de ella, y el cual, almacenadas las cosas en el cuarto de las tías, requirió la llave de la tía Luz.

—Memore que le dio la llave al cabo Mamerto Coy, para servir a ustedes.

Más tarde, en la mesa del comedor, larga y angosta, cubierta por una carpeta con lamparones de manteca, migas y moscas, en uno de los extremos se acodaron los segundos del jefe de operaciones alrededor de un mapa que extrajeron de un portafolios.

Hablaban, fumaban, espantábanse las moscas fijos los ojos en la explicación del que tenía el índice sobre el mapa. No se alcanzaba a oír lo que decían. La voz tras los cristales sonaba a viento que pasa por una cerbatana.

La tía de oreja dura alcanzó a ver a Valeria curioseando por los vidrios del comedor lo que hacían los oficiales y vino sin hacer ruido a clavarle las uñas en el brazo. La sobrina se contentó con retirarlo, apretándose el lugar del pellizco con la mano abierta para que le pasara el ardor.

—¡Qué bárbara, ya estás espiando lo que hacen y no hacen! ¡Sometidota! ¡Por sometida te pasó lo que te pasó de casarte con ese que no te merecía!

—No los estaba espiando, tía. Creí reconocer a uno que era muy amigo de Chus, y por eso miraba. Pero no era él.

—¡Chus!... ¡Chus!... ¡Chus!... ¡Cómo no te da vergüenza mentarlo! ¡Dejarte abandonada con los hijos! ¿Dónde se ha visto eso? Si no estuviéramos nosotras andarías pidiendo limosna.

2

El Coronel Prinani de León bajó de un «jeep» cubierto de polvo. Era un murciélago cabezón envuelto en una telaraña de tierra amarilla. Avanzó a paso firme hasta la mesa de la sala, donde dejó su fusta, tratando de ver entre la niebla de polvillo que le pesaba en las pestañas.

Toda la casa se llenó de carreras. Oficiales, secretarios, asistentes se precipitaban a saludarle y a que les diera las últimas noticias del frente de batalla.

Se descalzó los guantes sudados. Los tiró sobre la mesa, los dedos para arriba, rígidos, como las patitas de dos ratas muertas, y exclamó:

—Mis valientes compañeros y subalternos, el invasor ha sido derrotado. Un movimiento de pinzas que no llegaron a cerrarse, bastó para embolsarlo y estamos haciendo un buen número de prisioneros, algunos peces gordos, muchos extranjeros, y esto es más satisfactorio si consideramos que nuestro ejército no ha empleado sino muy escasos efectivos. Pronto desfilarán los prisioneros frente a nuestras ventanas.

Un asistente entró con una bandeja llevando un vaso de hielo, una botella de whisky y agua mineral. El oficial que estaba más próximo apresuróse a servirle al jefe la dosis del triunfo y otro oficial agregó el agua efervescente.

Respiraban. Por fin respiraban a pulmón lleno. Aunque su oficio, como militares, era pelear, a ninguno le gustaba su trabajo. Y menos a ellos, tan acostumbrados a no trabajar en guerra, como mantenedores de la paz. Sí, por fin respiraban. El mediodía caluroso no los ahogaría hoy. El clima de la victoria es refrescante, delicioso...

En plazas y calles se agolpó el pueblo al paso de los prisioneros tomados al ejército invasor, en su mayor parte gente de países vecinos, sin faltar mercenarios rubios, altos, bien uniformados, cuya presencia deterioraba más la estampa de los prietos mal vestidos, tocados con sombreros aludos, guarachas y aire facineroso.

La columna de cuatro en fondo tardó en desfilar. Desde las ventanas del caserón de las Mercado, las solteronas, la sobrina y sus pequeños hijos, acompañadas de los oficiales de mayor graduación, asistieron al paso de aquellos infelices.

Valeria, que había empezado a sacar los trapos de sus mejores tiempos, lucía un blusón blanco de tela vaporosa que más que esconder mostraba lo mejor de su pecho y falda escocesa, acaderada y larga hasta el tobillo. Una orquídea, obsequio del Coronel Prinani de León, igual que un pájaro en el hombro, pulseras en los brazos desnudos y ajorcas en las orejas, y un sartal de piedras amarillas en el cuello, completaban su atuendo de mujer hermosa, de mujer que celebraba la derrota de los enemigos de la patria, como decía el Coronel, cuya estatura compensaba su voz grandilocuente.

Y mientras desfilaban aquéllos, a rastras sus pies, sus bártulos y sus repugnantes humanidades, Valeria asomada al balcón, feliz por la victoria, conversaba y reía con los oficiales, sin que bastaran los pellizcos de su tía sorda ni los codazos de la tía Luz, a contener aquel borbotón de alegría que desgranado por sus dientes se comunicaba a otros dientes, imantándolos para la risa. Reían en torno de ella los militares y reían algunas de las personas alineadas en las aceras, frente a la casa de las Mercado, no sin que entre éstas se vieran caras de enojo y protestas por aquel alegrarse del mal ajeno.

—Parece que no son perros los que están desfilando, sino gente... —murmuró alguien.

—¡Peor que perros!... —atajó un muchacho grande, prieta la cara y los ojos verdes, feliz de reírse de aquellos desgraciados, reírse para no escupirlos—. ¡Nadies que engancharon para venir a guerrear por paga!, —y carcajeándose, solidario con la persona que reía en el balcón, volvióse a ver quién era, pero sólo encontró el apagarse de la dentadura blanca en los labios de la joven señora de Najarro.

Entre los prisioneros, cubierto por un enorme sombrero de alas flotantes, acababa de reconocer a su marido.

A duras penas se tuvo en pie, mostrenca la mirada, húmedas las sienes, seco el galillo, con un resto de risa acalambrada entre los dientes.

El pellizco de la sorda y el codazo de la tía Luz no se hicieron esperar. Dominó su emoción, al notar que nadie se había dado cuenta, y Chus Najarro habría pasado como tanto prisionero, si uno de sus hijos, el mayorcito, no lo señala y grita:

—¡Mi papá! ¡Mi papá! ¡Mi papaíto!...

Chus Najarro volvió la cabeza altanera al oír la vocecita que lo llamaba en el silencio de aquella calle empedrada, polvorienta, y encontróse en los balcones con el grupo de las solteronas, los oficiales, los niños y Valeria. Sólo Valeria notó que bajo el bigote negro del prisionero se diluía una sonrisa de puñal helado.

La noche no terminaba, no terminaba nunca, por mucho que apresurara el paso, de lado y lado de la puerta, el péndulo del centinela, y golpearan sus armas, en rápido tic-tac de alerta, los centinelas de las azoteas.

Muchas veces se detuvo Valeria en el pasadizo. Otras llegó hasta el zaguán.

¿Habría venido el jefe?

Su silencio, su mirada, su respiración anhelante lo preguntaban, antes de acercarse a indagarlo de los bultos emponchados que tosían en la sombra. Algunos no le contestaban. Otros le contestaban dormidos o como dormidos tras escupir o pedorearse.

No, no había regresado.

Uno de los oficiales, la cara envuelta en una toalla, la espada abandonada entre las piernas, las manos en las bolsas del pantalón, le informó que lo habían llamado a la capital urgentemente.

—¿Y cree usted que volverá?

—Pues no le sabría decir...

—¿Y de los presos que entraron hoy qué se sabe? ¿Los llevaron a la capital?

—No, aquí están. ¡Yo ya los habría fusilado a todos, recua de zánganos!

—¿Y aquí los irán a dejar? ¿Qué dice usted?

—Sólo por esta noche. El Coronel traerá instrucciones de si se los liquida o no.

Sólo por esta noche... Valeria volvía a desandar la casa hacia su cuarto repitiéndose: Sólo por esta noche... sólo por esta noche...

Entre las camitas de los chicos que dormían, las tías velaban, rosario en mano, a la luz de una candela bendita, mechuda y chisporroteante. Acompañaban a Valeria que andaba a la caza del Coronel Prinani de León, para pedirle por su marido. Tenía que ser esa noche, antes que se lo llevaran a la capital, para ser juzgado.

El enojo de las tías por el mentado Chus Najarro diluíase en la aflicción, en la congoja que les entraba de pensar que lo fueran a fusilar. No por él. Por sus hijos. Por los sobrinos-nietos y porque ellas ya estaban viejas para contar con que pudieran educarlos.

—Andá otra vez, hijita —aconsejaba la tía Luz—. De repente llega en lo que estás aquí con nosotras y se te dificulta hablarle después. Hay que agarrarlo cuando entre. Urge hablarle esta misma noche, al solo entrar, y por eso es mejor que te estés por allá... ¡Por estas criaturitas, por estos niños que son inocentes, Señor, nos has de hacer el milagro!...

La sorda seguía con los ojos llenos de brillo muerto, la respiración adorable de los niños. Sus pechos, como fuellecitos rosados, hinchándose y vaciándose de la música de la vida. Sus cabecitas en las almohadas. Los tirabuzones de sus crenchas. Las manecitas fuera de las sábanas. Los pequeños grandes bultos.

Valeria volvió a desaparecer por la puerta de su cuarto a paso quedo. Sensación de ir por un subterráneo interminable al cruzar el pasadizo.

Los centinelas paso a paso toda la noche, pendulares, al compás del tic-tac de las alertas de las armas en las azoteas, el crujido de alguna puerta, el rascarse de los soldados, en la guardia, algún ronquido, un gargajeo, una escupida, aves nocturnas, ratones, grillos, el lejano ladrar de un perro.

Iba hasta el zaguán y del zaguán se volvía hasta el pasadizo para estar al acecho del jefe y pedirle, de rodillas si era necesario, la vida de su esposo.

Por momentos le parecía hacedero, por momentos imposible.

Si estaba en la mano de Prinani de León, no se lo negaría, y si se lo negaba...

Las estrellas brillaban sobre los techos, entre las arboledas vecinas. Algún gallo cantó. Otros respondieron. Adelantaban la madrugada.

Cerró los ojos. Su corazón era un solo quejido. Abrigóse los brazos con el pañoloncito que le cubría los hombros. Acababa de percibir en la calle rodar de automóviles que se acercaban a la casa. ¿Sería él?

No tuvo necesidad de ir hasta el zaguán. Era Prinani de León. De espaldas, en la sala, frente a la mesa que le servía de escritorio, descalzándose los guantes, lo sorprendió. A sus pasos, el Coronel volvió la cabeza. Su invariable sonrisa de muñeco de celuloide, le dio esperanzas. Esperó que se acercara extrañado de que le buscara a esas horas. Un oficial que iba a entrar en el despacho en aquel momento, se retiró, temeroso de interrumpirle al jefe la conquista. Quedaron solos, frente a frente. Pero antes que ella hablara, que bien iba al luto riguroso de sus ojos, el llanto, otro bulto asomó y vino hacia ellos. La tía Luz.

—Señor Coronel —dijo la anciana—, abrimos las puertas de nuestra casa seguras de servir al gobierno legítimo, y lo hemos hecho con muchísimo gusto...

El Coronel parpadeó ligeramente y luego mostró su invariable máscara de arruguitas festivas en los párpados y labios.

—De la cooperación que se sirvieron prestarnos, señora... perdón, señorita, informé oportunamente al gobierno. ¿De qué se trata?

—No sé si usted se fijó —intervino Valeria— que entre los prisioneros uno de mis hijos reconoció a su papá...

—¿Entre los prisioneros que desfilaron?

—Sí, Coronel...

—No me di cuenta...

—Fue un detalle sin importancia —añadió la tía Luz—. Entre esa gente que desfiló, desgraciadamente se encontraba el padre de las criaturas, y quisiéramos pedirle...

—¿Cuál es su nombre?

—Jesús Najarro... —contestaron tía y sobrina al mismo tiempo en el mismo tono de suprema aflicción.

Prinani levantó una lista que tenía sobre la mesa y repasando atentamente la nómina de los prisioneros, después de unos segundos dijo:

—Jesús Najarro... Sí, aquí aparece con el grado de capitán.

—¡Qué capitán, un alocado! —cortó la tía Luz—. Abandonó la tienda de géneros que con mi hermana le habíamos puesto en la capital, tratando de que se encarrilara por el buen camino... y allí lo tiene usted...

—Muy grave... —articuló el Coronel, al dejar la lista sobre la mesa—, muy grave...

—Pero usted, Coronel, puede hacer por él...

—Yo no puedo hacer nada, señora... —le cortó en seco a Valeria, pero ésta siguió suplicante:

—Puede... puede... siquiera que no se lo lleven de aquí...

—Sí, Coronel —intervino ahogada la tía Luz—, que lo dejen aquí para que nosotras le podamos mandar un colchón, sábanas y comida.

Tras un largo silencio, el jefe despegó los labios:

—Eso puede ser... —las dos mujeres respiraron—, perfectamente, se va a quedar aquí en el buen entendido que no intentarán verle. Mándele sus cosas, voy a dar la orden.

—Y no habrá riesgo de que lo fusilen —inquirió la tía—. La gente anda diciendo que mañana los van a matar a todos.

—¡No somos forajidos, señora...! —dejó el señora sin rectificar para dar mayor solemnidad a sus palabras—, somos representantes de un gobierno legítimo. Más adelante, los tribunales militares se pronunciarán sobre la suerte de los prisioneros.

—Entonces, Coronel, nos da su palabra de que mi marido se queda aquí —trató Valeria de sacar la confirmación plena.

—De eso esté segura, mi señora.

3

Las tías andaban por la iglesia de buena mañana, acoquinando a San Judas Tadeo con sus exigencias y súplicas; la sirvienta había salido con los chicos para que visitaran a su papá, al llevarle el desayuno, y Valeria peinaba sus largos cabellos negros en el fondo del jardín, junto al estanque, los ojos en el líquido alforzado por el hilo de agua que caía del chorro y tan absorta que no sintió los pasos de alguien que se acercaba, destrozando las plantas con sus botas, la cara alforzada por las arruguitas de su reír continuo, como el agua del estanque, la tomó de los brazos por detrás y la quiso dar un beso en la boca, sin lograr otra cosa que rozarle la mejilla con los labios.

—¡Preciosa y además, arisca!

Valeria, a prudente distancia de Prinani de León, no sabía qué hacer.

—Me asustó... —dijo por fin.

—Pero no como la viejita que cuando probó el primer susto salía a que la asustaran. Espantos... Espantos...

Valeria hizo como que no entendía.

—¡Qué lindo lunarcito, me gustaría mordérselo con todo y el hombro!

—Hable de otra cosa. Es poco serio...

—Si me escucha, le hablo en serio. Estoy enamorado de usted. Por eso accedí a que Najarro se quedara prisionero aquí, para que usted no lo siguiera a la capital. En la cárcel, yo me la aseguraba aquí conmigo, junto a mí, sirviéndome de compañía para salir, para conversar, pero se porta muy esquiva...

Valeria retiró la mano que el Coronel quiso agarrarle.

—No sea así, vea que de mí depende que su marido siga

a la capital y lo fusilen. Y no de mí, de usted. Es mejor
que lo sepa y se vaya haciendo a la idea...

4

Toda ella se sacudía en los trastumbos que daba el «jeep»
en que iba al lado del Coronel. Guantes, anteojeras, revólver y una ametralladora de mano en la parte de atrás. Algunas galletas, una botella de coñac y agua mineral.

Las tías se quedaron esperando que volviera la sobrina
de la inspección al campo de batalla. El sueño les cerró los
ojos.

Valeria volvió a la luz del día siguiente. Una inmensa
tristeza la aplastaba. El «jeep» la sacudía como bulto. Una
cosa inerte. Traía sed. Una sed insaciable.

—¿Es tan terrible lo que viste? —le preguntaba la sorda,
listas las uñas para pincharla si tardaba en contestarla, tan
ansiosa vivía de noticias en su retiro, detrás de la muralla
de su sordera.

—Sí, terrible...

—¿Muchos muertos?

—¿Muchos caballos muertos? —corregía a la sorda la tía
Luz—. ¡Pobrecitos los caballos! A los animales es a los que
les tengo más lástima, qué saben los pobres...

—¿Y heridos? ¿Muchos heridos? —seguía la sorda su interrogatorio—. Los que se dan los grandes banquetes en la
guerra, son los zopilotes y los cuervos.

—¡Eso, eso, tía Sofía! —gritó Valeria para que la
oyera—. Vi el banquete de un zopilote de pescuezo colorado... sobre una pobre mujer. Fue lo que más me espantó.

—Un quebrantahuesos —dijo la tía Luz.

—Sí, un quebrantahuesos, picoteando la carroña de la
infeliz mujer, llevándose por pedazos sus entrañas...

—Bebe, bebe, para que te pase la impresión —le sirvió
dos, tres vasos de agua la sorda.

—Y te deben doler los riñones... —comentó la tía Luz,

al ver a Valeria doblarse de un lado con la palma apoyada en la cintura.

—Sí, tía, el «jeep» es peor que un caballo de trote.

Durmió toda la mañana. La almohada al despertar estaba empapada en llanto y en saliva sangrosa. Dormida se mordió los labios y la lengua. Le dolían los senos. Tendióse boca abajo. El vientre tenso, las piernas largo a largo. Olía el almidón de las sábanas. Los ojos contra los trapos blancos, sin ver nada, oyendo rodar el día.

Salió de su habitación a media tarde. Iba a empezar esa noche otra espantosa espera. Prinani de León le había prometido, no sólo no mandar a Najarro a la capital, sino ponerlo esa noche en libertad, y algo más, dejarlo allí en la casa con ella, para que estuviera más seguro. En el cuartel general nadie iba a sospechar del escondite. El problema eran los niños y las criadas. Los mandarían a una granja que las tías poseían en las afueras de la población.

Acobardada, llorosa, alzó los ojos en la oscuridad de su cuarto apenas alumbrado por una candela que ardía ante una imagen. En la puerta, igual que un fantasma, acababa de pintarse la silueta de su marido, acompañado del Coronel.

Valeria se alzó del borde de la cama para abrazar a Chus. Este estrechóse a ella. Apretado nudo que rompió la voz de Prinani de León:

—Su libertad, Najarro, se la debe a estas buenas mujeres. Son las tías de su esposa, al cedernos su casa, las que comprometieron mi gratitud... —los ojos acerados de Valeria hicieron tragar saliva al Coronel; se interrumpió para seguir diciendo—: Faltando a mis deberes he permitido que salga usted y permanezca oculto en esta habitación, al lado de su esposa, hasta que terminen las acciones de guerra...

—Créame, Coronel, que no encuentro palabras para agradecerle...

—Sencillamente lo hará reconociendo ante su esposa, la mujer que escogió para madre de sus hijos, que es usted un criminal de la peor laya. Oculten ustedes a los seres que formaron esta verdad tremenda: su padre se confabuló con una potencia extranjera para invadir su patria.

Najarro estaba anonadado. Valeria se tragaba los goterones de lágrimas en silencio. Las tías, afortunadamente, no habían vuelto de la granja. Fueron a dejar a los niños y a las criadas y estarían por regresar.

—Su acción, Najarro, es la del hijo que penetra en la alcoba de su madre para atacarla mientras duerme, y no penetra solo, sino acompañado de otros bandidos a paga, y ni siquiera pagados por él, no, pagados por otro... Se da cuenta... No, no intente hablar... Cállese... Cállese...

Y salió de la habitación, sin perder su cara de muñeco al que se da cuerda para que injerte blasfemias, denuestos, interjecciones a lo largo de un monólogo que acabó con gritos y amenazas a los subalternos que vencidos por el sueño, hasta parados se quedaban dormidos.

Najarro se desplomó de cansancio en la cama de su esposa. Valeria sentóse al borde y tras contemplarlo largamente, le pasó la mano por el cabello empapado en sudor helado.

—Tendrás que estar mucho tiempo escondido... —atrevió ella, después de un rato, como si hablara con la oscuridad, tan borroso se miraba el cuerpo de Najarro.

—No creo...

La voz salió de su garganta con dificultad por la postura en que había caído, la cabeza perdida entre las almohadas.

Después de un momento en que no se supo bien si sollozaba o respiraba fuerte para no ahogarse de la pena, levantó la cabeza para hablar.

—No, no creo que tenga que estar escondido mucho tiempo. La cosa está bien vendida. No es así no más. Este Coronel baboso me va a pagar el sermoncito cuando triunfemos.

—Pero, Chus, cómo van a triunfar si los derrotaron. No seas iluso.

—Nos derrotaron por tierra, pero ahora van a venir los aviones. Por eso te decía yo que la cosa estaba bien vendida. Los aviones de los gringos nos van a dar la victoria, al final. Ya verás. Sólo es cuestión de unos días.

—Pero, Chus, no sé si he oído bien. Aviones de los gringos has dicho...

—Y de quién otro, si sólo ellos tienen aviones como los que se necesitan y aviadores que los saben manejar...

—Van a bombardear, van a destruir las ciudades...

—¡Qué importa!

—Van a matar mucha gente...

—Lo que queremos es triunfar, ah, sí, triunfar... mandar nosotros... que los gringos nos pongan en el gobierno...

Y esa noche empezó la batalla aérea. No hubo batalla. Hubo masacre. Sin interrupción de días ni de noches, la aviación que anunció Najarro sembró la destrucción y la muerte en un país indefenso.

Las poblaciones se estremecían al paso de las enormes máquinas aéreas y las explosiones de las bombas. Valeria andaba enloquecida huyendo de un lado a otro de la casa para no hablar con las tías, con los oficiales con quienes solía conversar, con el Coronel, con ninguno, temerosa de no resistir la tentación de acusar a su marido por aquellos bombardeos inicuos. Denunciarlo, así, denunciarlo, gritar el nombre de su esposo, escondido en el cuartel general, como uno de los que aceptaron que los gringos bombardearan ciudades abiertas con aviadores que habían peleado en Corea y... algo más grave, uno de los que sabía que parte de la alta oficialidad del ejército estaba vendida, lo que no dejaría salvación para el gobierno.

Najarro extrañó que Valeria no se apareciera por la habitación en que él estaba escondido, sino muy de tarde en tarde, pretextando visitas a la granja para cuidar a los niños, y todas sus sospechas se confirmaron, cuando ésta dejó de hablarle, de mirarle a los ojos, ignorándolo, como si no estuviera, o sacudiéndose de horror, como electrizada, cuando él la tocaba un hombro, una mano. Evidente. Prinani de León le había exigido que fuera suya, y a ese precio compró su vida y libertad. Después siguió con ella y ahora ya también ella estaba «encanchinada».

Encendió varios cigarrillos seguidos. No los fumaba. Se

los comía. Una y otra vez, hasta hacerse daño, dio con los puños en la pared. Su único consuelo era oír el rugido de los aviones y los estruendos lejanos de las bombas. Cada explosión era un paso más hacia la victoria, hacia «su» venganza.

Valeria volvió esa noche como atontada, echóse en la cama sin desvestirse, llenos los oídos del rumor de los aviones. Los seguía oyendo. Los seguía oyendo.

—Chus...
—Vala...
—No puedes dormir...
—No, no me duermo...
—¿Oyes los aviones?
—No van a dejar ni polvo...
—Chus, es tu patria, es tu tierra...
—No van a dejar ni polvo y si mañana domingo no renuncia el gobierno, de la capital van a quedar las piedras...
—Es odioso... ¡Malditos!... ¡Malditos gringos! ¡Malditos sean los gringos!
—Estás loca...
—¡No, no, no quiero oír!

Los aviones bramaban apocalípticos sobre campos dichosos. Las tías se refugiaron en la granja, no sólo para estar más cerca de los niños, sino por el peligro que significaba para ellas quedarse en su casa, convertida en objetivo militar.

—¡Ja, ja!... —reía Chus Navarro, oyendo los aviones—, ¡ja, ja, ja, cómo va a quedar el coronelito ese!
—No triunfarán ustedes, Chus, no es posible, tenemos el ejército...
—Está vendido...
—Tenemos el pueblo...
—Está desarmado...

5

La madrugada del domingo los encontró con los ojos abiertos, no poderlos cerrar para negarse que estaba amaneciendo, y los oídos fuera, lejos, hasta donde alcanzaran a ser los primeros en percibir la proximidad de los primeros aviones. Nada. No se oía nada. Pero ya vendrían. De un momento a otro estarían sobre ellos, de paso para la capital. La claridad se adhería a las cosas como una humedad blanca. No respiraban para oír mejor. Cerraban los ojos para no ver que estaba amaneciendo. Nada. No se oía nada. Pero ya vendrían. Aguzaron el oído hasta un rumor distante. Pero no eran aviones. Un motor de auto. Ahora sí. Muy claro, muy claro. Pero no se concretó. Como si volaran muy alto.

—Chus...
—Vala...
—Chus, van a destruir la capital...
—Esos eran los planes, acabar con la ciudad si no se rendía el gobierno... Pero no es eso lo que me interesa. Lo que quiero es saber si fuiste suya.
—No...
—Si fue tu cuerpo el precio de mi libertad y mi vida...
—Toda la noche te he dicho que no...
—Y después seguiste siendo suya...
—¡Ni después ni antes, Chus! ¡Ni después ni antes!...
—y tras una pausa—: Ya es de día, ya deben de estar bombardeando la capital...
—¡Anda a preguntárselo al desgraciado ése!
—Al menos no me contestará como tú —se retorció sollozante—. Ya no tengo nervios para oír decir que la capital va a quedar como Hiroshima... ¿Por qué no pensar rectamente? ¡Por qué no pensar que mi tía Luz se lo pidió, y que no fue a mí, sino a ella, a ella, Chus, a la que le concedió tu vida el mismo día que desfilaste con los prisioneros por aquí, esa misma noche, yo estaba presente, mi tía se lo pidió por tus muchachitos...
—¡Ah, pero que se le vaya despintando la risa de la cara!

Una explosión en seco los dejó callados, frente a frente. Más tarde se oyó el rugido de los aviones.

—Deben haber querido volar la casa —dijo él— y van a volver, van a volver, ya sabrán que éste es el cuartel general... ¡Huyamos! ¡Huyamos!... ¡Con otra andanada de bombas se derrumba todo esto!...

—¡No, tú no puedes, tú no puedes salir de aquí! Tu cabeza tiene precio... Vivo o muerto, te buscan vivo o muerto...

—Pero no podemos quedarnos a que nos maten, a que se nos venga la casa encima...

Se empezaron a oír de nuevo los aviones.

—Moriré contigo, si es necesario, para verte cazado en tu trampa... ¡Ah, cómo me gustan los aviones gringos bombardeando esta casa donde estás tú! Que no se equivoquen de casa, que no se equivoquen de cuarto...

Se quedó contemplándolo con los ojos quemados por el llanto.

—No, no venían para acá... Se alejan... —añadió ella.

—Enfilaron hacia la capital. La van a hacer volar en pedazos.

—Y tú esperando eso para triunfar... ¡No, no es posible que yo me calle! ¡No es posible que siga vivo un hombre así!... ¡Debo denunciarlo!... ¡Debo denunciarlo!...

No era mujer. Era un fantasma despeinado, gesticulante, con los brazos en alto, el que entró en la sala de la casa, donde el coronel Prinani de León había pasado la noche en vela.

—¡Coronel! —le gritó con la poca voz que le quedaba—, ¡vengo a denunciar a mi marido; forma parte de los que vendieron las ruinas de nuestro país a los gringos, las ruinas, porque está esperando que destruyan la capital!

—Señora —le contestó el Coronel—, ¿dónde está su esposo?...

—En el cuarto...

—Debo estrecharle la mano, es un patriota...

Valeria no creía. Lo vio levantarse y salir en busca de

Najarro. Fue tras él. El corredor, el pasadizo, y el otro corredor...

Al entrar en la habitación el Coronel a la par de su esposa, Najarro salió a encontrarlos..

—Najarro —cortó en seco el Coronel—, ¿sabe usted por qué lo dejé escondido aquí?...

Aquél endureció la cara y sin bajar los ojos, sosteniéndole la mirada al Coronel, dijo indignado:

—Sí sé...

—¡Ocelotle 33!

Najarro, que había rodado las pupilas cargadas de rabia hacia Valeria, no se esperaba aquella contestación: «Ocelotle 33»...

Retrocedió un paso, devueltos los ojos ansiosos hacia Prinani de León.

—No, no puede ser, no es posible... —dijo por fin.

—Sí, Najarro; yo también estaba con los «libertadores» de la patria. ¡Ocelotle 33!...

Valeria, que asistía a la escena, al ver que se iban a abrazar, se interpuso.

—¡No! —gritó—, no se pueden abrazar! El Coronel me exigió que fuera suya a cambio de tu libertad, y yo me entregué por ti, por ti, Chus, por tus hijos, por tu vida...

—No es cierto —atajó Najarro—, hasta hace un momento me juraste y perjuraste que el Coronel no te exigió nada, que fue a Luz, tu tía, a la que le concedió mi vida...

—¡Tu vida, pero su libertad la compré yo con mi cuerpo!

—¡No es cierto!

—Hable, Coronel; sea valiente, se lo pide una mujer. Sea hombre, diga la verdad, confiese qué hizo de mí cuando me llevó en su «jeep» al frente de batalla...

—¡Señora, no son cosas para ser tratadas en momentos en que la patria está en peligro! ¡Y usted no puede oponerse a que nos abracemos los dos Ejércitos: el de «Liberación» y el Ejército Nacional!

Un estruendo los golpeó. Por poco los deja en el suelo. Se quedaron sumergidos en el ruido del avión, como en el fondo de un mar embravecido.

Valeria se precipitó hacia el zaguán, pensando en sus hijos.

—¡Acaba de caer una bomba en las afueras de la población! —le informó el único soldado que encontró en el corredor, ya sólo quedaban las armas abandonadas.

—¡Una bomba en las afueras! —repitió Valeria al pasar junto a un oficial que se estaba quitando el uniforme tras una puerta, peludo de piernas como un mono.

El oficial no contestó, pero ya en asomando a la calle, vestidos de civiles, Valeria alcanzó a ver otros oficiales que saltaban a sus «jeeps» y automóviles allí estacionados, para huir a toda velocidad.

Uno de ellos se volvió a gritarle:

—Sí, sí... en las afueras... ¡Adiós, el jefe nos vendió, pero volveremos... volveremos!

Al desaparecer los vehículos en la primera esquina, todavía se oía el grito de «volveremos... volveremos...»

Reinó el silencio. Los soldados forcejeaban con hombres que les disputaban las armas. Otros entraban y se apropiaban de las armas abandonadas.

La radio anunciaba, desde la capital, el derrumbe del gobierno, y los primeros nombramientos. A Prinani de León se le confirmaba en sus cargos militares, y el honorable señor Jesús Najarro Meruán, era designado Secretario de la Junta Militar en Ejercicio del Poder Ejecutivo.

El que cuidaba la pequeña granja, vino, apareció, se hizo presente en la irrealidad de las cosas reales, al detener o medio detener un sulky para que saltara Valeria, fustigar al caballo y volverse...

—Allá con nosotros cayó la bomba... —Valeria oía las palabras rasgadas en el viento—. No... No... a los muchachitos no les pasó nada... Su tía Luz fue la que se quedó...

Al pie de unas matas de claveles japoneses yacía la tía Luz. Un lampo de sol le besaba los cabellos de nieve. La sorda, inclinada sobre su pecho, trataba de oírle el corazón que había dejado de latir.

Sorda la muerta en su féretro blanco, sorda la sorda en su vestido negro de luto riguroso y sorda ella a todo lo que no fueran sus hijos en el caserón que fue cuartel y donde los chiquillos, que la espiaban, la sorprendieron muchas veces, repitiendo por los rincones la palabra «Ocelotle».

Fue en la sala, junto a la mesa de mármol, estaba deshaciendo el altar de ánimas, acababan de terminar los nueve días. Se detuvo. Puso la mano sobre la plancha de hielo blanco y recordó que allí había oído por primera vez lo que ahora murmuraba en voz alta:

—Ocelotle 33...

Tras el cortinaje estaban sus hijos escondidos y salieron encabezados por el mayorcito que esgrimía una espada, el segundo era dueño y señor de una escopeta y el más chico de un revólver, más grande que él.

—¡Mamita, mamita! —le gritaron—. ¿Dónde está para que lo matemos?

Momentáneamente confundida por la pregunta de los niños, ella pareció buscarlo, como si en verdad estuviera allí.

—No, mis hombrecitos, no... el Ocelotle 33 ya se ha ido... fue una pesadilla y de las pesadillas, se despierta... —y luego, sólo para ella, sin saber si tragarse o soltar las lágrimas—, de las pesadillas se despierta, pero no de la realidad. De la realidad no hay quien despierte.

La Galla

1

Arriba, en lo alto, se columpiaba con el viento un árbol de matasano. Tendía sus ramas sobre una hondonada siempre verde. El verdor cenizo del matasano, cenizo amarillento, contrastaba con la joyosa esmeralda de la hondonada. Pero a partir de esos dos verdes, los ojos de Diego Hun Ig, empezaban a contar los once verdes del corazón de la Abuela del Agua, hasta juntar los trece verdes necesarios para la felicidad de la mañana. Diego Hun Ig, principal de la Cofradía Grande, bajaba a que el Consejero, le explicara el asunto de las tierras. Y así fue como se juntaron, en el corredor del Cabildo, el Consejero y Diego Hun Ig.

Se vieron. Se aproximaron. Se saludaron. Al mismo tiempo retiraron sus sombreros blancos de sus cabezas negras. Más que estrecharse las manos, se las acercaron en forma hierática. El Consejero, después del saludo, dio camino, él adelante, al «visita», por el corredor del Cabildo, a esa hora bañado de sol, y le hizo pasar a un aposento sin muebles. A la pared, adosados, se veían largos escaños. Sólo en el extremo, al centro, mirábase una mesa y un sillón con respaldo. Eso era todo. Los «caites» del Consejero, y los «caites» del «visita», resonaron sobre el piso de piedra.

En uno de los escaños, al rincón, en la penumbra olorosa a caoba por las enormes vigas del techo, desnudas y fragantes, el Consejero y Diego Hun Ig, tras ocupar ceremoniosamente cada cual su pedazo de escaño, trataron el asunto de las tierras.

—Ley Agraria... —dijo el Consejero, y sacó de su camisa blanca un cuadernito no más grande que las novenas de los santos y la entregó a Hun Ig, el cual la tomó, respetuoso, y se la llevó a la frente, en señal de que quedaba en su cabeza, y a su pecho, en señal de que quedaba en su corazón.

Los tambores gigantes resonaron toda esa tarde y toda esa noche, en el portón de la casa que ocupaba la Cofradía Grande. Un sábado. Según el resonar incesante, ensordecedor, de los enormes tambores, se convocaba a todos los cofrades, para estar presentes, hombres y mujeres, niños y ancianos, a la mañana siguiente. Hacía mucho tiempo que no se daba una llamada igual. Mientras los tamborones atronaban el aire, el ambiente de tempestad que su sonido iba poniendo se redoblaba de momento en momento. La tarde se sentía como un frío helado. Pero nada más, porque casi no se daban cuenta de la caída del sol, los que en tropel barrían un gran patio con escobas de raíces, regaban abundante agua, y luego cubrían el piso de hojas y flores. Diego Hun Ig, acompañado de los otros principales, Procopio Cay, Circuncisión Tulul, Julián Aceituno, Santos Chavar, Pedro Roca, procedían mientras tanto, a colocar las insignias de la Cofradía Grande, en un altar compuesto de ramazones verdes.

Nueve eran las insignias mayores. Un disco de plata en una vara. Al centro, de un lado llevaba la imagen de Santiago, y del otro, el «J—H—S», de Jesucristo. Esta insignia la empuñaría en el momento de la ceremonia, Diego Hun Ig. Discos de plata de menor importancia, algunos con campanillas que resonaban al moverlos, otros con rayos solares emergiendo del círculo de metal relumbrante, formaban las demás insignias. Algunas, en la parte superior, llevaban cruces. Frente a las insignias, una vez colocadas en el altar, se encendieron algunas velas, y los presentes, imitando a Diego, doblaron la rodilla, y se persignaron.

Ya era de noche. La población, pobremente alumbrada

por la luna que no alcanzaba a salir de las nubes, desierta, vacía y retemblante por el eco de los tamborones.

En la pulpería de doña Bernardina Coatepec, se le conocía con este apellido porque era de Coatepeque, aunque todos la llamaban «La Galla», ésta se movía de un lado a otro, desesperada por el ruido de los tambores, sin atender en forma debida a los clientes que compraban menudencias.

—Esos de la cofradía, no tienen madre... otra vez no nos van a dejar dormir, ¿quién va a pegar los ojos con semejante ruido?... es un ruido bestial... y que no haya autoridad... ¿Qué querés vos, muchachita? —se volvía a una de las compradoras.

—Cinco centavos de incienso...

—¿Y para qué querés incienso?...

—Para quemar...

—Sí, ya sé que es para quemar... Pero lo que te pregunto... ¡Aay, santo Dios, yo ya tengo basca con esos tambores, me voy a enloquecer, indios malditos! Lo que te pregunto es ¿por qué van a quemar incienso?

—Porque hoy se acaba la novena del Dulce Nombre...

—¿Y usted, señora, qué quería?

—Una arrobita de harina...

—¿Y vos?...

—Uno de esos machetes...

—¿Para qué querés el machete?

—Para tener...

—¡Dios santo, Dios santo, esos tambores!

De la sombra de la pulpería, hundida en una misteriosa tiniebla, oscuridad y especias, surgió una voz ronca, que dijo:

—Podías cerrar, vos, Bernardina; tal vez así se oye menos, y para lo que compran no vale la pena tener abierto...

—Podían cerrar —dijo aquélla, con sorna—. Acomedite...

Un hombre huesudo, bigotudo, con el sombrero puesto y un cigarrillo a medio fumar en la boca, se alzó de un banco, y con la tranca en la mano, ya cerrada media puerta, esperó que salieran los últimos clientes, para cerrar del todo.

De momento, efectivamente, se escuchó menos el retumbo de los tamborones. En la medialuz, el gato se despertó, asomóse a los trastos vacíos, olorosos a leche, lavados, listos para recibir la leche de la mañana, y de un salto escabullóse entre los sombreros de palma que uno sobre otro, en grandes pilas, se alineaban en una mesa, casi al lado de la puerta.

—Voy a contar la venta —dijo «La Galla»— y después cenamos... —y extrajo una gaveta grande, bajo el mostrador, donde en billetes y monedas de metal tenía lo que había vendido en el día. Allí mismo encontró un lápiz y un cuaderno, en el que fue haciendo apuntes.

—Vos sabéis todo... Vos... dejáme hacer las cuentas...

—Mal te cae...

—Dejáme en paz, o te estás yendo en seguida, que no quiero jodarrias en mi casa...

—Te cae mal.

—Que te callés, te digo... —y en esto diciendo, «La Galla», golpeó sobre el mostrador, un látigo que siempre llevaba prendido a la cintura.

El huesoso torció los ojos para ver el látigo, que, como culebra muerta, esperaba en el mostrador amenazante. Sin decir palabra, alzó los hombros, en señal de protesta, y acercóse a uno de los estantes, de donde retiró una botellita de cerveza.

—Mejor eso, ve, mejor que te bebás toda la cerveza que hay en el pueblo, y no que me estés chivando con los recuerdos.

El huesoso no la escuchó. Se había ido al interior de la casa, y en el comedor, saboreaba la cerveza. La cabeza hundida en los hombros, con escasa cavidad torácica, daba la impresión de un tuberculoso.

—Ve, vos, «Pecoso» —se oyó la voz de «La Galla»—, estos

indios malditos con sus tambores me tienen loca, por eso te traté mal...

—¡Te traté mal!... Me amenazaste con ese látigo que no sé para qué has de cargar todo el día en la cintura... y si sé... era el quedar bien de tu señor padre... viejo amargo, con ese látigo les pegaba a los indios hasta dejarlos sin resuello.

—Te callás, o te rompo el alma... —avanzó ella decidida a descargar el cuerazo sobre «El Pecoso».

—Me callo, pero allí están los tambores...

—¿Qué dijiste?...

—Que me callo...

—Vamos a ver qué me dejó la muchacha... Se emplean de cocineras y no saben ni hacer huevos revueltos... Y vos debías leer el periódico... Serví para algo... Aquí se paga la suscripción del papel ése, por vos, y jamás he visto que lo leás...

«El Pecoso» arrancó de un paquete de periódicos la faja con su nombre, la suscripción estaba a su nombre, todo estaba a su nombre, «Luis Marcos», y extendió el periódico, aproximándose a una lámpara.

—Bernardina —alzó la voz, apenas puestos los ojos en el periódico—, con razón que están tocando los tambores. Oí la notacita: «Mañana entregarán las tierras a los indios de la Cofradía Grande, en cumplimiento de la Ley Agraria...»

—Papas al vapor, fue lo que dejó ésa; ¿a vos, por fortuna, te gusta el perejil? Y salpicón, pero como que al salpicón no le echó naranja agria, está dealtiro soso. ¿Qué decías del periódico?

—Que mañana domingo les harán entrega de tierras a los indios de la Cofradía Grande.

—¡Una barbaridad, quitarle la tierra a los dueños, para dárselas a los indios! Yo ya tenía hambre, alcanzame un pan... No, no me pasa bocado —dijo «La Galla», al sólo llevarse a la boca el tenedor con salpicón—, el retumbo de esos tambores me cierra la garganta. Comé vos, y perdoná que te deje solo...

De estatura regular, gorda de carnes, «La Galla» era de gracioso andar femenino, sólo que esta vez, al marcharse a la habitación, más parecía una condenada a muerte que fuera no por sus pasos, sino arrastrada. De momento había perdido el control sobre su persona. El llanto helado en la cara, los labios entrecerrados, sollozando, de cabeza se tiró en la cama. Los tamborones no dejaban de sonar, percutiendo a distancia, igual que en el portalón de la Cofradía Grande.

Así, así sonaron toda la noche, la víspera del levantamiento de los indios en que su padre fue muerto. Su padre, amigo personal del Señor Presidente, era todopoderoso, y odiado entre los indios que llamaban «ovejeros», porque los chicos pastoreaban sus ganados, y de grandes los vendían, para los cortes de café y los trabajos en la costa, en las plantaciones de banano.

«El Pecoso» dobló el periódico. No lo dobló del todo. Lo dejó sobre la mesa. Le faltaban, no fuerzas, sino voluntad para hacer ciertas cosas. Y todavía, para que se aplacara aquel papelote, le dio un puñetazo. Así sonaron los tamborones, pensaba, mientras se desperezó, y fue por otra cervecita a la tiendecita, que quedó a oscuras, con sóla la luz de un candil que ardía ante una imagen.

Así sonaron y sonaron los tambores, cuando ultimaron al viejo. A tiempo le dio el tiro Rafael Procol, su segundo y secretario. Le dio un tiro para que los indios le perdonaran la vida. Fue un traicionero favor. Si no lo acuesta allí del disparo de rifle a quemarropa, los indios los degüellan a los dos. Ya cuando llegaron los asaltantes, encontraron el cuerpo del viejo largo a largo, por tierra, y perdonaron a Procol.

«La Galla», pobre, pensaba el huesoso, paladeándose con la lengua la espuma de la cerveza en los labios, creció en ese ambiente, y ella no puede comprender que se trate a los indios, como a personas. Le rebela. Le hace hervir la sangre. Su padre, que de difunto siguió siendo temible, contaban que espantaba, tenía en su hacienda de la costa, cepos y calabozos, y a los peones que se le alzaban, los castigaba terriblemente. ¡Y qué contabilidad de azadón! Todo para dentro. Nadie le acabó de pagar jamás lo que le debía. Peón que caía con él no salvaba jamás. Por la deuda trabajaba, hasta morir, y sus hijos «heredaban» la deuda, y seguían trabajando para el viejo.

2

Diego Hun Ig, se detuvo en la puerta de su rancho a decir a su mujer que iba a volver después de medianoche, y, entre campos y cercas, fue igual que un pájaro nocturno, hasta la quebrada de «Melgarejo», donde vivía Tucuche, el más anciano del lugar. En un pañuelo le llevaba café, pan y un cuarterón de queso duro. Todo fue del agrado de Tucuche, que le dio «suelo» para sentarse, y frente a él, también sentóse en la tierra, igual que una divinidad de piedra.

—Considerá, tata, que nos van a regalar tierras —dijo Diego, tras una gran reverencia—, y que como con «ellos» todo tiene sus «asigunes» debe saber si es para bien o para mal.

Tucuche bajó los párpados para cubrirse los ojos lechosos de viejo y largo rato se quedó con la cabeza en un baile de avispas, sus manos igual que arañas negras, de grandes patas de hueso y pellejo, en el suelo, y su respiración, profunda.

—¿Considerás que es para bien, tata?

—Para mal, no es, Diego Hun Ig. Pero no es el tiempo de que la tierra vuelva a manos de nosotros. Faltan años. «Plumas Mayores» vendrá ese día. Hay que esperar. Nueve veces estuve en la rueda de la luna y nada me anunció que esas tierras fueran la voluntad de «Plumas Mayores». Yo ya sabía, sí, ya tenía advertencia de todo.

—¿Y en qué ves el mal, tata?... —imploró con la voz angustiada, Diego.

—En que vendrán otros «hombres rubios», y habrá

nuevas luchas, habrá nuevos tributos y grandes sufrimientos.

Muy lejos, como el oleaje del mar, alcanzaba a llegar el eco de los tamborones.

—¿Hombres rubios?

—Sí, y exigirán, y exigirán... Habrá una guerra rara, muy rara. Se nos hará la guerra y no sabremos nunca quién. Y si se sabe no se dirá. Todos lo callarán. El misterio está en eso. Para quitar la tierra habrá una guerra desde el cielo, y nadie, Diego, nadie sabrá el porqué de aquella mortandad...

—Tata, tata...

—Y habrá sumisión de los jefes nuestros. Muchos de nuestros jefes hijos de indios, se someterán, bajarán la cabeza, para que el «hombre rubio» les ayude a imponernos los terribles tributos, de hombres para trabajar y dineros para sus arcas.

El viento de la medianoche le soplaba en las orejas, tamaño alas de murciélago, pellejudas, y frías, cuando de regreso a su casa, Diego Hun Ig tropezaba a cada momento, sin encontrar dónde poner los pies. Los tambores inflaban el corazón del cielo, el pecho de la noche inmensa, entre las montañas que en torno a la población cerraban el círculo de sus murallas de esmeraldas.

Un principal, como Diego, no puede comunicar a nadie el secreto que le confía el más anciano del pueblo. La madrugada fue larga. En el rescoldo del fuego, la mujer le había dejado comida. Seis tortillas, en la ceniza, un batidor de café y un plato, un pedazo de cecina. No comió al llegar pasada la medianoche, pero en la madrugada, tuvo hambre. El alimento estaba frío, sus dientes helados. Todo húmedo y gélido en derredor. Metió la mano en la ceniza, para verse la mano con un guante. Sus ojos se fijaron cómo de entre los dedos le caía el fuego, sin chamuscarlo. Raro. Los carboncitos igual que rubíes se le iban de las manos, por entre los dedos.

Seguían sonando los tamborones. El acompasado golpear adormecido, le hizo pensar que todo iba a quedar en suspenso, que no saldría el sol, que todas las cosas se pararían allí, las estrellas, las aguas, los pájaros dormidos y los corazones. Y todo, por un tiempo, un tiempo de inmedibles años, quedaría así detenido. Sólo respiraría el Tucuche, esperando el Gran Emplumado, al Joyoso Señor de las Plumas Verdes, que bajaría a entregarles las tierras esa vez, sí de verdad.

3

La ceremonia fue sencilla. Los principales, con sus insignias y cruces, salieron a recibir a la comisión del Gobierno, que les iba a entregar las tierras. Adelante Diego Hun Ig, con su redondo sol de plata en una vara también de plata, y a sus lados, los otros cofrades. La multitud se había adueñado del portón y hubo que despejar casi a empellones. Todos querían ver. Las mujeres, los muchachos de pocos años, jóvenes y viejos. Todos asomaban los ojos de agua cansada, ansiosos por mirar en qué iba a consistir aquel «entregue de los terrenitos».

En fila, los miembros de la Cofradía Grande, esperaban turno para recibir el papel que acreditaba la entrega de una parcela de terreno en las llanadas y montañas del «Palo Alto». Algunos trataban de besarles las manos a los que les hacían la entrega, pero éstos, las retiraban y explicaban que no debía hacerse tal, porque al entregarse las tierras, sólo se cumplía con el programa de la Revolución.

«El Pecoso» había paseado sus ojos con sueño de enfermo por la ceremonia, sin meterse mucho, no sólo porque no le gustaba el olor a indio, sino porque entre la multitud sentía que se ahogaba. Aprovechó un montón de tierra y piedras de una construcción frente la «Cofradía Grande», para seguir el acto.

Al centro se colocaron, Diego Hun Ig, al lado del representante del Gobierno, y después los principales cofrades, todos frente a una mesa cubierta con la bandera azul y blanco. De uno en uno, cada indio fue pasando a recibir su título y terminada la ceremonia, después del discurso de un caballero que hablaba más con las bocamangas, tales ademanes hacía, que con los labios, Diego contestó brevemente.

Los tambores volvieron a sonar, se soltaron cohetes y bombas voladoras, y marimbas y una banda, tocaron dianas.

—¿Tocamos el Himno Nacional? —vino a preguntar el director de la banda.

—No —le dijo el representante del gobierno—; el «Himno» lo toca cuando lleguemos a «Palo Alto», en el momento en que los propietarios se coloquen en sus terrenos.

Y así se hizo. En «Palo Alto», ya estaban señaladas las parcelas, y allí fue cada indio, con su familia, a pararse, hasta quedar todos en su propiedad.

Los padres, con sus hijos, sus nietos, vestidos de telas multicolores, las caras de fiesta, formaban grupos vistosos en cada parcela y desde lejos se contaban cientos, miles, cuando se iban colocando. Al estar todos, desde los que se miraban grandes por quedar próximos, hasta los que se divisaban pequeñitos por hallarse más lejos, a una voz entonaron el Himno patrio, con los pies en tierra propia y no como desheredados que cantan.

4

«La Galla» recibió meses después la visita de una antigua compañera de colegio. La verdad es que le causó una inmensa sorpresa volverla a ver. Pero pronto se entendieron. El simple comentario sobre la situación «tan difícil», les permitió ponerse de acuerdo. Lo único que «La Galla» tenía que hacer era ir escribiendo en una hoja de papel los nombres de todos los «comunistas» de la localidad.

—¿Hay muchos, Bérnar? —le preguntó aquélla, con su mejor sonrisa de dientes descarnados, recordando que así la llamaban en el colegio.

—Todos los de la «Cofradía Grande», ¿te parece poco?

—Pero las cofradías son asunto de la iglesia, para festejar a los Santos, a la Virgen.

—Allí tienes, es la «Cofradía de Santo Domingo», la que recibió las tierras que se les repartieron aquí, o sea la «Cofradía Grande».

—Sí, sí; ¡hasta dónde se han infiltrado!; pero no les va a durar mucho, porque ya los planes están listos, y por eso, porque sé cómo murió tu papaíto, vine a buscarte. En cada lugar se están levantando las listas de los «comunistas», para que no se escape uno.

Al irse la visita «La Galla» endureció los ojos. En sus facciones suaves, aquellas dos monedas negras, no vagaron, quedaron fijas en un punto.

«El Pecoso» entró con un joven que llevaba al hombro una cámara de retratar, y dijo ser periodista.

—Es hijo de un amigo mío —lo presentó «El Pecoso» y volviéndose al periodista, agregó—: con su papá trabajamos en la comisión de límites y allí fue donde yo pesqué este resfrío que ya no me quito más... —tosió—. ¿Y su papá, cómo está?

—Papá murió hace tres años...

—No lo sabía. No sabe cuánto lo siento. Fuimos tan amigos.

—¿Y viene a entrevistar? —se metió «La Galla», curiosa y pronta—. ¿A quién? Como no entreviste a los indios.

—Pues a los indios vengo a interviuvar —dijo el periodista, mirando la punta de su zapato, lo que frecuentemente hacía al hablar.

—Cada vez inventan nuevas palabras —dijo «La Galla»—, esa palabra «inter...», «inter...» yo no la había oído nunca.

Acompañado de Luis Marcos, «El Pecoso», marchó el periodista en busca del Cabeza de los cofrades, Diego Hun Ig.

Desde la puerta que en una cerca se abría sobre un gran patio sombreado de árboles frutales, dieron voces, preguntando si estaba el dueño. Asomó una mujer menuda, pronta a esconder la cara tras sus manos, hija de Hun Ig. Le preguntaron por Diego.

—Allí está, pues... —contestó la indiecita.
—Dile que aquí lo busca un señor...
—Le voy a decir, pues... —y escapó indecisa.

Al momento apareció la figura del Principal. La cabeza peinada con pomada, la camisa muy limpia, el pantalón hasta la rodilla, bordado y los caites nuevos.

Se acercó y tras saludar al señor Marcos, supo que el periodista iba a entrevistarlo. Hubo que decirle que le iba a hacer algunas preguntas.

—¿No es policía?... —desconfió Diego.
—¡Qué bárbaro! —le dijo «El Pecoso»—. Es periodista, de los que escriben en los periódicos. ¿Entendés?...
—Sí entiendo... ¿Y qué quieres preguntar?
—Lo primero sería que pasáramos adelante... —dijo «El Pecoso».
—No es fuerza —intervino el periodista, que no había hablado—; en esta forma tiene más carácter la interviú.
—Y pensó—: El jefe de los comunistas entrevistado por un periodista (Exclusivo para la Revista *Visiones,* de circulación continental).
—Desde luego, si quieren pasar... —dijo Diego, franqueando la puerta.
—No, no se moleste. Son dos o tres preguntas. ¿Es usted comunista?

Diego se quedó sin entender. La hija vino a ponerse a su lado, olorosa a verbena, y seis chicos de diversas edades le siguieron. Todos rodeaban al padre.

—¿Y eso qué es? —preguntó a turno Diego.
—Es, el amor libre, tener muchas mujeres —trató de aclarar «El Pecoso»—, y entregar los hijos al Estado...
—No tengo más que «un» mujer y todos éstos mis hijos. Los grandes van a la Escuela, y yo los voy a mandar a todos pa'que todos pues aprendan.
—Ese es el «comunismo» —dijo «El Pecoso»—, ya ves que si sos «comunista» querés entregar a tus hijos a las escuelas del Estado.
—Bueno, yo no sé, pero quiero mandar a los hijos a la Escuela para que aprendan a leer.

—Dígame, señor —siguió el periodista—, si en su Cofradía, después de recibir las tierras, están queriendo comprar un tractor, una sembradora y hacer un gran silo.

—Sí, señor, eso estamos queriendo...

—Muy bien —se repantingó, Marcos «El Pecoso»—, muy bien...

—Ponga allí —se avispó el indio—, que ahora ya somos propietarios, que ya todos somos dueños, que todos tenemos nuestras parcelas, y que vamos a ser ricos, a tener nuestro «pisto».

—Una pregunta más, ¿lo que usted tiene, es sólo suyo o es de todos?...

—Mío nada más. Cada quien tiene lo suyo. Lo que va a ser de todos es una imagen de Nuestro Patrón Santo Domingo, que mandamos hacer ya hace tres meses.

—¿Y el tractor y el silo y la sembradora?...

—Todo eso sí va a ser de todos, así como Santo Domingo. Todo de todos. Todos van a dar su participación, pues.

—Ya ves —dijo «El Pecoso»—, eso es ser «comunista», viene de tener cosas en común, en comunidad.

—No sé yo lo que es, pues, pero la tierra no es en común, jamás, ah, eso nunca; la tierra que me regalaron es sólo mía, y mía y no me la dejo quitar. Por algo me la dieron, pues.

5

Y en ese mismo sitio, la descarga segó la vida de Diego Hun Ig. Tiempo de mucha penalidad para todos los indios. «La Galla», secundada por Luis Marcos, no sólo proporcionó la lista de todos los «comunistas» de la localidad, sino fue ella señalando las casas, a la escolta formada por soldados mercenarios. En el local de la «Cofradía Grande» se instaló una especie de tribunal. «La Galla» hacía de Presidenta, y las órdenes, encaminadas a limpiar el pueblo y alrededores de comunistas, se cumplían a ciegas, por hombres llegados de todas partes.

«La Galla», después de aquella primera jornada de matanza de cofrades, se dejó caer en su cama, sin quitarse el pañolón con que se tapaba, sin sacarse las peinetas del pelo, con que se adornaba, sin prender la luz, a oscuras, y dijo a Luis Marcos, que se había quedado echando llave a la puerta:

—Ahora que dejen de tocar el tambor... de hacer sonar los tambores... los tambores... digo... ordeno que se callen...

«El Pecoso» no respondió. Quedóse, en la oscuridad, sin saber si encender la luz, temeroso, porque en la voz de «La Galla» había un tono desusado, angustioso y violento.

Ambos, igual que dos sombras, se revolvieron.

—¡El tambor!... —gritó «La Galla»—. ¡El tambor!... ¿Lo estás oyendo?

Aquél no escuchaba nada. Pero se guardó de hablar.

—¡Andá a que dejen esos malditos de meter tanta bulla!... ¡de orden de «La Galla»! Bernardina Coatepéque, que maten a los dueños de los tamborones. ¿Estás oyendo?

—Voy...

—Vamos...

Y tras él escapó «La Galla», el rostro en visajes raros, la ropa recogida, como si fuera a cruzar un río, hasta las rodillas, gritando que se callaran los tambores. El pueblo olía a pólvora y a sangre. Sólo ellos dos iban por la calle. Aún quedaban algunos cadáveres de indios insepultos. Los tropezaban.

Un ruido de tambores, efectivamente, hizo que «El Pecoso» creyera que él también se estaba volviendo loco. Estaban en la plaza, no lejos del portalón de la «Gran Cofradía», cuando Luis Marcos escuchó tambores, tambores muy grandes, tambores inmensos en el cielo, tambores que tronaban entre las nubes.

Pronto se dio cuenta que eran aviones. Quiso detener a «La Galla», apretarla contra sus costillas, pero ésta era más fuerte que él, pobre huesoso, y apenas si le rozó la barba de dos días, en la mejilla, cuando aquélla se le escapó.

—Galla, Galla, son los aviones... los aviones... nuestros

aliados... que están bombardeando... No son los tambores de los indios... Todo lo contrario, son los aviones de los gringos...

El anciano Tucuche, asomó por la quebrada de «Melgarejo», orillándose para ver el cielo, desde aquel lugar con agua. Sus manos de hueso y pellejo, trataron de tomar del aire, algo que no se veía, un fluido, y lo tomó y al tenerlo con él, todo su cuerpo se tornó verde.

—Diego Hun Ig —habló al muerto que para él seguía vivo como el agua, el sol y el aire. —Ahora ya no ahorcan, ahora matan con bala... El desastre ha sido completo... Ha habido muchísimos de los nuestros muertos en secreto, en los pueblos, en los caminos... No es tiempo todavía de que la tierra vuelva a nuestras manos, pero ya llegará...

—Ja, ja, ja, ja... —reía «La Galla», en la plaza y con ella se sacudía el látigo—, yo creí que eran los tamborones y son los aviones... ¡Qué me gustan los gringos; con sus aviones impusieron silencio a los tamboreros...! ¡Ja, ja, ja, indios lamidos, infelices queriendo oponer tambores de cuero rústico contra los aviones de guerra último modelo!

Al día siguiente los hijos de Diego Hun Ig fueron todos a trabajar a la carretera. No se les pagaba, no se les daba rancho. Las hijas de Diego, llevaban en canastos algo de comida a sus hermanos. El capataz, teniente Cirilo Pilches, persiguió a una de sus hijas, y a la fuerza la obtuvo. «India comunista», le decía, mientras la ultrajaba, «aprendé lo que es el amor libre, eso que tu padre proclamaba, aprendé lo que es tener hijos para el Estado, porque tu tata eso era lo que quería, que todos ustedes fueran del Estado... Aquí está tu tractor, tu silo, tu sembradora...»

La india apenas si luchó. Se dejó hacer. Era un animalito. El teniente era una persona. Tenía galones. Tenía dos pistolas. Tenía una espada. Era valiente. Distinguido. Héroe. Todo esto le valió para que lo condecoraran, al triunfar sobre sus indefensos paisanos tamboreros, los bombarderos gringos. Satisfecho, después de ver alejarse a la víctima que ya ni siquiera se detuvo a recoger los trastos de la comida hechos pedazos, volvió a la vigilancia de los peones que trabajaban en la carretera. En el bolsillo de atrás, llevaba el último número de *Visiones,* y siguió leyendo...

«... Temeroso, el cabecilla comunista Diego Hun Ig, de que en su casa encontráramos literatura marxista, y fotografías de Lenin, Stalin y Mao-Tse Tung, nos recibió en la puerta, al que esto escribe, y a un honorable vecino del lugar, y rodeado de perros feroces, ametralladora en mano, contestó a nuestras preguntas...»

Volvió a salir el sol. Arriba, en lo alto, seguía columpiándose con el viento un árbol de matasano. Tendía sus ramas sobre la hondonada siempre verde. El verdor ceniza de oro de las hojas del matasano, contrastaba con la esmeralda de la hondonada. Pero a partir de esos dos verdes, cerrados para siempre los ojos de Diego Hun Ig, otros ojos, otras generaciones de ojos niños seguían contando los once verdes del corazón de la Abuela del Agua, hasta juntar los trece verdes necesarios para el dosel del Joyoso Señor de las Plumas de Quetzal que una mañana de estas nuevas mañanas, repartirá definitivamente la tierra entre los indios tamboreros...

El Bueyón

Se le endurecía la boca de silencio y sólo remoliendo los molares sentía la existencia de sus dientes en la sala donde la única visita muda era su lengua. Afilarse las garras y los dientes rechinándolos. Afilarse los ojos, negros de rabia, parpadeando. Los párpados pesados como mollejones por el sueño y el cansancio. Podía ocurrir lo peor y por momentos se pasaba el revés de la mano por la frente, mientras se le llenaban las orejas, grandes y peludas, de un algodonoso rumor de agua molida en la rueda del trapichón, bagazo de la espuma que plateaba sobre los maderos tranqueantes. La Caiduna, su mujer, esperaba oírlo hablar, sentada a su lado en una grada del puente, el puente grande que en verano era sobrado para tan poco río y en invierno, cuando bajaban las crecientes, temblaba como un insecto con todo y ser de hierro. La Caiduna no lo miraba. Lo tenía cerca, para qué lo iba a estar mirando. Algo de hablar era lo que hacía falta. Entrecerrados los ojos llorosos, pensaba en sus hijos. Anacleto y Serapito, que ayer anocheciendo se metieron en el monte, para no caer en manos de unos soldados que no eran de allí como ellos, que a saber de dónde eran. El que caía en sus manos lo fusilaban, sin preguntarle ni su nombre. Sólo su hombre, el Bueyón, se había quedado de voluntarioso que era. Pero desde que amaneció ella anduvo rondándolo para que se fuera lo antes posible. Se tronaba los dedos, cambiaba de postura junto a él, suspiraba. No se aguantó:

—Ya está todo listo... —empezó diciendo, y efectivamente del rancho no quedaban más que las paredes, el techo y el suelo de tierra.— Ya todo está listo, ya todo lo envolví y lo eché al canasto, y las tujas en ese medio tanate es que van.

El Bueyón, de suyo manso, estaba cambiado. Otra naturaleza. Otra yerba. La bañó con una mirada de odio, de odio bruto que va a golpear a un ser indefenso, sólo porque no le comprende, porque no le adivina su pensamiento.

—Sos padre, tata, tenés tus hijos, y eso no puede ser...
—¿Y qué adivinás, vos, metida?
—Nada, tata, pero de corazonada sé que estás en mucho peligro y lo debido es agarrar para el monte...
—No estoy en ningún peligro...
—Y qué cuidás allí, pues...

No le contestó. Conformóse con apoyar la mano derecha en un piedrón y de un salto ponerse de pie, empinarse y otear el horizonte, por el lado en que se apachurraban los cerros dejando a la vista un vallecito.

—¡Ay, qué boba! —se dijo para cambiar de tema—, por salir tan de prisa, estaba olvidando los tomates...

Y corrió hacia el rancho. En la parte de atrás había formado una hortaliza y sembrado árboles frutales.

Le calentaba la cara el llanto. Como en sus manos, los tomates, pesaban en sus mejillas los lagrimones. No comprendía bien por qué, pero sabía que ya no eran dueños de la tierra que les regaló el gobierno. El gobierno de ellos, les hizo el favor de la tierra, pero otros soldados, sin más ley que la fuerza, se la quitaban.

Un gran frío le subió a la cabeza, de la nuca a la frente, entre el pelo, como si le hubieran echado agua de granizo, al paseársele de una sien a otra el pensamiento de que le fuera a pasar algo a su hombre o sus hijos. Apuró lo que tenía que hacer y con los dedos cosquillosos de pena sacó un machete que Anacleto, su hijo, había dejado escondido, para trozarles las raíces a los árboles frutales recién plantados.

—¡Que me perdone Dios! —decía con voz templorosa— pero, ¿por qué vamos a dejar al rico lo que no le costó? ¡Más vale, vale más que estos naranjalitos jamás endulcen el gaznate de tanto maldito! De haber sabido que se iban a volver a quedar con todo sembramos veneno...

Bueyón no la veía destruir los arbolitos, las hojas y sus lágrimas caían, absorto junto al puente en quién sabe qué pensamientos, velando algún misterio, algo que iba a suceder.

—Y veneno es lo que mejor se daría en tierras tan sufridas, tan regadas de sudor de gente pobre, para engordar la bolsa del patrón... Tan sufridas... tan... tan... tan...

Y a cada «tan», el machete entraba y salía de las raíces de los arbolitos, ya algunos injertados, y los hería de muerte...

—Tras cuidarme tanto de las heladas que hasta trapos me envolvían como a cristiano —se dirá esta mata de naranja sin semilla—, ahora me están dando de machetazos...

Se rio. Todos sus dientes brillaron en su cara morena, retostada, rojinegra. Pero con risa amarga, sin cascabel, risa de dientes que quisieran morder, despedazar...

Se acongojaba a solas, a solas y con todo, porque todo tenía congoja. Al sudor de su faena destructora, ya el sol bien alto, se le mezclaba el llanto, agua baldía y ruin que, por salobre, es triste. El llanto nunca puede ser alegre. Y, sin embargo, aquella vez, cuando les vinieron a entregar las tierras con todo y el título lloró de alegría, sí, de alegría, del gusto que le inflaba el pecho y la llevaba a juntar las palmas de sus manos para aplaudir, mientras le daba infinitas gracias a Dios, a la Virgen del Rosario y a San Mateo, de que les hubieran regalado su tierrecita.

¿Y el Bueyón?

Seguía que sentado, que parado, que empinándose, alerta a quién sabe qué misterio.

El sol empezaba a quemar. Las iguanas se ampollaban, en los troncos, entre la luz y la sombra de arboledas de ramajes que bajaban, con sed de tierra adentro, a lamer las arenas del río.

De repente, ¡Santo Dios!, un ruido de retumbo se oyó muy lejos. En seguida reinó silencio. La Caiduna del susto botó el machete. Y no tuvo tiempo de recogerlo. Otro inmenso retumbo más cercano. Corrió a guarecerse a la casa vacía. ¿Tempestad en seco? ¿Terremoto en el cielo?

Desde la casa asomó para ver al Bueyón. Naiqué seguía en su puesto, inmóvil, firme, apenas si a cada retumbo se quitaba el sombrero y se rascaba la cabeza con el mango del machete, para no soltarlo ni mientras se rascaba.

El agua, espumas y cristalerías, ajena a lo que pasaba, seguía saltando con su cantar alegre, por los dientes de la rueda del molino del trapichón, por momentos en largas madejas líquidas que fluían y se desparramaban en burbujas y brillantes, para en seguida, después del ronco tranqueo de la rueda, producir un ruido de torrente hacia abajo, agua que nuevos dientes tomaban para cortar aquel momentáneo desplomarse de hondas lluvias y convertirlo en cantarino choque de superficies rodantes, entre espumarajos y retazos de arco iris.

Un momento más y todo había desaparecido. La Caiduna lo vio desde la casa. Se quedó tocándose los ojos, para saber si los tenía, si tenía ojos, para ver aquello que ya no veía. Las pepitas, los párpados, las cejas...

Todo había desaparecido, el molino, la rueda, el puente y su hombre. Se aterrorizó, flojas las piernas, babosa la boca, hecho un nudo el estómago. ¿Dónde estaba el Bueyón? Del sitio en que acababa de verlo, antes del último gran retumbo, no quedaba nada, un medio derrumbe hacia el río que se esforzaba por cubrir con el agua de su corriente, los escombros del puente que intentaban atajarlo.

Y arriba, arriba, arriba, una inmensa sombra con alas y un rugir del animal de fierro, que apenas se vio pasar.

La Caiduna salió del rancho, enloquecida de susto y congoja. Por entre los árboles quemados, las piedras derrumbadas, los bastiones caídos del puente, se abría camino sin saber por dónde dirigir sus pasos, buscando, indagando con los ojos anhelantes y suspenso el aliento, algún indicio, algún trato, algo que le indicara dónde había ido a caer el Bueyón.

Atardeció, vino la noche y ella sin encontrar rastro. En lo negado de la tiniebla, por donde tantas veces antes, mientras escaseaba la luz, había pasado mirando con los ojos casi de fuera, volvía ahora en la oscuridad tanteando como ciega, llamándole, gritándole:

—¡Naiqué Bueyón Cuyqué!... —le decía todo su nombre—. ¡Naiqué Bueyón Cuyqué!

Los sapos, las ranas, los grillos, las piedras y arenas que sus pasos tontos de cansancio hacían caer al fondo, parecían ir repitiendo, ecos hechos guijarros. ¡Naiqué Bueyón Cuyqué!... o más sólo... ¡Naiqué Cuyqué!... ¡Naiqué Cuyqué!... Su verdadero nombre, porque lo de Bueyón se lo pusieron en el cuartel cuando hizo su servicio militar, por forzudo y por bueno.

Se le secaban las lágrimas en las mejillas como restos de tripas heladas. La niebla del amanecer le ahuecaba la cara. Ni sus hijos, Anacleto y Serapito, perdidos en el monte, ni su hombre, ni sus siembras. Sólo la casa vacía y ella. Y nadie sabe cómo vivió esos días.

Del monte, cuando andan huidos, vuelven los hombres, flacos, fatigados, ausentes, barbudos, harapososo, pero vuelven; sólo de la muerte no se regresa... Hablar... Para qué hablar... Del monte vuelven los hombres... Y ahora ya hay nietos. Hijos de los hijos diz que no son puros nietos, pero qué sabe la gente... ¡Son sus nietos, puros nietos, pues se parecen, en vivo retrato, al abuelo! Del monte vuelven los hombres, sólo de la muerte no se regresa... Y no pudo recoger ni un trapo del Bueyón, nada, igual que si nunca hubiera existido.

—Cuente, Nana Caida...

—¡Ah, fue una vez, una vez fuimos ricos, nos hicieron ricos, había un Gobierno que hacía ricas a las gentes regalándoles tierras! ¿Oyen ustedes? Nosotros no lo estábamos pidiendo... Llamaron a su abuelo, Naiqué Cuyqué, a la plaza del pueblo y allí, bajo una enramada, yo fui con él, como si fuera hoy lo estoy viendo... El abuelo de ustedes era fuerzudazo y bueno como el pan de maíz... Pero lo que se llama bueno... Bajo la enramada, en la plaza, había mucha gente de la ciudad y uno de ellos tomó la palabra, habló mucho y muchas cosas de las que dijo no entendimos. Lo puro cierto es que no habló en balde, porque al final nos entregó un título de la tierra de que nos hacía propietarios, dueños, propiamente dueños, propietarios de tierra propia...

—Es como un sueño, Nana Caida —observó la nieta que ya iba a la escuela.

—Debe estar en la historia...

—No, eso no está...

—Entonces, m'hija, lo quitaron. No ponen lo que no les conviene. Pero como se los estoy contando sucedió.

—Y por algo, verdad abuelita, la «Profe» dice que la historia es como una anciana que ha visto muchas cosas...

—Cuando dice la verdad, porque los viejos, como la historia, que comparan con una vieja, también se vuelve mentirosa. No porque yo les esté mintiendo en esto que les cuento, y que de veras, de veras sucedió, repartían la tierra a los pobres.

—¿Aquí?

—Sí, aquí... ¡Ah, si ustedes nos hubieran visto cuando volvimos del pueblo con los títulos de propietarios! Con decirles que como en tres noches no dormimos... A mí se me aflojaron las coyunturas del susto... ¡Ay!, pero cuando se comenzó a trabajar, cuando el abuelo se arremangó la camisa y se puso a disponer.

—Y esas tierras, abuela, dónde quedan...

—Quedaban, porque se volvieron como tierra de otra parte, de otra tierra, tal maldición les cayó...

—Se las volvieron a quitar los ricos...

Después de un largo silencio y de parpadear lentamente, decía la Caiduna, canosa y arrugada, juntando los labios para pronunciar mejor las palabras:

—Ni para ellos ni para nosotros, para devolverlas a los gringos, a gente de otra parte... Para eso nos tiraron bombas del cielo...

—Fue entonces que ya no se supo más de abuelito...

—Entonces... Mis hijos han pasado por allí. Sólo chirivisco y espina se ven por todos lados. Yo no lo imagino así. Lo miro como era, como lo vi, antes que el avión de los gringos acabara con todo en un decir amén, con el molino, con el puente, con el Bueyón... con todo... carne —entredecíase para entenderse ella sola—, carnecita verde antojaban los terrenitos... Carne... Carne de esta nuestra, como ustedes, porque la tierra propia es carne de uno, es un poco la madre que se vuelve hija cuando el hijo crece.

—¿Y para qué se la quitaron, si no la siembran?

—Para tenerla en propiedad y nada más... Es lo que quieren los extranjeros, que nos arruinemos, que nos arruinemos todos con las tierras ociosas, para seguir siendo ellos dueños de nuestra miseria, de nuestra ruina, de nuestra pobreza...

—¡Fue un sueño, Nana Caida!

—Sí, un sueño que como fuego prendido en el descampado, se apagó pronto.

—Pero volverá a prender...

—¡Muchacha!

—Así dice la «Profe». Un incendio que lo va a quemar todo, porque han quedado las chispas volando y las ideas no se apagan.

La Caiduna calló. Acariciaba en su regazo la cabecita de su nieta Agustina, diciéndole al oído:

—Y todo eso lo repite usted como lorito...

Otros pensamientos la devoraban. Los hombres también regresan de la muerte. Un incendio que lo queme todo y haga volver la tierra a las manos de sus dueños más legítimos, los hijos del país, señalará el regreso de los que como Naiqué Bueyón Cuyqué murieron o desaparecieron víctimas de los gringos que los bombardearon desde el cielo, y entonces se verá, entre la alegría del pueblo, el símbolo de sus penachos de plumajes humeantes.

Cadáveres para la publicidad

1

Sin un tiro las pistolas recalentadas, humeantes... sin filo los machetes mellados... sin cargas las escopetas... no quedaba sino la fuga y ya fue de pasar y pasar sombras... las mismas caras en otros cuerpos... los mismos cuerpos en otros pies... los mismos pies en otro lugar, en otro lugar, en otro lugar...

Sorprendidos a medianoche por tropas armadas hasta los dientes, escapaban en la oscuridad liviana de la madrugada, al final de una batalla en la que las descargas ya no eran de combate, sino de fusilamiento, después que los mercenarios barrieron con los poblados y sin detenerse en su avance, dejaron atrás piquetes de enloquecida limpia del terreno a sangre y fuego.

No pudo ser sino por sorpresa. Un avance arrollador por rutas ferroviarias ocultas entre bananales. Pero tampoco hubieran podido ser frente en plan de guerra, campesinos sin más armas que sus herramientas de trabajo. Cómo oponerse al invasor. Era el avance de unos soldados sin patria, hambrientos de botín y criminales a los que se les brindaba la oportunidad de saciar sus instintos en hombres indefensos, de saciar sus apetitos en mujeres honestas.

Y allá va la columna de prisioneros, sin delito, entre los insultos y los golpes de la soldadesca alquilada, que cuando le es insoportable oír andar gente que era dueña de su tierra, los suprime rociándolos de plomo, que para eso les entregaron armas que vomitan millares de balas.

Por grupos, ya diezmados, algunos alcanzan a llegar a los barracones que han destinado para concentrarlos.

—¡No somos delincuentes!... —se oyen aún las voces de algunos hombres enteros.

—¿Qué delito es ser de un sindicato?

—¡Nadie nos va a callar, así papo, si no hemos hecho nada!...

—¿La Compañía?... Fuera de exigirle lo que legalmente nos correspondía, jamás faltamos a nuestros deberes...

La sed y el calor los quebraba. Cada vez eran más en los estrechos barracones. No tenían ni dónde moverse. Se quejaron. El oficial que les oyó no dijo mucho:

—Espérense, espérense un ratito que lueguito va a empezar la fiesta. Ahora están muy apretaditos, pero ya dentro de un ratito... —y al ver que arrastraban entre varios soldados a un negro que les oponía resistencia, ordenó:

—No gasten energías, muchachos, allí mismito...

Y allí mismo doblaron de un tiro al negro Venaven. No se desplomó en seguida. Los impactos lo hicieron saltar. Y a los saltos rodaron por tierra dos o tres de los guardias que lo traían atado de los brazos. Y la sangre no corrió de inmediato sobre su cuerpo de ébano caliente, se le fue tiñendo primero la camisa por el codo y luego el pantalón por la entrepierna.

La ola de prisioneros crecía. Algunos llegaban con sus extraños vestidos de trabajo igual que buzos. Los despegaron de las máquinas con que regaban veneno contra la sigatoga. Olían a bananal, a calor de bananal. Pero junto a éstos cubiertos con cascos, anteojeras, guantes y grandes botas de hule, junto a estos pocos que sí antojaban soldados de un ejército moderno, estaban los desnudos, los que sólo llevaban un pantaloncito y las piernas al aire, desnudos y yemosos del color del mismo paludismo. En pico de gallo bigotudo juntaban los labios para aprovechar el cigarrillo hasta el último chupón. Ya era fuego y ceniza lo que fumaban. Serían cien, serían doscientos, serían trescientos. Eran muchos. Ráfagas y ráfagas de ametralladoras. Gritos. Alaridos. Silencios inquietantes. Y nuevas masas humanas, sangrantes, golpeadas, aterrorizadas y amontonadas en los barracones, como ganado.

—No sé cómo dar muerte a tanta gente junta. Hay que fusilarlos por grupos, mi Coronel, y si empezamos, que sea luego, nos puede agarrar el tiempo.

—Es lo que me temo, mi Comandante, que si los separa por grupos, nos coja el tiempo, acuérdese que hay que enterrarlos. Allí donde están hay que acabar con ello. Separados por grupos habría que abrir zanjas por todos lados y eso le va a dar mucho trabajo.

—Sí, mi Coronel, en eso no había yo pensado, en que hay que enterrarlos.

—Y más o menos, cuántos serán...

—Allí tiene, señor, las listas de los sindicatos, y de éstos no se han ido muchos y los que se fugaron, la pagaron. Se le encargó dar cuenta con los prófugos al mayor Pacay.

—Es verdad que Pacay es especialista...

—Mil novecientos ley fugados figuran en su hoja de servicios... —rio el Comandante, con todos sus dientes de marfil rojizo. Luego frunciendo las cejas añadió:

—Ya me dio en qué pensar con lo de las zanjas para enterrarlos. Allí donde están hay que acabar con ellos. Sepamismos a abrir una sola zanja. Es buena idea. Y allí hay herramientas...

—Y si es así, Comandante, no sé qué está esperando. Lástima que no van a tener tiempo de organizar el sindicato de los que se abren su propia zanja.

—Lo harían. Si se lo proponemos lo hacen. Una directiva, un secretariado de actas, de publicidad, de conflictos gremiales...

El Coronel pataleó para que no se le durmieran los pies desabrochando el cuello de la guerrera, en la mano el pañuelo con que se enjugaba el sudor de la cara, a golpecitos, y apenas respondió al saludo que le hizo el Comandante, al taconear y retirarse.

Nadie sabía nada. ¿Zanjas? ¿Para qué zanjas? ¿Para trincheras? ¿Querrán defenderse del contraataque del ejército del pueblo? ¿Por dónde, por qué lado del cielo o de la tierra, asomarán las tropas? ¿Dónde se dará la batalla? ¿Les será posible a ellos, prisioneros sin más armas que sus uñas y sus dientes participar en el combate? La muerte no les daba ya miedo. Si no podían unirse a la lucha, peleando, que al menos les dejaran presentar sus pechos, como carne que defendiera a los soldados de la revolución que vendrían a vengarlos y restablecer el orden.

Al que se detenía en la faena de cavar y sacar tierra, le golpeaban, y más de uno ya había rodado con las costillas o las mandíbulas rotas, vomitando sangre, pero sin volver a levantarse, porque apenas se embrocaba contra la tierra removida, lo sembraban de un balazo por la espalda. Otros, los que se sublevaban, morían más luego. Para prolongar el tiempo necesario a ver la venida de las tropas del pueblo, a irse siquiera con el sabor de la revancha, no había sino cavar, cavar sin protestar, cavar su propia tumba.

¿Por qué no se alzaban todos y que a todos los mataran de una vez, sin necesidad de abrir la zanja donde iban a arrojar sus cadáveres?

¿Por qué ahondar más aquella terrible cavidad que les abría las fauces? Porque los que cavaban jadeando, pujando, sintiendo que se les iban los orines, que la tripa mayor se les vaciaba de angustia, mientras paseaban los ojos cristalizados de miedo por el horizonte en espera de los soldados de la revolución, sabían que en aquella forma prolongaban su existencia, alargaban de unas horas, de unos minutos el tiempo de su vida, y en esas horas, en esos minutos, podían llegar, asomar, pintarse en lontananza las avanzadas del ejército del pueblo que indudablemente se movilizaba hacia aquellos sitios, para limpiar de mercenarios el terreno.

Y a cada palada de tierra, puesta fuera de la zanja, en los volcanes de piedras y barro arenoso que se habían ido formando, a cada golpe de pico y pala para abrir más adentro, a cada milímetro de profundidad que se ahondaba, cientos de hombres, sobreponiéndose a todo, a la muerte misma, se empinaban sobre su agonía para ver aparecer por alguna parte a los que vendrían a liberarlos de la zanja, de la zanja en que ya estaban cayendo, pues a los que cavaban despacio, los mercenarios los acribillaban por la espalda.

—A la orden, mi Coronel... —se adelantó a decir el Comandante, contenida su respiración de perro ovejero, después de taconear, cuadrarse y saludar, al lado de un hermoso bruto en cuyo lomo lucía su estampa el Comandante en Jefe del sector.

—Mande hacer alto —ordenó éste—. Ya es suficiente zanja y hay que dejarles a los zopes el chance de desenterrar algunas viandas para el banquete.

Y al ordenarse alto y quedar todos inmóviles, silentes, desamparados, teniéndose apenas en pie al sentir que se acortaba la esperanza de que llegaran los leales, se oyó tronar la voz del Coronel:

—¡Por Dios, por la Patria, por la Libertad... —y al gritar así, mientras un clarín de órdenes sonaban «atención y mando», rubricó el aire con el sable desnudo desde lo alto de su cabalgadura— hago saber a los aquí presentes que aquellos que habiendo pertenecido a los sindicatos renieguen de los mismos, den un paso al frente, para perdonarles la vida!

Ni uno solo de aquellos hombres se movió, la muerte ante ellos, la zanja a sus pies.

Fuera de sí, más pálido que sus víctimas, se empinó sobre los estribos de la cabalgadura, redoblando la fuerza de sus gritos para que le oyeran:

—¡Por Dios, por la Patria, por la Libertad... —y volvió a cortar el aire con el filo de su sable en tres molinetes, mientras el clarín, seguía tocando «atención y mando»— de los aquí presentes aquellos que habiendo pertenecido a los sindicatos, no hayan participado en las huelgas, no hayan firmado peticiones de aumento de jornal y reducción de horas de trabajo, no hayan exigido el contrato colectivo, no hayan ocupado las tierras que se quitaron a la Compañía, que den un paso al frente, para perdonarles la vida!

Un muchacho de veintitrés años se abalanzó como enloquecido, con los puños en alto, hacia donde estaba el Coronel, pero éste, al advertir el peligro de un hombre que se le venía encima, tiró violentamente de las riendas de su caballo y la bestia se levantó en el aire, poniéndose de manos sobre sus patas traseras, con lo cual quedó cubierto el precioso cuerpo del jefe, mientras varios disparos cuajaban en frío la furia juvenil del rebelde, cuyo cuerpo al desplomarse arrastró a todos los suyos, a todos los que con él, en medio de la más espantosa confusión de pólvora y humo, ayes y sangre, descarga tras descarga, iban cayendo dentro y fuera de la zanja. Algunos se arrastraban en los estertores de la muerte, para quedar juntos, que el corazón les alcanzara a quedar unidos con otros corazones que latieron por las mismas causas y las mismas ideas, a formar un frente terrible y combativo, a no desligarse, a no traicionar la unidad necesaria en la lucha y en la muerte, brazo con brazo, carne con carne, sangre con sangre, hueso con hueso...

2

La noche de la «zanjona» se turbó por el ruido de un tren. El maquinista, al oír las detonaciones de las descargas y ver los fuegos de la fusilería en la oscuridad, detuvo la marcha de la locomotora con la más terrible sacudida para los carros del convoy. Al asalto ocuparon el tren los mercenarios. Tenían hambre de muerte y buscaban a quién matar. Ya se estaban matando entre ellos. Allí mismo, mientras disputábanse a las mujeres conseguidas en los burdeles para el ejército de «liberación», hubo una refriega entre hondureños y nicaragüenses.

Todos, todos tenían necesidad de hembra. Untarse de carne de mujer el cuerpo para borrar de sus brazos, de su piel, de todo lo que los cubría, la sensación de muerte, de carne helada, pegajosa, con lloro, no con sudor, que les quedó en la zanja. Ya se aferraban a las prostituidas, perfume y desinfectante, por arrancarse aquel olor a muerto que el aguardiente no consiguió quitarles, las poseían de inmediato, en la oscuridad, sobre la tierra, y tras el espasmo rápido o prolongado, se las frotaban al cuerpo igual que jabón espumoso de saliva, engomado de esperma y salóbrego de sudor picante, todo mezclado con la humedad caliente de la noche, el sereno con peso de llanto, el astringente y metálico olor de la sangre y el tufo de la pólvora en los trapos quemados.

Al Coronel Gerardino Cárcamo le lucía tanto el casco, según él, que se esponjaba del gusto ante el espejo, en espera de su pedido. Una hembraza color de tamarindo, de esas que se pegan como calcomanía al macho, ojos de cachorra, dientes de caimana, brotones los pechos, el cuerpo de junco.

Volvió a cubrir la lámpara que había descubierto para mirarse al espejo. El mismo dio la orden de oscuridad completa en el campamento.

Un grumo de risa anunció la proximidad de su pedido y en la penumbra, surgiendo de la oscuridad, dibujóse la Quinancha.

—Trompudo mi amor... —le dijo la mujer al entrar—, hacerme venir hasta este infierno. Me estoy asando en vida. Mirame cómo estoy... Y de paso que me salpicó lodo maldito en este dedo herido... El bestia del maquinista paró el tren en seco, ni que uno fuera ganado. Decime si sabés cómo empieza el tétano...

El Coronel, sin escuchar, la había tomado de la cintura acariciándola con las manos flotantes y sudorosas, tan pronto el pecho, tan pronto las piernas.

Un manotazo de la Quinancha le hizo abandonar aquel trasteo.

—Sabés cómo empieza el tétano, decímelo. Yo ya siento las quijadas trabadas y basca.

—Si te sentías enferma para qué viniste...

—No me sentía enferma, pero quién no se va a marear

viajando en un tren para ganado, y mucho que les dijeron a las muchas que era para estar con gringos...

—Y qué, ya también mi vieja se volvió gringuera...

—Las muchachas, digo, no yo, y ve quién habla... Pero decime, por favor, si sabés cómo empieza el tétano...

—En las tetas...

—Andá a la mierda...

—Preguntale a los gringos...

—Le estoy preguntando al mejor sirviente de ellos... ¿Cómo empieza el tétano? ¡Decime, decime, no seas perro!

—Voy a llamar al médico de guardia y le preguntamos. Yo no sé cómo empieza el tétano.

—Mientras tanto tal vez haya a la mano un poco de alcohol.

—Coñac...

—Cualquier cosa en siendo luego...

El Coronel vino con la botella. De paso y de un puntapié despertó al asistente para que fuera a llamar al médico, advirtiéndole que le previniera que era un caso de tétano.

—No seas bestia, me estás echando donde no es.

—Es que no veo...

—Prestame la botella...

—Mejor levanto el trapo que está encima de la lámpara...

Y lo hizo.

La Quinancha apareció con la mano ensangrentada, lodosa. El líquido ambarino la sacudió, los dientes apretados, los ojos carbonosos.

—No me has dado ni un beso.

—Para golpearme la cara en esa bacinica que tenés aposentada en la cabeza...

El Coronel se llevó la mano al casco. Con lo bien que le quedaba y esa porquería de mujer llamándolo bacinica.

—¿Y dónde te enlodaste?...

—Me caí en una zanja en que, según dicen, hay muertos. Es lodo cadavérico. Ya me siento con fiebre. Estoy sudando. Me quemo. Estoy temblando. No se me quita el temblor del cuerpo.

El médico se presentó, seguido del ayudante, y sin más ni más le puso la primera inyección antitetánica.

—¿Antiputánica, doctor? ¡No quiero que me la cure de eso!

La Quinancha lo oyó burlarse de ella y se puso a llorar como criatura. Sólo en la noche en que quedó huérfana había llorado así.

Al irse el médico tiritaba tendida en el catre del guerrero. El asistente trajo otro catre y allí se acostó aquél, vestido, con el casco junto a la almohada. El lienzo había vuelto a caer sobre la lámpara. No se dormían. Inmóviles sin poder cerrar los ojos. Ella atisbando el momento en que la enfermedad comenzaría. El rabioso, contrariado. Por fin se quedó dormido. Su respiración cremosa se fue haciendo ronquido.

La Quinancha vio moverse un bulto. Tanteaba de un lado a otro en la entretela de la oscuridad y la penumbra. Vestía trapos blancos. ¿Quién pudo entrar? ¿No estaban los guardias, los guardaespaldas y el asistente, todos armados y con orden de disparar al que intentara entrar donde el jefe descansaba?

La Quinancha se levantó. No era producto de su fiebre. Tenía que cubrir a su guerrero y fue al encuentro de aquel ser que se le quedó en las manos. Una viejita que olía a maíz viejo y hablaba con voz de río que apenas tiene agua para correr sobre la arena del cauce.

De las mangas de su camisa, trapo molido de tan usado, salían unos brazos, hueso y pellejo negro, en actitud suplicante, y unas manos casi sin uñas de tan gastadas.

—Pierda cuidado —le dijo la Quinancha, ensordecida por el roncar del jefe y con una terrible sensación de que iba a quedarse paralizada de las piernas y los brazos, bajo la amenaza de un calambre—, pierda cuidado, mañana le hablo y le aseguro que lo conseguiremos.

En la costa entra luego el día.

La Quinancha no hubiera soportado un momento más sin gritar, sin gritar como ya estaba gritando, aquel relampagueante quemársele el cuerpo, abierta de par en par la boca, rígidas las mandíbulas, presa de estertores, bañada en sudor de ponzoña.

El Coronel le echó una sábana encima, horrorizado del cambio de una carita tan linda en un carotón contraído, violáceo, y aun cuando se calmó, desmenuzando en seguidos sollozos el llanto, el Coronel no consintió en destaparla, en espera del médico llamado con urgencia, no sólo para no verla, sino para ahogar sus gritos que de nuevo y más desgarradores tremaban, tremaban, hasta un punto en que se quedaba áfona, desbitocada, a ras de una especie de convulsivo rezo, ametralladora con dientes que tableteaba con las mandíbulas rígidas su ruego por los muertos de la zanja.

—Debes dejar que se los lleven al camposanto, ahora que todavía son reconocibles —y lo pedís vos que ya no sos reconocible, pensó el Coronel—, permití que los saquen de la zanja...

—Sí, sí... —accedió el Coronel—, que los saquen, que los saquen... —todo menos que se destapara y mirarle la cara paralizada, color de estiércol, recubierta por un tizne velloso como pelo de mono.

El médico vino inútilmente. No había nada que hacer. Matarla o esperar que muriera presa de los dolores más horribles, peor que quemada, peor que rabiosa, con todos los síntomas del que muere envenenado con estricnina. Hasta le hizo seña al Coronel de despenarla de un pistoletazo, moviendo el índice de su mano derecha igual que en el gatillo de un revólver.

—Los cadáveres... los cadáveres... —parlamentaba gemebunda, delirante, con voz de loca y la sombra de la cara de mona velluda bajo la sábana blanca.

—¡Sí! ¡Sí!... Que los desentierren en seguida, que se los lleven al camposanto. ¿Oyes, Quinancha? Estoy dando la orden...

—Una viejita me lo vino a pedir anoche, mientras dormías, Gerardino, y yo le dije que sí, le aseguré que sí, y tú estás dando la orden por mí, qué bueno eres...

—¿Una viejita?... Lo soñaste, Quinancha, en tu delirio...

—Pues lo soñé, Gerardino, pero que los saquen, que los saquen...

—Comandante...

—Sí, mi Coronel...

—Como usted es el que va a quedar al mando de la retaguardia, al sólo salir el grueso de las tropas, permita que esa gente saque los cadáveres de los pícaros de los sindicatos y los lleve al camposanto, para darles sepultura. Hubo que matarlos por pícaros... se sublevaron... se alzaron contra mí...

—Estoy oyendo la orden, Gerardino —se agitó bajo la sábana el bulto de la Quinancha—; qué bueno eres con tu cachorra dientes de caimana... al sólo componerme te besaré bajo el huesito... cómo te gusta... bajo el huesito...

—Puede retirarse, Comandante...

—¿Por qué lo despediste? ¿Para que no sepa que yo te beso bajo el huesito? ¡Y a mucho orgullo!...

Nuevas convulsiones la agitaron, ya no hablaba, poco a poco fue dejando de pronunciar las palabras que ahora eran chasquidos de lengua gelatinosa, acalambrada de brazos y piernas, hecha un ovillo como araña que se quema.

Pero de pronto empezó a gritar:

—¡Gerardino!... ¡Gerardino!... ¡Tu caimana!... ¡La Quinancha!... ¡Tu caimana!...

El coronel se iba alejando con sus tropas. Sólo quedaban los piquetes de retaguardia al mando del Comandante Pablo Salas y el médico que dijo a la Quinancha que la iba a libertar de la sábana y ayudado por un enfermero que traía una cuerda, le cayó encima, para atarla, hasta inmovilizarla y dejarla convertida en una momia blanca.

Madres, viudas, huérfanos, hermanos, parientes, trasladaban a sus muertos de las zanjas al camposanto.

Desenterrarlos, reconocerlos, llevar a sus tumbas los cuerpos de los miembros del sindicato de trabajadores campesinos, del sindicato de trabajadores del banano, del sindicato de trabajadores ferroviarios, del sindicato de trabajadores portuarios, mientras en el camposanto se estaba abriendo otra tumba, una sepultura tubular, para enterrar a alguien parado. Fueron las instrucciones del médico antes de marcharse. Ponerle la tierra a la Quinancha como camisa de fuerza para contener sus convulsiones que irían en aumento. Y allí quedó rígida la cara de máscara enterrada hasta el cuello, acercando y separando sus ojos, como las dos puntas de una tenaza para tratar de asir algo... algo... el pedacito de su muerte... allí donde la muerte era todo, le faltaba a ella su pedacito, su terroncito de muerte, y con los ojos trataba de aislarlo, juntándolos y separándolos en movimientos dispersos que por momento hacían que se le vieran las córneas blancas, y por de pronto invadidas de toda la sombra hambrienta de sus pupilas. Mientras agonizaba le mojaban los labios con jugo de lima. Al sentirse los labios húmedos, casi desquijarrada, repetía sus gritos:

—¡Gerardino!... ¡Gerardino!... ¡Tu caimana!... ¡La Quinancha!... ¡Tu caimana!...

Moscas, sol, arena en el viento y pies de gente que cargaba cadáveres. Un torrente de muertos llenó de pronto el cementerio aldeano.

Expiró la Quinancha. Las gentes levantaron los ojos al cielo.

3

De los muros, de los postes, de los árboles, de los puentes, de todos lados arrancaron o borraron, las nuevas autoridades, rótulo o impreso en que se mencionaba la palabra sindicato. Los cartelones rasgados quedaban como banderas rotas. Se apoderó de las autoridades una furia incontenible contra todo lo que fuera campesino, obrero o sindical. No quedó domicilio sin registrar en busca de documentos, propaganda, armas y gente escondida. Menos mal que los capturados iban a la cárcel y no a la zanja. Menos mal hasta cierto punto. Las cárceles eran zanjas donde se enterraban vivos hombres y mujeres. Algunos salían para otras cárceles o de una vez al paredón. Se fusilaba todos los días y a todas horas. En la mañana, en la tarde, en la noche.

Al mundo llegaban otras noticias. Las del gobierno que hablaba de desfalcos. A fuerza de ceros a la derecha, único sitio en que valen los ceros, pretendían conmover a los banqueros que los usan como argollas de empréstitos para encadenar continentes. Desfalcos y más desfalcos. Ceros y más ceros, hasta hacer miles los cientos y cientos los millones. Y las noticias de los corresponsales que describían la hazaña de una maestra que ametralladora en mano, montada a caballo, sola ella cubrió la retirada de trabajadores combatientes que defendían un puerto.

Los amitos criollos gritaban hasta desgalillarse:

—¡Los desfalcos!... ¡Los desfalcos!...

Pero la prensa extranjera no se interesaba por los desfalcos, sino por la cinematográfica maestra que vestida de cosaco, montada en un caballo negro, movíase a la velocidad del viento...

—¡Los desfalcos!... ¡Los desfalcos!...

«Tarzana», «Demonio rojo» y varios otros nombres fabulosos recibía la heroína...

«...Después de matar a su caballo negro y arrojarlo desde un acantilado a las embravecidas olas del Mar Caribe, la ''Tarzana'' saltó a una pequeña embarcación indígena, una piragua larga como un espinazo y desapareció en la noche, sobre la superficie de las aguas de plata relumbrante, escoltada por un ejército de tiburones, entre arcos de peces voladores, orquesta de peces musicales, y caballitos marinos...»

Y por el estilo seguía la noticia en tecnicolor.

Los corresponsales extranjeros fueron llamados. Se les darían pocas horas para salir del país de seguir creando aquella aureola de heroísmo a la «Tarzana», cuya acción de retaguardia permitió la fuga de autoridades «moscovitas».

Amablemente y en mal español, uno de los periodistas preguntó qué otra noticia sensacional había, y en el acto se oyó el coro:

—¡Los desfalcos!... ¡Los desfalcos!...

Las agencias noticiosas y los periódicos del exterior se negaron a dar una noticia más sobre los desfalcos. Ni la «Tarzana» ni los desfalcos. Los amitos criollos se alarmaron. No podía ser. Un país del que no se dan noticias no existe, aunque figure en el mapa. Se multiplicaron las partidas del presupuesto destinadas a la publicidad. Se creó un Ministerio de Propaganda. Y nada. El mundo empezaba a desentenderse de aquel átomo geográfico que lo mantuvo en vela.

Una palabra salvó la situación. La pronunció con toda la humedad de la saliva tabacosa en la boca, estaba terminando de comerse un habano, lo mascaba y lo fumaba, el *Master* de la publicidad neoyorquina, Jerome McFee.

La pronunció cerrados los ojillos de humo azuloso, parecido al del tabaco que fumaba, más párpados que ojos, más cejas que párpados, cabello de lana blanca rizada, tecleando los dedos de su mano derecha en el pequeño bulto del vientre y alargando las piernas cortas para tocar el suelo como el pedal de un piano.

El tocaba el gran piano de resonancias redondas que se llama el mundo.

Con sólo que Jerome McFee apoyara la punta de su pie un poco más, al tiempo de tamborilear su vientre, la resonancia de una noticia era mayor. En miles y millones de oficinas y periódicos reproducirían sus movimientos desde el mecanógrafo hasta el linotipista, sin faltar los grandes virtuosos de los teletipos, la telegrafía, la radiotelegrafía.

Una palabra, una sola palabra pronunció el *Master*, después de hacer el estudio completo de los antecedentes, actividades y programa de acción del gobierno que solicitaba sus servicios.

Una sola palabra. Helada. Calculada. Producto de una mente que era el más perfecto imán para aislar realidades y operar sobre ellas, y la más perfecta máquina de crear *slogans*.

—*Corpses*...

Y no terminaba Jerome McFee de pronunciar *Corpses* y ya en torno suyo desencadenábase una batalla con visos de juego deportivo, entre luces, timbres, teléfonos, máquinas de escribir a velocidades eléctricas y empleados a quienes tardaba en llegar con la rapidez de la luz y el sonido, al registro de dicha palabra, cuyo *copyright* se obtuvo en seguida.

Y antes de una semana, por muchos dólares, previa consulta al Departamento de Estado, su uso fue cedido al Coronel-gobierno de los amitos criollos que no se conformaban con el anonimato, que es peor que la derrota.

¡*Corpses!* ¡*Corpses!* ¡*Corpses!*

«*Todos los derechos de traducción, reproducción y adaptación de la palabra* Cadáveres, *reservados para todos los países, comprendiendo Rusia, Copyright, by Coronel-gobierno de la Liberación.*»

Los amitos criollos saltaban de gusto. Ni desfalcos ni «Tarzana». *Corpses, corpses...* En inglés la palabra tenía un raro sonido de picotazo o grito de ave de rapiña... *Corpses, corpses...*

El *Master* fue invitado a pasar un *week-end* en el paraíso de los turistas y a entrevistarse con el Presidente.

¡*Corpses!...* ¡*Corpses!...*

Todo el mundo repetía esta palabra mágica y su Excelencia la lucía en los labios cuando Jerome McFee, entre ametralladoras y silencio, tuvo acceso a su despacho.

—A través de nuestras informaciones —explicó en su entrevista McFee a su Excelencia— el mundo que lee periódicos, escucha la radio, ve televisión en casa o va al cinematógrafo, se alimenta del setenta por ciento de carne muerta y el treinta por ciento de carne viva: las únicas noticias que interesan son las que arrojan mayor número de muertos; a más cadáveres más noticias...

¡*Corpses!...* ¡*Corpses!*

Mejor en inglés que en español... entre ametralladoras y silencio...

—Su Excelencia va a emplear un arma de que no hicieron uso los nazis, porque no les dimos tiempo. ¡La más espectacular propaganda a base de cadáveres!... —y al decir así McFee, el Presidente rio con jeringuilla, risa de espumita de saliva, saliéndole de entre los dientes.

—Sí, Excelencia, cadáveres... —insitió el *Master,* aguzando sus ojillos azules, azul de humo de tabaco.

—*¡Corpses!... ¡Corpses!*

Mejor en inglés que en español... entre ametralladoras y silencio...

—¿Por qué cree su Excelencia que los alemanes retrataban a los que mandaban a las cámaras de gas, conservando perfectamente catalogados sus objetos personales, sus ropas, los zapatitos de los niños, los cabellos de las mujeres, las dentaduras postizas, los ojos de vidrio? Porque pensaban lanzar al mundo la más grandiosa propaganda a base de cadáveres, no el cuerpo sino la identificación de la persona, nombre, edad, sexo, raza, religión, origen, oficio o profesión, hubiera sido imposible conservar millones de cuerpos; y eso es lo que con su gobierno vamos a hacer nosotros, en pequeña escala desde luego, pero procurando que tenga la mayor resonancia...

Su Excelencia se amostó los bigotillos hitlerianos.

—Reunir cuanto cadáver se pueda y listo el material fotografiarlo. Luego lo multiplicaremos en periódicos, revistas, cine, televisores, carteles, por todos los medios, presentándolos como víctimas de la barbarie roja.

Al retirarse el *Master,* complacido de que el Presidente le acompañara hasta la puerta de su despacho, se despidió con una frase que recapitulaba todo:

—Su gobierno, Coronel, anúncielo con cadáveres...

¡Corpses!... ¡Corpses!... Mejor en inglés que en español, entre ametralladoras y silencio, como picotazo o graznido de ave negra, funeral, que se alimenta de carne de muerto.

No se hicieron esperar los telegramas circulares dirigidos a Gobernadores, Alcaldes y Jefes de Policía.

«Deje sin efecto nuestro anterior ordenándole procurar urgentemente sangre para transfusiones, y con instrucciones precisas de la Presidencia cumpla el siguiente: Proporcione el mayor número de cadáveres para publicidad del gobierno. Dios, Patria y Libertad. (firmado): Gobernación.»

Y las respuestas tampoco se hicieron esperar:

«Fueron puestos en capilla 50 detenidos para proporcionarle los cadáveres que se necesitan. Indíqueme si es suficiente. Dios, Patria y Libertad. (firmado): Comandante local San Lucas.»

«Nueve cabecillas fueron ejecutados anoche para poner cadáveres disposición Superior Gobierno. Hágase saber si necesitan más. Dios, Patria y Libertad. (firmado): Alcalde de Todos los Santos.»

«Capturé varios negábanse servir al Gobierno con sus cadáveres. Ya están a la orden. (firmado): Comisionado Militar Milpas Altas.»

Hubo que dar órdenes terminantes, llovían respuestas de ejecuciones y vísperas de fusilamientos, prohibiendo a las autoridades inferiores aumentar el material de propaganda, debiéndose aprovechar el ya existente.

«Soy anciana, decía un mensaje al Presidente, y si por cadáveres lo hacen, doy el mío, con tal que no maten a mi hijo que es joven y padre de tres menorcitos.»

Cesaron los fusilamientos, pero se empezaron a llevar a los muertos. Las poblaciones habían visto muchas cosas, pero no eso de sacar a los muertos del cementerio y llevárselos presos a la capital.

Escoltas, policía, alguaciles con armas y machetes, acompañaban la fúnebre procesión por todos los caminos del país. Vestían de kaki, sombrero tejano, y al brazo la insignia de la espada y la cruz.

Los muertos se acumulaban como basura alrededor de la ciudad.

El experto de la casa McFee especialmente contratado para dirigir la operación publicitaria, calificó de «sabotaje» el telegrama en que se ordenaba el traslado de los cadáveres a la capital y hubo que telegrafiar de nuevo dando instrucciones para que las autoridades menores se conformaran con exhumar los restos de las personas muertas en los últimos acontecimientos, y los dejaran a la intemperie hasta la llegada de fotógrafos y corresponsales de guerra.

4

Nadie dio la voz de alarma, salvo los zopilotes. El trompo de aves negras que empezó a bailar sobre el camposanto.

¡Están desenterrando a los muertos!

Esta fue la primera noticia. La que despabiló de su pesar y su modorra a las esposas, madres, hijas, hermanas de los hombres de los sindicatos masacrados en la zanja.

Mediodía esmerilado, cegante.

Salieron como estaban en sus casas. Las puertas quedaron abiertas, la comida en el fuego, la costura en la máquina de coser, cortado en capas el tabaco para hacer los puros, con el calor de la mano la piedra de alujar.

Prietas, vestidas de harapos, de babas de trapo, se adelantaba una, se adelantaba otra, se adelantaban todas, seguidas de muchachos y perros, muchachos sin calzón, con la paloma al aire, sólo así se consiguió que no los fusilaran. Por ser niños los dejaron. Todo lo que era hombre fue segado.

¡Están desenterrando a los muertos!

Todas querían marchar adelante. No era posible. Algunas tenían que ir detrás. Pero ninguna quería quedarse.

El mal olor de los muertos en el viento. El camino caliente. El polvo de brasa de tierra blanca.

Todas adelante. Algunas atrás. Se conformaron algunas con seguir a las que, más duras para la caminata, a paso largo, se comían la distancia del pueblo al camposanto.

Ya otras mujeres se les habían adelantado. Tuvieron la noticia antes y además se movilizaron en carreta, a caballo, en bicicleta y hasta en un destartalado automóvil sin capota.

Vestidas de luto y bañadas las caras por gotas de sudor negro, tan sucias de polvo tenían las pestañas que el llanto se les desleía negruzco, miraban silenciosas, mordiendo los pañuelos, a los soldados que removían las tumbas, pisoteando cruces y flores, para extraer los despojos de los que caídos en la zanja, que ellos mismos abrieron, les fueron devueltos por intervención de la Quinancha. Aún eran reconocibles entonces.

Ahora ya no.

Ahora ya era como sacar raíces de árboles, destrozándolas. Raíces hinchadas de tierra y sueño. Todo caliente, caldeado, hirviendo en el hoguerón de la costa, menos ellos ferozmente helados, sin ojos, con los párpados cubiertos de grava.

—¡Jamás se ha visto ingratitud mayor... por qué los están desenterrando, si el Coronel y el Comandante autorizaron a sacarlos de la zanja y traerlos al camposanto! ¿Qué les han hecho para que no los dejen ni muertos? ¿Adónde se los van a llevar?

La mujer que hablaba era una de las que llegaron de último, pero no pudo decir más, algo se le descoyuntó por dentro y trago a trago se fue bebiendo en silencio los grandes granizos de sus lágrimas.

—¿Se los van a llevar otra vez al zanjón, usté? —intervino una campesina de ojos algodonosos color de pólvora, dirigiéndose a un cabo.

—¿Los van a rociar de aguardiente y le van a prender fuego? —intervino otra.

Y una tercera:

—¡Díganos qué van a hacer con ellos! ¡Siquiera eso, saber qué va a ser de ellos!

Ni se los llevaron ni los quemaron. Los arrojaron, conforme al último telegrama de tenerlos fuera de las tumbas a la orden de las autoridades, los botaron como basura alrededor del camposanto, en los barrales, zacatonales, pedregales.

—¡Ah, en eso sí que no les damos gusto! —se adelantó un mujerón con las manos en jarras, seguida de otra, munición menuda que ya empezaba a sentir las uñas en los dedos y mover éstos como garras.— ¡En eso sí que no les damos gusto! ¡Si lo que quieren y pretenden es que se los coman los zopes, para eso estamos nosotras! ¡Ea, hay que preparar piedras!

Y cada familia, entre perros y muchachos sin pantalones que corrían de un lado a otro buscando piedras, se juntó al lado del muerto con los proyectiles necesarios, palos, hondas y cerbatanas, para defenderlos del asalto de los bestiales avechuchos negros que prendidos a los guayabales, pesaban sobre las ramas, y más pesados se les oía ya saltar a tierra.

Eduarda Malcober, se disparó del camposanto, decidida a todo, a la muerte misma, en busca del Comandante Salas, para hacerle ver la barbaridad que se estaba cometiendo, pero cerca de allí lo encontró con una comitiva de señores que venían hacia el camposanto. Los dejó pasar y luego se les apareó para oír lo que hablaban en inglés.

Alta, fornida, con cabeza pequeña de mulata, pelo crespo, chata, pechugona, la Guaya Malcober entendía bien el inglés por haber vivido en Belice. Paró la oreja y supo que toda aquella gente con anteojos oscuros, negros, propios para tanto luto, venían a tomar fotografías de la «barbarie roja».

Y la primera en protestar fue ella. Lo hizo primero en español y después en inglés.

—¡Así jodidos, los mataron por ser de los sindicatos, acusándolos de «rojos» y ahora los vienen a retratar, para presentarlos como víctimas de los «rojos», es decir, como sus propias víctimas... —tiraba de los sacos de los corresponsales de guerra, de los fotógrafos y hubo que contenerla.

—En todo caso... —pero ya no pudo decir más, se la llevaban arrastrada de las pocas ropas que le quedaban y de las muchas mechas que se le habían soltado.

Otra mujer se arremolinó:

—¡No! ¡No!... ¿por qué vamos a dejar que los retraten?

Y se le agregaron varias, interponiéndose entre los fotógrafos y los cadáveres. El Comandante Salas, en persona y los soldados intervinieron. Fue el momento cumbre para los cineastas que con los ojos de sus cámaras seguían las escenas.

—¡Muy bien! ¡Muy bien! —decía atrás el técnico— ¡Qué documento, mi Dios, los soldados del gobierno «rojo» queriendo ultimar a las mujeres, después de masacrar a los hombres!

—¡Pero si son de los sindicatos!... —se oían astillados

por los culatazos los gritos de las mujeres que no se daban por vencidas —¡Del sindicato de ferrocarrileros!... ¡Del sindicato de muelleros!... ¡Del sindicato de trabajadores del campo!... ¡Del sindicato bananero!... ¡No los retraten!... ¡No los mataron los «rojos»!... ¡Al contrario, a ellos los mataron por «rojos»!...

—¡No nos interesa lo que hayan sido —rugía el Comandante—, lo que necesitamos son cadáveres para la publicidad del gobierno!

—¡Ca... dá... ve... res... pa... ra... la... pu... bli... ci... dad... del... go... bier... no!... —repitió el coro de mujeres, vestidas de lo que les dejaron los mercenarios.

—¡Ca... dá... ca... dá... ve... res!...

Bocas de madres que inmovilizaba la pena, acalambrándolas; de esposas que se tragaban el pelo y el llanto; de hijas que se pintaban con lágrimas el pellejo seco y pálido de las mejillas color de tripa; de hermanas que haraganeaban los brazos bajo los perrajes, atándose ellas mismas las ganas de lanzarse contra tanto canalla, tanto gringo chacal provisto de máquinas...

—Y éstos sí que están a punto de caramelo —repetía a cada momento el Comandante, con la voz que le salía de bajo el pañuelo apretado a las narices para no marearse y vomitar con la pestilencia de los cadáveres; los corresponsales iban provistos de mascarillas con un fuerte desinfectante que olía peor que los muertos, aunque los «cameramens», era tan interesante el documento, que ni la pestilencia sentían.

Usarlos en campañas de publicidad contra sus ideas. Haber muerto heroicamente, ninguno de los de la zanja dio el paso al frente que les pedía el Coronel, para salvarlos, para indultarlos, y servir ahora, cuando ya no podían hablar, ni protestar, ni defenderse, para desacreditar el movimiento sindical, la causa por la que murieron firmes o peleando.

¡No, no podía pedirse mayor ultraje con un muerto, lanzar su cadáver contra sus ideas, sus convicciones, sus ideales, la masa yerta de su carne y sus huesos, contra lo que él fue, contra lo que amó y defendió hasta el sacrificio de su propia vida!

Pero, fuera del camposanto, amenazados por los zopilotes, cuidados por las mujeres a quienes golpearon y malhirieron los soldados, aquellos pobres muertos, gusanos sobre huesos, pelos sobre pellejos, de poco sirvieron ante el testimonio que ofrecía la Quinancha, convertida en la «vedette» del cementerio, por haber sido envuelta en una sábana, atada con una soga de ahorcar, y enterrada viva por los «rojos».

Los corresponsales escribían a ochenta por minuto. Uno de ellos, el más sabueso, escapó en busca de un teléfono.

El corresponsal de una de las más potentes radiodifusoras traía una grabadora de cinta, y la echó a andar, para que una de las mujeres le refiriera de viva voz la muerte de la Quinancha, ultimada por los «rojos». Y todo iba muy bien, pero al final, la testigo, casi con la entonación de aquella voz doliente que oyeron repetir las mismas palabras, horas y horas, hasta que se extinguió, recordó al micrófono el grito de la Quinancha:

—¡Gerardino! ¡Gerardino! ¡Tu caimana! ¡La Quinancha! ¡Tu caimana!...

—No, eso no se puede poner —se acercó a decir el Comandante Salas, tratando de parar el aparato con su mano de soldado—. Gerardino es el nombre del jefe, y ésta, mirándolo bien, era su «cacerola».

Lo dijo así para no ofender, ya que lo de «cacerola» disimulaba lo de casera o querida.

Se dejó la grabación, hasta el momento en que la voz del corresponsal decía en inglés:

—Mis amables escuchas han oído en español, y vamos a traducirlo al inglés, la voz de una campesina bananera que nos hace el relato de uno de los muchísimos actos vandálicos cometidos por los «rojos» en terrenos de la frutera.

Se fotografió y filmó el cuerpo de la Quinancha envuelto en la sábana con los anillos de la cuerda, luego se le quitó la cuerda y se le filmó y retrató sólo con la sábana y por último se le despojó de la sábana y la devoraron los lentes, en todas las posturas. Hembraza color de tamarindo que se pegaba como calcomanía al cuerpo del macho, ojos de cachorra, dientes de caimana...

—¡Cadáveres para la publicidad del gobierno!... —repetían las mujeres cada vez más despacio, ajenas a lo que pasaba con la Quinancha por estar fuera del camposanto cuidando a sus muertos a palos y pedradas de la voracidad de los zopilotes.

—¡Zooo... pe!... ¡Zooo... pe, hijo de tantas, ya perecés gringo!

Terminadas las «tomas» de la Quinancha, la mejor «vedette» para la publicidad del gobierno manejado por Jerome McFee, se autorizó a las mujeres a enterrar de nuevo sus muertos.

Entrada la noche aún andaban en su triste faena con ayuda de algunas carretillas de mano que les facilitó el guardián.

Se prendieron fogatas. No sólo para ahuyentar a los perros aulladores, sino a los coyotes, a los coyotes y a los espantos. Temblaban de miedo en el calor de la noche tropical llena de estrellas, enloquecidas por los piquetes de los insectos. Cuando levantaron el cuerpo de la Quinancha para darle sepultura creyeron escuchar en medio de la noche caliente y estrellada su grito desgarrador, como si otra vez la fueran a enterrar viva:

—¡Geraldino! ¡Geraldino! ¡Tu caimana! ¡La Quinancha! ¡Tu caimana!...

Los agrarios

1

Un herraje de brillantes. Hasta tarde, tarde persistía la visión del inmenso casco montañoso cubierto por una herradura de sol. Al fondo de la hoya luminosa, hendida hacia el Poniente, esperó Tiburcio Sotoj que se juntaran los pesuños de la noche. Le gustaba la oscuridad. Su sabor a raíz, a humo, a sueño, a musgo de aire negro. Alquitranado de sombra, con inmensas chorreaduras de estrellas en la cara prieta, volvió al rancho, campana de barro y paja que las llamas del fogón golpeaban con badajos de oro. Su mujer, menuda, ojuda, de dientes goteados de palo lechoso, se apartó del fuego hacia la penumbra para ver quién había entrado, si su hombre o sus hijos, y alentó.

—Creiba que habían vuelto los muchachos, pero sos vos, Tiburciano... ¿No los encontraste?... Por allí salieron... La embelequería de ese instrumento ajonografado que suena donde los esos... esos tripones Zigüil... —y así diciendo volvióse a meter los ojos en las ollas, sin esperar respuesta de Tiburcio, hombre de pocas palabras, oliendo en ésta el tufito del frijol sancochado, en aquélla, más grande, el humo acre del maíz que se cuece con cal, y en una jarrilla, la babosidad del café que se derramaba en espuma.

Sí, el Tiburcio era hombre de pocas palabras, ni pelos en la cara ni labiosidad en la jeta, como él mismo decía, lampiño y seco, puro hueso con pellejo. Pero esta vez, excepcionalmente, habló de lo que es cazar en terreno propio al sacar de un bolsón de cuero, los cuerpos fríos de cinco codornices, yendo hacia el fogón con las aves en alto, las plumas conservaban cierta tibieza de sol, los párpados caídos peso de rezo, para nostrarlas a su mujer que al fulgor de las llamas las entrevió igual que vinajeras de largos cuellos de las que se derramaba un vino de rubíes.

Aquélla alargó la mano para tomarlas, pero él, que las sostenía en alto con la izquierda, aprontó la derecha, interponiéndosele con un ramo de granadillas.

—¿Gualupe, de qué color... de qué color... —le preguntajeuntaba la boca por la cara—, de qué color son... —tratando de acercar las granadillas a sus ojos, para declarar que el verde sepia de la cáscara de las frutas húmedas, espejantes, era inferior a las pupilas del mismo color verde doradioso de su esposa.

—¿Y qué tal los agrarios?... —gritó a la puerta, alguien que entró imperioso y mofándose.

Los Sotoj conocían demasiado la voz de quien metida la primera bota en propiedad de pobre —animales, siembritas, mujeres—, no se detenía, y no se detuvo, pesado de espuelas y pistolones, hasta acercárseles en ademán de abrazarlos, disimulando la gana de ahorcarlos que tenía, con unos brazos que el resplandor del fuego proyectaba en las paredes como los de un gigante de sombrero tejano, camisa a cuadros, guayabera barbona...

—Buenas noches, don Félix... —saludó Sotoj, al ver de quién se trataba, una mano ocupada con las codornices y otra con las granadillas, la escopeta al hombro.

Vos, Tiburcio, sos de lo que no hay. Sabés porque te consta que las tierras donde cosechaste el cafecito eran mías, el gobierno de estos salvajes me las quitó, y no me querés dejar esos dos quintales que te restan, al precio que te ofrecí ayer.

—No se va a poder... —pujó el indio—, y en lo de las tierras, Señor Félix, memore que antes que suyas, fueron nuestras, de la comunidad...

—¡Nuestras!... ¿Dónde están los títulos?... En cambio yo tenía mis títulos registrados conforme a la ley...

—¡Nosotros también, don Félix, nosotros también los teníamos antes que ustedes, y en registro de Rey...!

—De Rey...

—Del Rey de Castilla... «Yo, el Rey...», es que empiezan los títulos nuestros...

El señor Félix dejó vagar en el hueco de su boca una risa de mono civilizado.

—Bueno, yo vine a cerrar con vos el trato del café... —aflautó los labios como si se afligiera, gesto que hacía cada vez que empezaba a hablar.

—¿Me lo vas a dar en lo que te ofrecí, o no?

—No se va a poder, don Félix...

—Porque vos no querés, no se va a poder. Si fuera tu voluntad sería otra cosa.

—No es cuestión de querer ni de voluntad, sino de precio. Si me pagan más por allá, yo lo voy a llevar. Mi conveniencia...

—¡Tu ingratitud, decí mejor! Lo menos que debían tener los agrarios es un poco de reconocimiento con sus antiguos patrones.

—Bueno, pues lo tenemos...

—De palabra...

—Sí, don Félix, de palabra, qué le vamos a hacer...

Gualupe intervino con voz de hervor de agua. No parecía ella, sino una de las ollas la que hablaba con su humo de cocimiento:

—En la finitiva, el café es otro, Señor Félix, y si nos paga lo que allá nos ofrecen, se lo vendemos, qué más reconocimiento...

—Más de treinta y ocho pesos oro no les dan por las cien libras, y tienen que llevarlo hasta donde sea la entrega... En cambio, yo se los compro aquí y aquí les cuento su dinero, peso sobre peso...

—Por eso mismo tampoco vamos a poder dejarlo —siguió la Gualupe, la palabra más suelta del acecido de rubor que le agarró al empezar a mezclarse en la conversación de los hombres, cuyas caras rojizas por el reflejo del bracerío, crecían y se achicaban, ya duras, ya suaves, ya con arrugas, ya como golpeadas por ráfagas de viruelas, ya tiznadas y mansas.

—No entiendo lo que dice tu mujer —exclamó don Félix—, salvo que por desconfianza, prefieren hacer viajes con gastos y molestias...

—No por desconfianza, señor Félix —aclaró Sotoj—, ella lo que quiso decir es que, por el paseo no lo vamos a dejar aquí, lo preferimos vender allá.

—No entendía; pero si es por eso, reciben la plata y se van a pasear mañana...

—No es igual... —dijo la mujer, al tiempo que entraban sus hijos—, los pobres sólo cuando vamos a vender, paseamos...

Don Félix se quitó el sombrero tejano, mostrando una cabeza bastante desnuda de pelo y se guitarreó el cuero cabelludo y los pocos hilos blancos que le quedaban con la punta de las uñas.

—Buenas noches de Dios... —saludaron Rufino y Guadiana.

Don Félix casi ni les contestó.

—Rufino, mi hijo, estuvo ayer en la capital —dijo Sotoj—, anduvo indagando precio. Por lo bajo le ofrecieron cincuenta y cuatro pesos oro por cada cien libras. Y cuánto más te dijeron, ¿verdá, Rufino?...

—Por de pronto, que no vendiéramos, si no teníamos necesidad, porque estaba en suba...

—Y lo de las muestras que llevaste, contale, contale a don Félix...

—No parecen granos de café, es que dijeron, sino joyas...

—Lo hemos pelado a mano, Señor, aunque no lo crea, a mano... —intervino la mujer, orillando las pupilas verdoradiosas, hacia la puerta por donde seguía entrando la negrura de la noche con renguera del perro.

—Enséñale, Guadiana, cómo tenés los dedos... —agregó Sotoj, apartándose del fuego, para que al fulgor del fogón mostrara su hija las manos—. Pobre criatura, se le carcomieron las uñas de pelar grano por grano, es como fuego esa baba mielosa que suelta el café.

—Bueno, pues te voy a dar cuarenta y ocho dólares, por cada cien libras, y cerramos el tratado; allá decís que les ofrecían cincuenta y cuatro, pero quién sabe si llevándolo, les pagan ese precio.

En la noche, entre el alboroto de los canes que gañían muy lejos, se oyó una voz que venía gritando:

—¡Guadiana... oí... Guadiana!...

El grito se acercaba al rancho. Más ladradera y más ladradera. Era un muchachón de pelo abierto el que entró anhelante, oloroso a monte húmedo. Entre los bultos buscaba a Guadiana. No alcanzaba a mirar. Los bultos se le perdían en la acampanada oscuridad del recinto, entre la luz de las llamas, la sangrienta vivacidad de las brasas y la sombra.

—Buenas noches... —alcanzó a decir y dirigiéndose a la muchacha que en la congoja de sentirse buscada y tratada con tanta confianza ante sus padres, se comía el pelo, añadió—, te gané la apuesta, Guadiana, te gané la apuesta... el café subió dos dólares... la radio lo dijo... lo acabamos de oír... dos dólares.

—¿Vido, don Félix?... —exclamó Gualupe, y volviéndose a su marido que parecía un soldado con la escopeta de cacería al hombro—. ¡Qué alegre que estamos, Tiburcio Sotoj, con las noticias de este momento! Vas a poder techar la casa...

—¡Ni en cuarenta y ocho dólares, ni en cincuenta y cuatro, ni en cincuenta y nueve le dejamos el cafecito, señor Félix —dijo el indio muy contento—; sólo si nos va a dar sesenta y al contado se lo lleva, y sabe por qué al contado, porque allicito tengo la madera cortada, aserrada y cepillada para hacer mi nueva casa, ¿no la vido al entrar?, y es con el importe de esos dos últimos quintales de café que pienso mercar la lámina del techo. ¿Verdad, Gualupe, que te lo tenía ofertado, que o los guardábamos para el gasto o techábamos la casa?

—¡No se puede con los agrarios! —exclamó don Félix al

159

salir de los vislumbres del fuego a lo oscuro de la noche, la brasa del cigarrillo pegada a los labios, como llaguita de carne viva, y se marchó sin despedirse.

2

—Desde que oí que entrabas arrastrando los pies y tras los pies el ruido de culebra de la punta del chicote por el suelo, pensé que venías de mal talante... —salió al encuentro de don Félix su hermana Trinidad, envuelta en la abstracta luz de una candela de estearina sostenida por sus delgados dedos, tan delgados que más que de su mano formaban parte de los encajes de sus mangas.

—¿De mal talante? —estalló aquél, escupiendo el barbiquejo del sombrero tejano que echó hacia atrás—. ¡Vengo como para que me toreen!

—No te vendieron el café —apresuró su hermana de filoso y velludo labio, la espeluznaba sentirse el bigotito— y yo que te había servido el chocolate.

—Me lo hubieran vendido, no al precio que yo les ofrecía, por supuesto, hasta les mejoré la oferta, pero nunca falta un pelo en la sopa, cuando ya iban entrando por el aro, se apareció uno de esos peludos Zigüil, con el anuncio de que el café acababa de subir dos dólares, según decía la radio.

—Y ya no pudiste cerrar el trato...

—¡Sesenta dólares el quintal!

—¡Están locos!

—¡Qué locos... están queriendo techar su casa a mis costillas!

—¿Casa?... Ya se volvieron de casa... si son de rancho...

—Ya tienen la madera y el adobe y con lo que saquen de esos quintales comprarán la lámina para techarla... Madera sacada de nuestros bosques...

—¡Qué sinvergüenzas!

—¡Vergüenzas tienen!

—¡Félix, no me gustan los juegos de palabras, los detesto!

—La sal y pimienta de toda charla...

—Pues ante mí guardate tus especias, demasiado picantes para el paladar de una señorita que no está acostumbrada a hablar en doble sentido...

Don Félix se dejó caer en una silla, frente a la mesa del comedor donde se enfriaba la taza de chocolate y se repartía sabroso olor de hojaldres con anís, no sin lanzar a su hermana la voz suplicante de que le alcanzara un vaso con agua, quitada del hielo para tomar y una oblea contra los gases, anteeructos, eructos y contraeructos.

—Tú eres de los que llevan la radio por dentro...

—¡No seas pesada! ¡Estar uno con la soga al cuello y salir con esas singraciadas molestas! No tenemos radio porque tú no has querido que se compre. Si a ti no te gusta hablar en doble sentido a mí me pudren las indirectas.

—¡No, Félix, no te pongas así, no es para tanto... bonito fuera que yo saliera pagando el pato!

Con la uña del pulgar rascó una gota de estearina que acababa de caer sobre la tabla de la mesa.

—¡Hasta las candelas quisieran escupirlo a uno!

—Esas ya son exageraciones tuyas. Chisporrotean porque deben tener la mecha húmeda...

—Chisporrotea para ca...

—¡Félix!

—¡Perdón, para hacerlo fuera del candelero!

—¡Grosero! Todos los Gagos murieron del hígado, sin que les alcanzaran las malas palabras para descargárselo.

—Sí, sí, ahora ya sé de qué voy a morir, de hígado agrario. Anochezco y amanezco con el sabor de esa palabra en la boca, ya en agrario hay algo de agrio... —y avivando sus ojos ictéricos fragmentó en eructos—: Pero nosotros tenemos la culpa, qué se puede esperar de los agrarios...

—No te entiendo, Félix... No, no, no porque estés eructando, sino porque crees decir todo cuando dices los agrarios y no dices nada...

—¿Nada?... Si serás ruca de la cabeza. En esas dos palabras se encierra la ruina del país, la ruina de la gente bien, se entiende...

—¿Entonces son peores que los masones?

—¿No lo sabías?

—Peores que los que crucificaron a Nuestro Señor... ¡Ay, Félix, vamos a tener mucho que lamentar! Por fortuna somos solteros...

—Solterones, que no es lo mismo. El soltero es el que se puede casar; el solterón, como nosotros, hermana, es el que en vida se quedó sin asunto.

Por el silencio que siguió a sus palabras, deslizóse una gata con uno de los críos en las fauces. Se trasladaba del comedor al oratorio que dejó entreabierto la hermana de don Félix, cuando salió a recibirlo, descuido que desencadenaría la lucha entre el aroma del incienso y la mirra, aliados de Dios, y el tufo a meado de gato consubstancial con el diablo.

—¿Te vas?

—Sí, le dije a Benjamino que me ensillara la mula. Pienso ir adonde los bigotudos Marchena...

—Por eso les dirán «Los Tártaros».

—Por eso y porque eran unos bárbaros, eran, porque al mayor, Luis Néstor, lo domó la mujer. El menor es el que sigue dando fuego. Voy a hablar con ellos. Algo tenemos que hacer nosotros los finqueros, para defender nuestras tierras.

—Dios vaya contigo y no vengas muy tarde, que con lo que me acabas de explicar de los agrarios, hasta que entres no voy a pegar los ojos.

Y mientras la hermana volvió al oratorio a seguir el trisagio, rezando, rezando, sacó a la gata, se perdió el casqueante andar de la mula que trepaba, al solo salir de la casa, por una cuesta cada vez más empinada. La noche clara, extraterrenal, inútilmente hermosa. El jipar de la mula picada por las espuelas le reveló que iba muy ligero, y no había razón... Ah, pero ése era su modito de andar montado...

3

Tocho, el menor de «Los Tártaros», habitaba un caserón que era una selva de botellas vacías, botellas de todos colores, botellas de todos tamaños, tamaños y formas, con nombre de bebidas en idiomas conocidos y desconocidos, pues no faltaban las etiquetas de vinos húngaros, de licores árabes, turcos, escandinavos, de aguardientes de arroz, de ásperos y trementinosos vinos griegos, de vodkas rusos, puros y luciferinos, «acuavitas» fermentadas con cabezas humanas que en los caldos se reían con dientes descarnados de calaveras borrachas... selva de botellas a la que se sumaban garrafones, barriles, tinacos, ollas de chicha, todo sonando a hueco, pues en interminables noches de fiestas se había apurado hasta la última gota de su contenido... selva de botellas de cerveza, alemana y del país, de rones, mezcales, ajenjos, ginebras, espumantes dorados y espumantes rojos, y el arcoiris en digestivos colores del verde de la menta al lila del «perfecto amor»... selva de botellas en que el polvo se iba quedando ciego...

En el momento en que entró don Félix ansioso por cambiar ideas sobre la forma de botar al gobierno, lo que para él era vital, pues derrocando al régimen se sacudía de Sotoj, Luis Néstor ganaba a Tocho seiscientos dólares, mil doscientos quintales de café y una casa, y en el envite final, éste trataba de que aquél aceptara, como última apuesta, su selva de botellas vacías y en vista de que Luis Néstor se negaba, tras hacerse cosquillas de tirabuzón en los bigotes con el dedo pontífice como llamaba al índice y el dedo grandal, le propuso que fuera su hacienda «El Coyo», con tres mil cabezas de ganado gordo, todo contra tonda en un solo envite.

Rígidos, glaciales, las cartas mantenidas a pura yema y uña en los dedos temblorosos, no sintieron entrar al visitante ni contestaron su saludo. Un enorme perro parecía seguir con la respiración pausada aquellos últimos momentos de Tocho Marchena, o dueño otra vez de sus cosas o tomando su bordón y su morral de mendigo.

—¡Buenas todos ustedes dos!, ¿cómo les va? —repitió don Félix su saludo acercándose a acariciar al perro.

Las cabezas de los dos bigotudos, se movieron en una especie de contestación lejana. Luis Néstor, cerrando las cartas de su juego, pasaba los dedos por los bordes de los naipes, como tanteando si tendrían bastante filo para decapitar de una vez a su hermano. Tocho, palpándose el cinturón, trataba de cercar sus dedos a la cintura en busca del revólver. A don Félix no escapó el movimiento de aquella mano ni se hizo esperar su intervención. Al tiempo que Tocho arrancaba el arma de la funda, le detuvo el brazo y le desarmó. Hubo un rápido forcejeo. Los dos quedaron frente a frente. Tocho lo miraba como a un desconocido, como si no lo hubiera visto nunca, tan fuera de sí se encontraba.

—¡Ja, ja, ja...! —retumbó la risa de Luis Néstor, al tiempo que decía—: Este Tocho todo lo toma en serio... ¿Cómo iba yo a recibirle la hacienda y las otras cosas que le gané?... ¡Es baboso éste mi hermano!...

—Y no sólo eso —dijo don Félix—, estar peleando entre hermanos, cuando hay que unirse para defender a bala nuestras propiedades.

—Sí, Félix, tenés razón —reconoció Tocho, pálido, ojeroso, con los bigotes en trágico desorden, mientras aquél le devolvía la pistola.

—¡Fácil ibas a matar a tu hermano, cuando a las puertas de tu casa están los agrarios listos a caernos al cuello!

—Sentate, Feliciano, y vamos a tomarnos un aguardiente, que le traje a Tocho de «Las Majadas» —dijo Luis Néstor, mayor en edad y menor en bigotes—, un aguardiente muy sabroso...

—El olor no me gusta —explicó Tocho—, huele a miel de abeja...

—Que lo pruebe Félix y que nos dé su opinión...

—¡Ay, chicoles, con bonito modo me están llamando borracho!

Se sirvieron tres copas de un líquido ambarino, en el que la luz de la lámpara eléctrica hizo estallar sus reflejos brillantes. «Los Tártaros» mojaron sus labios, apartándose un poco los bigotes, y don Félix lo paladeó más elocuentemente, en papel de conocedor, haciendo chascar sus labios y su lengua.

—¿Cómo te gustó? —apresuróse a preguntarle Luis Néstor.

—Muy bueno... muy bueno...

—¿Y qué fue que te dejaste venir? —intervino Tocho.

—Quería parlamentar con los dos ustedes. Saber qué es lo que piensan, qué es lo que se hace... nos van a dejar en la calle con las leyes archifregadas que está dando este gobierno... Sin ir muy lejos, ahí tengo yo metido un indio que fue mi mozo y con el que ahora somos copropietarios... ¡Hijos de la chingada!...

—Eso le estaba yo diciendo el otro día a Tocho —replicó el mayor de «Los Tártaros», mayor en edad, menor en bigotes—, pero como mi señor hermano es viaxado, leído y escribido, tiene sus ideas.

—¿No me vas a decir, Tocho, que pensás o simpatizás?

—Ni pienso como ellos ni simpatizo con ellos, pero...

—Luis Néstor, servime otro trago por vida tuya, antes de oír a éste decir sus barrabasadas...

—¡No es barrabasada opinar que la Ley Agraria es justa!

—¿Cómo va a ser eso, Tocho, si es lo más injusto que hay?

—Ahora que no nos guste, ésa es otra cosa, Félix. Ya no se puede hacer nada. Nos derrotaron en el Congreso, en la prensa, en los tribunales de justicia...

—¡Ja, ja, ja!... —rio Luis Néstor—, mejor no discutir con mi hermano... ¡Ja, ja!... «Buchipluma» me soltó el otro día, ¿sabés quién es «Buchipluma», Félix? el licenciado López Román, que a Tocho Marchena no le importaba que con la Ley Agraria le quitaran unas cuentas leguas de tierra, porque él ya había hecho su Ley Agraria entre las putas...

—Muy bien dicho, y cuando ya no me quede nada que repartir vendo las botellas y me vuelvo rico...

—No se puede hablar así —protestó don Félix—, creer que es motivo de orgullo una casa de pisos, estantes, ventanas, corredores, patios sepultados en culos de botellas y tierras repartidas entre otros ídem...

—Por eso digo yo, humilde servidor de ustedes, un grado de alcohol me falta para que me canonicen, que mi casa es la más vacía que hay en el mundo, vacía de realidades y vacía de sueños... aquí se quemó todo... la realidad y lo que sólo es sueño... vaciar las botellas es algo así como quemar las naves...

—¡Bueno, pero vos sos soltero, no es el caso de tu hermano Luis Néstor!

—¡Ve quién habla de solteros! —saltó Tocho—; porque vos, no sólo sos solterón, Félix, sino a la corta o la larga no tenés más heredera que la Trinis, tu hermana, y muertos los dos, no habiendo más Gagos, heredará el Estado. ¿Qué te importa, entonces, que te quiten unos cuantos pedazos de tierra? ¿Por qué no dejar que lo que no cultivás vos, otros lo cultiven?...

—Porque no, porque es mía...

—Tierra ociosa para qué sirve...

—No importa, es mía que soy ocioso y tengo derecho a prolongar mi ociosidad hasta mis cosas.

—Por fortuna no tuviste hijos...

—Así como vos tenés derecho a tus botellas vacías, yo, Félix Gago, tengo derecho a mis tierras ociosas...

—¿Qué horas serán? —preguntó Luis Néstor, desperezándose—. En esta casa ni reloj hay. Ese tiene las seis y cuarto, no se sabe si de la tarde o de la mañana, desde hace como dos años, ¿verdad, Tocho?...

—Sí, en esta casa, que es de ustedes, siempre son las seis y cuarto, alba o crepúsculo, porque yo sólo vivo al alba y al crepúsculo... Y, además, para qué saber la hora si yo no soy el que trabajo... trabajan las bestias humanas que nuestros padres nos heredaron con las tierras...

—¡Eso es, seguite haciendo el baboso —le cortó don Félix—, no trabajo, no trabajo, y sus fincas son las de mayor rendimiento de la zona!

—¡Ah, ah!... cuestión de sistema... Proporciónenme otro aguardiente y les doy el secreto... pero beban ustedes también, qué vivos... se quieren ir cuando la noche está empezando...

—Está empezando a amanecer...

—Mejor, así se van cuando ya estén para el arrastre; tu mujer, Luis Néstor, de todas maneras te va a pegar; a Félix su hermana no le dice nada, y es a la salida del sol que yo hago mi trabajo, impulso mis empresas, me lanzo a la conquista del mañana...

—¡Ja, ja, ja!... —rióse Luis Néstor, sirviendo los tragos—, ¡quién lo oye!

—Con una condición... Nos quedamos con una condición —decidió don Félix—; que Tocho se cuente la historia de la hembra a la que le tocó la finca «Terranova» en su ley agraria...

—¡Igual que Tocho Marchena, no hay!, ¿verdad, hermanos? —y se pasó la mano por los bigotes y paladeó la palabra con ternura—: Vos sabés para quién vivo, Luis Néstor, por quién suspira mi corazón, y a quién le pienso dejar todo lo que tengo... —achispó los ojos y dijo con picardía—, ja, ja, más botellas vacías...

—Y ella lo sabe, Tocho —enternecióse Luis Néstor—, no hay carta en la que Coralia no pregunte cómo está el tío padrino, y reclama que últimamente poco le has escrito, cuando escribís tan lindas cartas...

—Y si hubiera otro igual a Tocho, sería el mismo Tocho Marchena viéndose en un espejo...

—¡Zozobro... si siguen hablando de la sobrina, padre y tío! —ensayó Gago uno de sus juegos de palabras.

—No señor, el que sobro soy yo en este momento... —y salió precipitadamente Luis Néstor—, voy a echar una meada...

—Tocho, cuéntame cómo estuvo eso del tecol...

—¡Cuidadito, Félix, ese nombre no se puede decir en mi casa!

—Bueno, lo de ese animal y la hembra...

El mayor de los bigotudos, mayor en edad, menor en bigotes, volvió abrochándose la bragueta y alcanzó a decir:

—En ese tiempo estabas de Secretario de Agricultura, ¿verdad, Tocho?

—Subsecretario, no Secretario, y tuve que renunciar, porque eran muchas las vainas, empezando porque el Ministro, un viejo hediondo a almidón picado, no sabía hablar: Adricultura, decía, y era Ministro de Agricultura, quiñentos por quinientos, y ñeve por nieve...

—Lo de la hembra es lo que nos interesa —reclamó don Félix, ya con grito de espectador en butaca, la voz pastosa, caliente la respiración, bolseándose las bolsas desde las bolsas, juego de palabras que se tragó, pues aquel manipuleo era parte de su intimidad.

—¡Qué pura riata son ustedes, queriendo que les cuente mi mayor fracaso amoroso! Por eso creo que la figura de don Juan, tal y como se concibe, es falsa. Sólo se cuentan sus felices éxitos y nunca sus éxitos desgraciados. Y es así como se teje la leyenda del burlador de mujeres. Don Juan se aproximará más a la realidad cuando se le conciba, no sólo en sus triunfos, sino en sus derrotas. Y basta de introito, dirán ustedes. Salí del Ministerio y bajé por la Calle del Conejo. Todas las tardes acostumbraba hacer el mismo recorrido para ir a saludar a mis viejos que vivían por San José. De pronto, al lado de una talabartería, una hembra asomada a una puerta. Medio cubierta por un batón malva, el cabello suelto sobre el hombro, blanquísimo, desnudo, atisbaba la calle con dos almendrones verdes. Verla y lanzarme fue uno. Me dejó entrar y tan pronto como le tendí la mano, se me acercó al oído y me dijo... cincuenta dólares... entre sus dientes de gatita quedó el lóbulo de mi oreja... ¡No los tengo!, le contesté, pero los voy a ir a traer... espérame... espérame... vuelo... vuelvo en seguida y no me animaba a moverme creyendo que al salir se iba a esfumar aquel ser blanco, perfumado, de ropas de gasa de seda acariciantes... cansado como estaba de mujeres más o menos prietas, hediondas, vestidas con trapos interiores duros como calzoncillos de soldados... Tal angustia se pintó en mi cara, ante la idea de que se me fuera a esfumar, que me ofreció esperarme, siempre que le dejara una seña...

veinte dólares... le dije, y aceptó... esto te da derecho a venir antes de dos horas, si vienes después de dos horas, los pierdes... ¡No, no, voy a volver en seguida!... Y hundí mis narices, en esa época no usaba bigote, en la medialuna de su corpiño que ocultaba dos lunas llenas de carne blanca, para llevar el olor de su piel pegado a la memoria. Salí desorientado, repasando nombres de amigos. Era una letanía de babosos más pobres que yo y que vivían más lejos que el diablo. Y lo que necesitaba era alguien que viviera cerca de allí, que tuviera treinta dólares, por lo menos, y que estuviera dispuesto a dármelos prestados... No, no puedo decir que es para pagar la multa de alguien que está en la cárcel... Soy funcionario... todo esto me decía... y no es hora de pagar multas... Para una medicina muy cara... Es ridículo... Diré la verdad... Sí, sí, y a todo esto me había acordado de un posible candidato al pechazo, y hacia su casa me encaminaba más corriendo que andando. Le había dejado veinte... me faltaban treinta... sí, pero tal vez habría que beberse con ella una cervecita... no... no... que me facilitara cuarenta... y así el gasto total será de sesenta... ¿sesenta dólares?... tendré que tardar mucho besándola... primero besándola... sólo besándola un buen rato... y luego no debo precipitarme... sesenta dólares... hay que sobarla otro buen rato... La prostitución es odiosa, porque sustituye en el hombre el acto más bello de la vida, por un querer desquitar cierta cantidad de dinero... una descapitalización del bolsillo que el descapitalizado trata de convertir en placer... ¿hay algo más trágico?... Acerté con el amigo que vivía cerca. Llamé con tal urgencia que, tras la sirvienta que salió a abrir la puerta, vino aquél hasta el zaguán, inquiriendo de qué se trataba, quién tocaba tan fuerte. ¡Richar, le dije, cuando lo vi, y le confié mi hallazgo... treinta... treinta... treinta me hacen falta..., pero si me das cuarenta mejor... es algo nunca visto...! Muy bien, muy bien, te puedo facilitar treinta y cinco que es todo lo que tengo... Entonces, quédate con cinco, y dame sólo treinta... treinta... y veinte que le di, cincuenta... ah, me estaré con ella hasta la madrugada... cuánto la gozaré...

¿eh?... ¿eh?... pensaré que estoy con ella y con otras, así me desquito más... Richar me dio los treinta y cinco, no sin recordarme que tuviera cuidado con las enfermedades secretas, hasta me quiso regalar un preservativo... Al pobre le apestaba la boca a creosota, estaba malo de una muela, y tuve que estrujarme, al salir de su casa, una y varias veces la punta de la nariz para borrarme aquel olor persistente y poder llegar con la pituitaria limpia a sorber los poros de mi deidad, a beberle la respiración castaña de sus cabellos...

Las cuadras se me hicieron leguas. Por fin llegué, algo con la lengua de fuera y el corazón agitado. Ella, al solo oír que me acercaba, abrió y cerró la puerta. Ya me tenía adentro, palpitante, dichoso de estar en su alcoba... una cama plenilunar en verde, cubierta hacia los pies con la piel de un oso blanco, cuya cabeza mostraba colmillos y bigotes, y a cuyas extremidades delanteras asomaban las garras con uñas propias para los grandes arañazos del placer... sobre un velador, una lámpara con una pantalla verde... verdes sus pupilas... verdes sus ojeras... verde la luz tenue, íntima... Le agarré los senos blancos... tras entregármelos, los escabulló, para pedirme un cigarrillo y el resto de lo efectivo... Corrí a mi americana y le entregué tres billetes de diez dólares... Sin encender el cigarrillo,. la vi tomar una silla frágil y dorada, aproximarla al ropero, subirse y buscar algo detrás del copete del mueble... Tuve la sensación, al verla subirse a la silla, de que le iban a brotar alas y se escaparía por el techo, no siendo toda aquella visión y jugada, sino una lección de mi Angel de la Guarda. Sin zapatos, en calzoncillos y camiseta, me abalancé a tomarla las piernas, sus pantorrillas, sus muslos, el sexo, el ombligo de miel blanca, y una cicatriz de apendicitis... toda ella en mis manos, convertida en una estatua de venus sobre el pedestal de una silla Luis XV, capturada por el pirata que la había recibido como rehén, y a poseerla. Escondida tras el copete del ropero tenía un... un... una alcancía con la forma de un ave que yo no puedo mencionar... que nunca he mencionado... que jamás mencionaré mientras viva... y se preparaba a doblar los billetes para hacerlos pasar por la ranura que se abría sobre la cabeza del maldito animal de loza vidriada también color verdoso...

Ver el avechucho y salir disparando... como se los cuento... disparando hacia la calle en calzoncillos y camiseta, sin zapatos, en medias... alcancé a arrancar mi ropa de una silla, americana, chaleco, pantalones y a recoger mis zapatos... el sombrero se me fue de las manos... se me cayó el bastón... y por poco me caigo yo, porque el bastón se me enredó en los pies o los pies en el bastón, o el bastón en los tirantes, o los pies en el bastón y los tirantes... y cuando me vi en la calle en ropas menores, no sabiendo qué hacer me refugié en la talabartería, pálidamente alumbrada por eso que los capitalinos se empeñan en llamar luz eléctrica, cuando debían llamarla luz de muerto. Detrás del mostrador, entre pieles y suelas, me recibieron dos ojillos achinados en una cara de gordo enano que tan pronto se me clavaron como un par de púas de alambre espigado, como me espolvorearon de una anuencia cómplice y solidaria. Intenté explicarle. No, no me explique nada, me dijo... pase... pase al interior... allí hay una pieza donde puede esconderse... No necesito esconderme... Vístase... vístase... entre a vestirse... Me enfundé en seguida los pantalones, el chaleco, la americana, y hasta entonces me di cuenta que me había dejado el cuello, la camisa, los puños, la corbata... ¡Ji-ji... ji-ji... jirimiqueaba de risa el gordo enano, cuando asomé vestido en aquella facha de preso o de enfermo del manicomio!... Cuando pudo hablar me espetó: ¡Flor usted, campañando con alguna casada!... A la puerta de la talabartería, se llamaba «La Competidora», se amontonaban algunas personas que me vieron salir, ansiosas por saber el resto del episodio. Al gordo no le bastó reírse. Me palpaba. Sus manos anaranjadas de tanto teñir cueros buscaban, al palparme, el rastro de la infiel a quien el marido sorprendió en el momento de introducirse con su verdadero amor en el lecho. ¿Cómo quedaría ella? ¿El, qué de reclamos le hará? Se habrá desmayado, pobre, para evitar explicaciones... no sólo ser casada, sino infiel... Por fortuna usted logró escapar... si no lo desmadra... más bien lo despadra porque lo hubiera capado...

Estuve a punto de soltar la fría verdad sobre el entusiasmo de aquel buen hombre que vivía mi aventura, a falta de lances propios se viven los ajenos, contándole lisa y llanamente lo que me había ocurrido; pero en ese momento, viéndome, sintiéndome admirado, me enfundé en el falso don Juan, el de los triunfos amorosos, el de las mujeres rendidas a sus pies, me atusé las cejas, a falta de bigotes, y sin mucho explicar, me despedí de él, enigmático y triste...

Risas, carcajadas, manotazos, pataleos arrancaba el relato a Luis Néstor y don Félix, extenuados por verdaderos cólicos de hilaridad.

—Después, ya ustedes saben. Me honré con la hembra aquélla y ella se honró conmigo, matrimonio de hecho, como se dice ahora, concubinato público y escandaloso, como se decía entonces, terminología que no impidió que fuéramos felices...

—Y por eso le regaló «Terranova», la mejor de sus fincas de café —acotó Luis Néstor con cierta tristeza en la voz, ya que él y su familia, sobre todo Coralia, su hija, se consideraban sus herederos, y lo eran legalmente.

—Sí, la mejor de mis fincas, de lo que jamás me arrepentí, menos ahora que me la hubieran quitado para repartirla entre los indios, como le va a pasar a Félix y a su hermana, dos solterones dueños de tanta tierra ociosa. Pero ya está saliendo el sol y vamos a cerrar las puertas de la casa, las puertas y las ventanas, si quieren que les explique mi método de producción intensiva. Esta casa permanece abierta toda la noche, todas las noches, abierta y de parranda, pero en llegadas las luces del alba, se cierra, se oscurece y empieza el trabajo del señor.

Los tres, más mareado por la bebida don Félix que «Los Tártaros», fueron cerrando la casa.

—Lo primero que hice, dentro de mi plan de productividad intensiva —se oía la voz de Tocho, y se le adivinaban los bigotones en la penumbra lechosa del amanecer—, lo primero que hice, como les decía, fue producir energía eléctrica...

—Es mucho gasto... Son palabras mayores... La Trinis mi hermana, ya ni en candelas de estearina quiere gastar y de ajuste la Ley Agraria... Bueno, con esa ley, vamos a tener los ricos que usar candelas de sebo...

—Pues sin energía eléctrica, no es posible mi sistema que parece contradictorio, porque, como ustedes ven, ahora que amanece, cuando todos se levantan a trabajar, yo me voy a mi cama.

Y avanzó hacia su habitación, cuidando de no derribar las botellas, seguido de don Félix y Luis Néstor.

—Llegado aquí, enciendo la luz, es habitación interior y se puede encender la luz, me desvisto, me meto en mi cama desnudo, enciendo un purito, me preparo un buen *high-ball,* y... a impulsar mis cultivos...

—¿En la cama? —no soportó más la risa de Félix, quien creyó que les estaba tomando el pelo, al menos a él, porque su hermano algo sabría y se prestaba a la broma, como simple compinche.

—En la cama, acompañado de Anatole France, Oscar Wilde, Larra, Eça de Queiroz... cualquiera de esos libros me acompañan... Leo y mientras leo... *La isla de los Pingüinos,* por ejemplo, extraigo de bajo mi almohada este aparatito, lo conecto y... sálganse... vayan a oír afuera...

El sol alanceaba los campos arrepollados de neblinas y los bosques, donde la noche se refugiaba, ya fugitiva, bajo las copas de los árboles, untando con sus manos, los troncos, de una negra vellosidad de sueño, sueño cascarudo en el que se daban las más bellas orquídeas. Ya había labradores repartidos en los campos, surconeando con ayuda de caballos, o acarreando en carretas tiradas por bueyes, caña de azúcar recién cortada, sin faltar los que juntaban el ganado lechero para el ordeño.

De tramo en tramo, abarcando amplísimos radios sobre los campos y cultivos, Tocho había hecho instalar altoparlantes y por ellos, como por inmensas regaderas de sonidos, manaba su voz, invitando a los peones a trabajar...

—¡Trabajen!... ¡Trabajen!... Es el patrón que les habla... Desde las 5 de la mañana estoy trabajando... ¡Trabajen!... ¡Trabajen!... ¡Trabajar dignifica!... ¡Trabajar enriquece!... ¡El que come sin trabajar les roba el pan a los que trabajan para comer!... ¡Trabajen!... ¡Trabajen!... ¡El trabajo es la ley de la vida, es la ley de Dios, es la ley del hombre, es la ley del mundo!... ¡Trabajen!... ¡Trabajen!... ¡Cuando el patrón les habla, es que los está viendo, los está observando!

Y con la voz pastosa del que se va quedando dormido:
—¡La vagancia es delito, pero no sólo son vagos los que no trabajan, sino los que en su labor hacen como que trabajan!...

Se quedó dormido.

Esa tarde, la reunión sería en casa de Luis Néstor. Así lo convinieron al tomar don Félix su mula y el bigotudo de Marchena, mayor en años, menor en bigotes, un caballo zaino de doble andar, y despedirse con un apretón de manos.

—¡Trabajen!... ¡Trabajen!... —se oía repetir a lo lejos, pero ya no era la voz de Tocho, sino un disco que él había grabado—. ¡Trabajen! ¡Trabajar dignifica!... ¡Trabajar enriquece!...

4

Mujeres trigueñas de rostros frescos, olorosas a agua de río y perfume de hierbas, entraron con un ejército de chicos de todas edades, desde el pequeñín en brazos, hasta el que ya montaba una escoba, sin faltar la que arrastraba una muñeca, el que esgrimía una caña, la que rascaba una guitarrita, el que trataba de hacer volar un avión de papel. Saludaron al mismo tiempo, alternando en el guirigay las palabras papá, tío y señor, ora se acercaran a Luis Néstor, Tocho, o don Félix.

—Anoche sí que ustedes se la dieron buena con mi señor cuñado —entró reclamando doña Lucrecia dirigiéndose a don Félix—. ¡Ah! —exclamó al ver a Tocho—, si aquí está usted, completo los tres padres de la misa del gallo, ¿dónde la dijeron, es lo que yo quisiera saber, y si fue con música, y si hubo mucha gente?...

Tocho se pasó la mano pausadamente por los bigotes, en espera de que don Félix hablara, porque su hermano estaba como esos hombres que después que les pegan las mujeres, les lloran encima.

—No lo creerá, doña Lucrecia, pero no fue misa de gallo, sino misa de muerto.

Lo dijo con tal convicción don Félix, que ella preguntó ya en serio:

—¿Y quién falleció?

—El latifundio... —terció Tocho, haciendo reír a todos, menos a la señora que no estaba dispuesta a que le tomaran el pelo, pensamiento que la hizo pasarse la mano cubierta de anillos con esmeraldas y brillantes, por la cabellera negra.

—Fuera de broma —siguió don Félix—; siempre que nos reunimos es para hablar de lo mismo, somos como los deudos de nuestras propiedades en vías de desaparecer por la Ley Agraria, y como donde su señor cuñado no hay reloj, cuando sentimos estaba amaneciendo.

—Sólo porque usted lo dice lo creo, don Félix... Y qué resolvieron... Traguitearon mucho es lo único que sé...

—Resolvimos que hay que botar al gobierno...

—¡Muy bien —aprobó doña Lucrecia—, ya no estamos para paños tibios! Hay que botar al gobierno, fusilar a unos cuantos y ya verán cómo nadie vuelve a hablar de la Ley Agraria.

Las jóvenes hermanas de doña Lucrecia siguieron hacia el interior de la casa con la chiquillada, y no tardó en entrar una sirvienta portando una bandeja con vasos de horchata y un azafate con pastelitos.

—Se sirven... —invitó doña Lucrecia.

—Sí, gracias... —arrimó la mano Tocho.

—Un chipotazo le daba yo... —le dijo sonriendo a su cuñado, al tiempo de entregarle el vaso—, ¡mal cabestro!...

—Y se volvió a don Félix que mordisqueaba un pastelito—: ¡Botar al gobierno, se dice fácil, pero ¿cómo?

—*That is the question*...
—¿Sabe hablar inglés, don Félix?
—Lo hablo bastante bien, doña Lucrecia.
—Haberlo sabido antes... —pensó decir algo más, pero se conformó con añadir—. Después vamos a hablar...
—Cuando usted quiera...
—Porque con los militares ya no se cuenta...
—Son peores que la Ley Agraria —encontró terreno firme, para intervenir Luis Néstor y tratando de pacificar a su mujer—: Lucrecia es testigo, a su hermano Eduardo le conté yo aquí tres mil dólares, la primera vez, siete mil dólares, la segunda, como contribución a los cuarenta mil dólares que pedía el jefe de una de las bases, y todo quedó en nada... no se puede despilfarrar tanta plata... si los milicos en el poder nos quitan las tierras con el pretexto de que no las cultivamos, y los milicos en la oposición nos sacan el dinero haciéndonos creer en cuartelazos, revoluciones, atentados, golpes de Estado... entonces sí nos vamos a quedar en las cuatro esquinas.

Tocho se pasó la horchata a grandes tragos para limpiarse el gañote y entrar en batalla:
—Mi cuñadísima y don Félix, saben que no estoy de acuerdo con la idea de romper en la República el orden institucional, sólo porque a nosotros, unos cuantos propietarios, unas cuantas familias, nos están quitando, comprando mejor dicho, porque pagan en bonos el valor de las tierras, según la declaración fiscal, unas cuantas hectáreas de campo inculto y alejado de los centros urbanos...
—No se le puede oír —alzó la voz doña Lucrecia, pálida de indignación.
—Pero me tienen que oír —gritó más fuerte Tocho—, porque hay otras razones: ese reparto de tierras es indirectamente un seguro que nos garantiza el goce pacífico de nuestras propiedades.
—Sí, sí, la medio teoría de este Tocho es que los peones con acomodo, no serán, como ahora, nuestros enemigos en potencia, sino nuestros aliados...
—¡Eso creés vos!... —descargó doña Lucrecia su cólera

contra su marido, vociferante, los ojos de plomo negro derretido en los hornos del alma:

—No, yo no creo nada... Tocho...

—¡Tocho!... ¡Tocho!... ¡Te llenas la boca con el nombre de tu hermano!

—Sí, cuñada, mi teoría es ésa... —saltó Tocho Marchena en defensa de su hermano— más vale vivitos y coleando en la tierra repartidita entre muchos que finaditos tres metros bajo suelo.

—Pues no opino como usted, no acepto su teoría, prefiero los tres metros bajo tierra a mis propiedades repartidas...

—Ah, es que no va a ser sólo muerta, degolladita con toda la familia...

—Pues degollada con toda mi familia... Es una verdadera desesperación. No sabemos en qué vamos a parar. A papá le acaban de quitar tres caballerías.

—Y a nosotros, que sólo somos mi pobre hermana y yo, se nos metió en la propiedad un indio, un tal Tiburcio Sotoj, feo y callado como un ídolo.

—Yo sé que es muy trabajador...

—¡Cuándo iba mi cuñado a ignorar algo que favoreciera a los enemigos... parece mentira!

—El indio más abusivo que ustedes han visto, inimaginable, y fue peón allá conmigo, peón, peón... Bueno, pues ahora pretende que la tierra que nos quitaron a mi pobre hermana y a mí, era de ellos, y que el gobierno de estos salvajes, no ha hecho más que devolverles lo que les pertenecía, poseído por sus comunidades, desde el tiempo del Rey de España...

—¡Mentira, ya no hallan qué inventar! —exclamó doña Lucrecia.

—Yo el Rey... dice el indio que principia el título... Conste que estos títulos los tenían escondidos, ahora los han sacado.

—Allí tienen ustedes —intervino Tocho—, mis queridos parientes y mi querido amigo don Félix, que tal que en lugar de este gobierno con sus agraristas apareciera por los campos, con el pendón real, un heraldo del Rey de España que empezara su pregón con esas palabras: «Yo el Rey...» y a renglón seguido mandara que nos echaran a todos nosotros que somos en verdad los que hemos despojado de sus tierras a los indios...

—Ya mi cuñado está desvariando...

—No, cuñada, en el origen de toda propiedad encontramos el robo...

—¡Comunista!

—Si supiera quién fue Proudhon, no le llamaría así...

—Entramos en el terreno que a usted, cuñado, le gusta y a donde quiere arrastrar a mi pobre marido... Las novelas... Los sueños... Las botellas vacías... No, si sólo se lo perdono porque adora a mi Coralita... Está de linda en el último retrato que mandó... no lo ha visto, Tocho... tráelo, Luis Néstor... Se va a recibir muy pronto...

—Una señorita... —exclamó don Félix ante el retrato.

—Se recibe de técnica en publicidad —siguió doña Lucrecia, pasando la foto a manos de su cuñado— y a usted le va a dedicar su tesis, tío-padrino que no se merece la sobrina que tiene...

—Sobrina-hija —reaccionó aquél—, porque yo la formé espiritualmente: sus primeras lecturas, sus gustos, el gusto por la naturaleza, por su país...

—Y Trinitas, don Félix, usted sí que tan egoísta, no la saca para nada, hace tiempo que no viene por aquí. Anúnciele que cuando llegue Coralita vamos a dar una gran fiesta, celebrando su regreso y su título... marimba, chuntos y whisky, ¿verdad, cuñado?...

—Siempre que se invite al Rey Tiburcio Sotoj...

—¡Ja, ja, ja!... —rieron todos, Luis Néstor con toda la boca, menos don Félix, a quien hacía poca gracia aquel indio color de astilla de ocote, pelo de crin de caballo, echado para atrás con natural altanería desde que le devolvieron sus tierras.

5

Marchaban por la carretera conversando de las excentricidades de Tocho, ten con ten en sus cabalgaduras, ella pequeñita en un caballón prieto y él grandulón en un caballito criollo retinto, mas al apartar por el camino de herradura de «Piñuelas», doña Lucrecia tomó la delantera; vestía pantalón gris caído sobre la bota baja, blusón suelto, sombrero de panamá y guantes y fusta del color del pañuelo amarillo trigo que llevaba anudado al cuello, y tras ella, siguiéndola, enfiló don Félix, sombrero tejano, espuelas, pistolas y su inseparable chicote en la muñeca, reloj de pulsera como decía él, cuando daba las horas de trabajo en las espaldas desnudas de los peones.

Vadearon un río transparente que corría sobre panecitos de piedras redondas, marchando por en medio un buen rato, el gusto de oír chapotear los caballos a paso de ganso, hasta salir a un playón en que el agua se arrinconaba para que todo el río se arrodillara en aquella curva a besar los helechos de fuego que caían de las peñas de tierra morada en lluvias de chispas, y del playón llegaron, por el mismo camino que se cubría de hojarasca quebradiza, entre barrancas lechosas de neblinas bajas, a lo espeso de un bosque lloroso de trementinas, ratos con ojos de cielo y ratos cegados por los matorrales que bajaban, como párpados de pesadas pestañas, a encortinar sus perspectivas.

—Aquí será el *pic-nic*... —detuvo su caballo doña Lucrecia, al tiempo de volver la cabeza tratando de que la oyera su acompañante, luego añadió—: ¿Qué horas tiene exactamente?... No es cosa que hayamos llegado tarde...

—Van a ser las nueve... —contestó don Félix, después de consultar su cronómetro, relojón que marcaba el tiempo lejos de la vida, como si fueran todavía horas antiguas, aislado, sepultado bajo cuatro tapas de oro profundo.

—A las nueve de la mañana en punto quedamos y esta gente es muy cumplida... —luego apagó la voz y como hablando con el rescoldo de su corazón le confió a don Félix, aproximando lo más posible su cabalgadura—: Hasta dónde hemos llegado... nunca se vio que la gente decente tuviera que hacer política... y por lo mismo me felicité de lo lindo el día que supe que usted hablaba inglés, pues era lo que nos hacía falta en esta zona, un intérprete de confianza, y si ese día no fui más explícita con usted, ¿se acuerda?, después hablamos fue todo lo que le dije, se debió a que estas cosas no conviene que se divulguen entre personas que no son de nuestra clase. Ni a la parentela hay que contarle nada. Nadie sabe. No son como nosotros que representamos dos grandes apellidos: Gago y Agromayor... ¿No le parece que es una garantía? Y menos a mi marido o al veleta de mi cuñado. ¡Gago, por su apellido tiene usted que jurarme que no les va a decir una sola palabra a ellos! El caso de Tocho, mi cuñado, es el que más me subleva. Inteligentazo, leído, viajado, valiente, el hombre hecho para capitanearnos...

—Pero con él si que no se cuenta...

—Eso sería lo de menos, lo peor es que está contra nosotros...

—Tanto no creo...

—Es un irresponsable, por no decir otra cosa...

—Lo que pasa con Tocho es que él tiene su modo de pensar...

—Y a mi marido no hablemos, sería como decírselo a Tocho. Es un infeliz completo: respira por los poros del hermano, ve por los ojos del hermano, habla todo el día del hermano... —golpeó la fusta en su muslo con cierta nerviosidad.

—Las nueve... —anunció don Félix y como si sólo eso esperara alguien allí escondido para hacerse presente, removiéronse los matorrales y se oyeron pasos que se acercaban a grandes zancadas.

—¡*Hello!*... —se alzó una voz y se vio una mano que saludaba desde lejos agitando una caña a cuyo extremo flotaba un cucurucho blanco de cazar insectos.

—¡Buenos días, mister Maylan! —contestó doña Lucrecia, fría, pequeñita, decidida, y arrendó su gran caballo prieto, seguida de don Félix, al encuentro de un hombre corpulento, no muy alto, canoso, no muy viejo, nariz en gancho, ojos colgándole de los párpados, que daba la impresión de jefe de trenes, sin uniforme.

—Aquí voy a tener el gusto de presentarle a don Félix Gago... —dijo la amazona, acentuando los ademanes de presentación, pues sabía que míster Maylan no entendía español.

Don Félix echó pie a tierra para estrechar la mano del cazador de insectos, mientras éste, mostrando sus dientes blancos en su cara rojiza, llegábase risueño a saludar a la señora Agromayor de Marchena.

—Háblele, don Félix, háblele en inglés... —siguió ésta, preparándose a desmontar con la ayuda cortés de ambos caballeros, y ya en tierra, la rienda en una mano y la fusta en otra, insistió—. Sí, sí, Gago, dígale a lo que hemos venido, dígaselo en inglés... —y como don Félix, sin saber por dónde comenzar titubeaba, ella lo animó creyendo que lo cohibía el miedo de ponerse a decir cosas tan graves ante un desconocido—: Si por desconfianza lo hace, yo le aseguro que no debe tener temor alguno. Son agentes de contacto disfrazados de cazadores de mariposas, como míster Maylan, pero hay coleccionistas de plantas tropicales, pájaros, peces o fotógrafos especializados en ruinas mayas, en indios... porque... se le ha hecho creer a este gobierno que eso es lo mejor del país... —y tras una pausa en que con la fusta parecía golpear el aire, siguió doña Lucrecia, muy empinada en los talones de sus botas, lo que la hacía verse más alta—: En todo caso, tradúzcale lo que le voy diciendo: que estamos autorizados por la gente más pudiente de esta zona, toda gente de las mejores familias, y si no quiere comprometerse, explíquele que usted sólo actúa como intérprete...

De confianza o no aquel gringo bayunco, a don Félix se le clavó entre ceja y ceja, el terroso, el lampiño rostro de Sotoj y la cara de gusano de seda de su hermana que por culpa de aquel indio metido en sus terrenos, vivía a trisagios y coramina, y no sólo tradujo lo que doña Lucrecia decía, sino agregó de su cosecha, el resto...

—*Yes... yes... yes... yes...* —repetía Maylan a cada pausa de don Félix, tomando nota en una pequeña libreta de cuanto aquél iba traduciendo de la avalancha de la señora Agromayor de Marchena y de lo que él ponía de su parte.

—¿Le dijo lo de los rublos? —inquirió ella con la voz tensa, dilatando sobre el desleído don Félix, sus pupilas de histérica.

—No, porque eso más parece un chiste...

—¿Chiste?... Y no llegaron allá conmigo los indios de la laguna a ofrecerme los tales rublos...

—¡Robles!... ¡Palos de robles, por Dios!... ¡Ellos que no saben hablar y usted con la obsesión de los rusos!

—Mi confesor me autorizó a que lo contara como cierto, y no me va a decir usted que la palabra de un sacerdote no es suficiente para transformar en verdad una mentira. Espero que no haya hecho lo mismo con lo del ferrocarril...

—Todo eso se lo dije...

—Le hizo ver que les va la bolsa a los accionistas del ferrocarril, si el gobierno exige que la compañía pague el impuesto que cobró durante años y años, en cada pasaje, impuesto que pertenecía al Estado, a las Casas de Beneficiencia, que da lo mismo, porque el Estado es una gran casa de beneficiencia de vagos que se llaman empleados... Además están construyendo una carretera para hacerle la competencia al ferrocarril, ¿se lo hizo ver?, y un puerto, para librarse del control de la compañía bananera, ¿se lo explicó bien?...

—Y también le expliqué, clarín, clarín, lo del contrato. Deben echar a este gobierno de salvajes para firmar con nosotros el contrato, a gusto de la compañía, sin poner todo lo que estos bárbaros quieren imponerles: contrato colectivo, aumento del impuesto, aduana para los artículos que introducen, y lo de las tierras...

—Muy bien, muy bien, es el primer caso que se da en Centroamérica... gobierno más abusivo... quererle aplicar la ley agraria a una gran compañía...

—Mejor, diga usted, Gago, porque ellos nos van a

ayudar a sacudirnos de estos bandidos, no por nuestra linda cara o nuestro lindo comunismo, sino por los millones de dólares que están perdiendo...

—Y por el ejemplo...

—Sí, sí, porque si aquí se dejan hacer esas compañías, las van a sacar a patadas de todas partes...

Mientras ellos hablaban, míster Maylan, que había apoyado en un árbol su caña de entomólogo, examinaba un pequeño plano trazado en papel manteca. Frunció y soltó la boca varias veces, antes de entregarlo a la pareja de vecinos connotados. Luego, dirigiéndose a don Félix, dijo:

—Voy a dejar a ustedes este plano que debe permanecer secreto. Como ustedes ven, corresponde a esta zona. En estos puntos, marcados con circulitos rojos, nuestros aviadores van a dejar caer armas y en estos otros, marcados con circulitos azules, van a descender en paracaídas algunos de nuestros efectivos dotados de lo necesario para hacer saltar depósitos de gasolina, plantas eléctricas, estaciones de radio, arsenales, talleres camineros, puentes, postes telegráficos y telefónicos, fuentes de abastecimientos de agua.

—Muy bien... muy bien... —repetía la diminuta señora, echada hacia adelante en sus empinados tacones, atenta a lo que don Félix le iba traduciendo.

—Una radio clandestina —siguió informándole el cazador de mariposas— anunciará en forma precisa cada una de estas incursiones, y de la gente que ustedes representan, y de todas las personas de esta zona que estén contra el gobierno, esperamos protección y ayuda a nuestros paracaidistas, y en cuanto al armamento, proceder a recogerlo y ocultarlo inmediatamente, salvo algunas armas marcadas con la hoz y el martillo que deben dejar que las tomen los campesinos...

—¡Ah, muy bien, pero muy bien...! —seguía repitiendo la pequeña gran dama, toda oídos a lo que le traducía Gago, y cuando comprendió que míster Maylan había terminado, tomando del brazo a don Félix, le pidió que tradujera lo que ella le iba a indicar—: Primero: necesitamos saber aproximadamente la fecha en que van a llover esas armas del cielo. ¡Dios sea loado!, y segundo: deben buscar otro medio para darnos la señal de alerta y las demás indicaciones, porque los que en esta zona poseen plantas eléctricas, no son partidarios de nuestra causa, Tocho, por ejemplo, lo que no nos permite instalar radios en nuestras casas.

Míster Maylan aclaró en seguida que lo de la falta de electricidad no era obstáculo. Se entregarían radiorreceptores de pilas a las personas que ellos indicaran. Y en cuanto a la fecha a comenzar las operaciones, no podía fijarse ni siquiera aproximadamente todavía, porque, aunque según los expertos, ya era satisfactorio el grado de saturación de la opinión mundial en cuanto al peligro que representaba aquel gobierno, faltaba desplegar el grueso de la propaganda por radio, cine y televisión.

Y concretó el cazador de mariposas.

—Hemos montado un aparato de información planetaria raramente visto. Vamos a realizar el primer gran ensayo de publicidad atómica. Vamos a pulverizar este país como un atolón...

Gago se hizo explicar dos y tres veces lo que era un atolón, y cuando le traduje lo que aquella palabra significaba a doña Lucrecia, ésta reía de su ingenuidad e ignorancia, seguía siendo, como decía su cuñado, una «analfabeta provecta», pues al oír «atolón», creyó que se trataba de una gran cantidad de «atol».

—Sabe, Gago, por qué ahora que hablan de publicidad, no me hace el favor de explicarle a míster Maylan que mi hija Coralia está para recibirse de eso en Estados Unidos, que estudia con el Profesor Carey —don Félix iba traduciendo—, y que sería bueno que aprovecharan sus servicios... Su nombre es Coralia Marchena Agromayor, estudia con el Profesor Carey y sólo le hace falta su tesis para graduarse.

Maylan tomó cuidadosa nota de los servicios que podía prestar la señorita Marchena Agromayor, haciéndole ver a la mamá, por intermedio de don Félix, que debía felicitarse, ya que su hija iba a tener oportunidad de asistir a la primera experiencia de publicidad en escala sólo comparable a las explosiones termonucleares.

—Y cualquier otra cosa que necesiten de nosotros —dijo por su cuenta Gago.

—Intensificar los motivos de zozobra en el frente interno —contestó el cazador de mariposas, ya nuevamente armado de su caña y su cucurucho de tela blanca—, no cejar en la constante guerra de rumores que debe ir en aumento...

—Así me lo dijo mi confesor —acotó doña Lucrecia...

—Mantener una nutrida correspondencia con amigos y parientes del exterior informándoles en verdaderos S.O.S., sobre las atrocidades que cometen los agraristas, presencia de aviones sospechosos, de submarinos extraños y... llegado el momento empuñar las armas.

—Dígale, Gago, que todo eso y más se lo he mandado a decir a mi hija, con quien nos escribimos todas las semanas.

Pero don Félix, considerando más importante lo que él iba a contestar, se conformó con decir:

—La mayoría de nosotros empuñará las armas, míster Maylan, ya tenemos los comandos formados y nos estamos entrenando.

Se convino en que Gago guardaría el plano en su casa, se despidieron y a sus caballos. Antes de arrancar, mientras se acondicionaban en sus galápagos, ella en su inmensa bestia prieta de ojos color de cáscara de limón, y él en su caballito criollo, cascarriento y crinudo, doña Lucrecia le pidió que le recordara a míster George Maylan lo de su hijita, favor que le iba a agradecer mucho.

El sol se convertía en el luminoso hueso frontal del mediodía.

Al desaparecer los jinetes, Maylan observó las mariposas caídas en su cucurucho, algunas rayadas como cebras, otras con los colores de las plumas del pavorreal, sin faltar las negras, las amarillas, las coloreadas de sangre...

No lo hizo porque habría sido ridículo, pero al ver aquellas manchitas rojas en lo que era como un bonete blanco terminado en punta, tuvo la intención de ponerlo en su cabeza, y le faltaría entonces sólo la túnica para ser lo que había sido en su juventud, flagelador de negros en Atlanta City, vestido de Ku Klux Klan... bueno... se saboreó... sólo el «ganado» cambió... ahora empezaba a ser exterminador de indios...

Ya el sol pasaba del cenit, dejaba de ser el luminoso hueso frontal del mediodía, y cobraba, frente al cazador de mariposas, la expresión de un universo de llamas aullando.

6

De las sábanas salió la mano de Coralia a picotear con los dedos alrededor del reloj, hasta extinguir el repiqueteo de la campanilla. Le quedaban treinta minutos. Siempre ponía el despertador media hora antes, obsequio que si la víspera no tenía importancia, en aquel momento alcanzaba la categoría del regalo más grande de los dioses. Apretó los ojos y deslizóse de la almohada hasta quedar de bruces con los brazos abiertos en la llanura del colchón, como queriendo abarcar la cama, sólo que esta vez abarcaba la cama y la cara del profesor Carey regada bajo su cuerpo, como si se hubiera tendido sobre una pantalla de cine, en el momento en que aquel rostro, proyectado desde su sueño, ganaba el primer plano, gesticulante, desgañitándose, sin conseguir que se le oyera, no obstante los esfuerzos que hacía con los labios, lengua y galillo.

Acabó de despertar en la ducha. El agua se lleva de la epidermis las células muertas y qué otra cosa son los sueños. Pronto borróse de sus poros el mascarón del profesor Carey, amenazándola con su gañir vociferante, como si intentara morderla, imagen que ella conservaba de cuando en la clase sostuvo que la publicidad comercial podía convertirse en un peligroso agente de penetración imperialista en países semicoloniales. Al terminar la clase, la invitó a pasar a la sala de profesores que en ese momento estaba desierta. ¡Rojilla de los trópicos!, la llamó volviendo a mirar a todos lados, a las paredes, al piso, al techo, a los teléfonos, a las puertas y ventanas, rincones y muebles, todo tenía oídos, y empastelando las palabras en un resuello de miedo oleaginoso, le suplicó transido: no vuelva a hablar así en mi clase, bastantes quebraderos de cabeza me ha dado el artículo que publiqué sobre su país en el *The Economist*, y ya en la telaraña del susurro de confesión: temo ser llevado ante el Comité que Investiga las Actividades Antinorteamericanas...

Esa mañana los compañeros rodearon a Coralia con las últimas noticias:

—¡Citaron al profesor Carey!...

—Se espera su renuncia...

—Estuvo declarando seis horas...

—Ayer, sí, ayer todavía vino a la Universidad...

—Si no se retracta, lo callarán...

—¿Callarlo... y la libertad de cátedra defendida por él?

—Le harán decir lo que quieran...

—¡Imposible...! —se oyó el coro de voces juveniles.

—Entonces...

—¡Imposible!... ¿A Carey?... ¿A Carey, defensor de la verdad, campeón de la verdad no como abstracción, sino como diálogo humano?

—Entonces lo echarán de un empujón...

—Sería lo mejor para él... hay empujones que son espaldarazos y con la fama que tiene en cualquier universidad lo aceptan...

—Si lo dejan salir...

—Yo ya lo sabía... —dijo Coralia.

Se le rieron en las narices estrepitosamente.

—Les aseguro que ya lo sabía...

—No puede ser... —explicó el más hablador de todos—, es noticia de última hora y la pescó este aprendiz de periodista con la oreja pegada a una puerta oyendo hablar por teléfono a su papá —y al decir así descargó un manotazo en la espalda de un muchacho menudo, ojeroso, de piel blanca, blanca, como cáscara de huevo, con dos pupilas grandes, celestes.

—Yo no sé cómo, pero ya lo sabía —insistió ella—, esta mañana en el ratito que me dormí después de sonar el despertador, se me apareció la cara del profesor, agigantada, monstruosa, no oí lo que decía, pero a juzgar por sus gestos estaba pasando por un trance difícil y como defendiéndose a mordidas...

—Ja, ja, ja... —rio el muchacho de los grandes iris abiertos como dos huecos infinitos en su cara de yeso—, no sabía que el sueño fuera fuente de información y que se usara defenderse a mordidas...

—¡Entre perros, sí! —alcanzó a decirle ella, mientras volaban todos a sus pupitres y el profesor en carne y hueso ocupaba la cátedra.

Sin preocuparse por crear el clima de coloquio, como lo hacía siempre, bromeando o refiriendo anécdotas de periodistas célebres, fue al pizarrón y dibujó rápidamente el mapa de América. Los alumnos hicieron otro tanto en sus cuadernos. Coralia no tenía mucha mano para el dibujo y algo le costó. Al levantar la cabeza, el profesor trazaba un círculo rojo alrededor de uno de los paisecitos de la América Central. Toda la clase hizo lo mismo, menos Coralia. Apenas podía sofocar su emoción. El territorio marcado por el profesor Carey con aquel círculo rojo, era su país, y sin duda, iba a tratar de publicidad turística tomándolo como ejemplo. Tosió fingidamente y volvió a mirar a sus compañeros, orgullosa, ansiosa de que todos se fijaran en ella, todos la estaban viendo, nacida en un país que valía la pena visitar... el más maravilloso del mundo... ¿eh?... el país más peligroso de América... ¿eso estaba diciendo el profesor?... le clavó los ojos empapados en llanto de bestia herida... azogada... convulsa... se había esfumado lo del turismo y hablaba de la publicidad como de un nuevo modo de crecer de los seres vivos... Ya Coralia no mordía el lápiz, se mordía los dedos... la angustia de no saber qué hacer... si echarse a llorar, si salir de la clase... el profesor había trazado una serie de líneas rectas, paralelas, al través de las cuales se proponía seguir, en forma gráfica, la experiencia publicitaria más importante de los últimos tiempos... de las gráficas de este país que registraban sus terremotos pasamos a las que ahora registran su peligrosidad, objetivamente hablando, ya que a nosotros lo que nos interesa es el origen, desarrollo y expansión de este primer ensayo de publicidad atómica... ¿seguiré soñando?, se preguntaba Coralia, sólo que ahora oía al profesor, no defendiéndose ante el Comité Investigador de Actividades Antinorteamericanas, como supuso cuando sus compañeros le contaron que lo habían citado, sino atacando a su patria... en esta gráfica pongamos en cero la palabra-clave... el secreto está en dar con la palabra que penetrando merced a una publicidad intensiva por los sentidos de millones y millones de seres, a ninguno de todos deje tiempo a reflexionar en lo que la palabra-clave significa, sino que la acepte por lo que representa... la palabra-clave en este caso es... y escribió *comunismo*... El hallazgo del término «comunismo» aplicado a este pequeño país no hubiera trascendido, no hubiera pasado de un mal chiste, si la publicidad masiva no lo vacía de su contenido ideológico aplicado a la realidad y la convierte en un signo de peligro... nadie al ver el signo de la muerte en un frasco de veneno, averigua si el contenido es en verdad mortal, acepta lo que con aquella calavera y las dos tibias, se le presenta como un gravísimo riesgo para su vida... y esto fue lo que nuestra publicidad hizo con la palabra «comunismo» aplicada a un país de tres millones de habitantes que en manera alguna podían ser un peligro para nosotros... se creó el peligro por el signo, por la palabra repetida, martillada, multiplicada, por nuestra basta utilería... por eso sostengo que la escritura publicitaria es ideográfica y que el publicista debe pensar en signos, no en ideas... Coralia luchaba por despegarse del asiento donde estaba como clavada, rígida, glacial... y de cero, donde hemos puesto la palabra «comunismo», signo ideográfico publicitario, arrancamos en esta forma nuestra línea de crecimiento, susceptible de oscilaciones, pero siempre ascendente...

—¡Protesto! —se oyó el grito de Coralia—. ¡Es inadmisible que se hable así de mi patria!

—No hablamos de su patria, Miss Marchena, sino de una experiencia publicitaria en marcha en estos momentos...

—En la que se ha partido de una falsedad, de una mentira, porque, como usted mismo lo ha dicho aquí, se hace uso de la palabra «comunismo» como un simple signo de peligro...

—Quise decir que para la publicidad bastaba el signo, pero no he negado, como pretende Miss Marchena, que su país no haya caído en manos del comunismo internacional...

—Otra cosa decía el señor profesor en el artículo que publicó en *The Economist*... .

—Cuando escribí ese artículo ignoraba lo que ocurría en su patria...

—¡No lo ignoraba, profesor Carey! ¡No lo ignoraba!...

—¡Abandone la clase, Miss Marchena, se lo ruego... no voy a permitir que me llame mentiroso!

—¡Peor que eso, profesor Carey! Quiero recordarle lo que me dijo la tarde en que discutíamos el tema para mi memoria de grado, me dijo, refiriéndose al profesor Davinson, de la Universidad de Yale, que no hay mayor traidor que un profesor universitario cobarde, y usted está acobardado...

—¡Basta!... Si las cartas de su señora madre no le han abierto los ojos.

—¿Las cartas de mi madre?

—Sabiéndola rojilla interceptamos su correspondencia y tenemos las fotostáticas de esas cartas. ¿Qué le informaban? ¿Qué le informaba semanalmente? Tierras arrebatadas a sus legítimos propietarios, turbas de obreros y campesinos armados hasta los dientes amenazando a nuestras empresas, impuestos y más impuestos al capital, persecución a los sacerdotes católicos, indios que hablan de rublos...

Extrajo de sus manos unas manos de sombra que se llevó a los ojos. Sus verdaderas manos color de barro quedaron colgando, y nuevas, invisibles y no pesadas telarañas con dedos surgidos de su sombra subieron a su cara a palpar con medrosos movimientos de tanteo, primero, y desesperados estrujones, después, el lugar en que sentía los párpados abiertos. Oía al profesor Carey. Abiertos y no lo veía. En sueños lo vio con los párpados cerrados. Ahora los tenía abiertos y no lo veía. Oía, oía sus últimas palabras perdidas en una tormenta de gritos, silbidos y golpear de objetos duros sobre los pupitres.

¡Afuera!... ¡Afuera!... ¡Rufián!... ¡Farsante!... ¡Canalla!...

No eran ya sus manos. Eran muchas manos, le habían nacido muchas manos, todas las de sus compañeros que le tendían un puente colgante para que cruzara el abismo de la sombra, después de echar al profesor.

Apretó los dientes... Apretó los labios... Alguna vez sus dientes tuvieron sabor a risa... Alguna vez sus labios tuvieron otro sabor... Lloraba... Lloraba a oscuras con los ojos abiertos...

Un cablegrama llevó a la familia la noticia. Coralia Marchena Agromayor había quedado repentinamente ciega. Semanas más tarde, un avión de pasajeros la depositaba en el aeropuerto de «La Aurora», acompañada de su mamá que había ido a buscarla. Su padre, sus tías y hermanitos, que fueron a encontrarla, lloraban silenciosamente, mientras se cumplían los trámites de pasaporte y aduana.

Alguien se acercó a saludarla en inglés. Ella contestó en español.

—Háblale en inglés, hijita, es míster Lamb...

—Se me olvidó el inglés, mamá —cortó ella tajante—. ¿Y mi tío Tocho? —preguntó al oír que todos callaban, callaban para enjugarse el llanto.—Se me hace que está en la casa —se apresuró a contestarle su papá—; allá con nosotros debe estarte esperando.

—¡Has vuelto a tu tierra en un día muy lindo! —exclamó una de sus tías, hermana de su mamá.

—¿Sí?... —preguntó Coralia, agitándose en el fondo del automóvil que rodaba velozmente. Del aeropuerto a la finca había un trecho de horas.

Un rodillazo de doña Lucrecia puso en su lugar a su hermana. Imprudencia de mujer, hablarle del día a una criatura que no ve.

—¿Muy lindo el día, tiíta? —revolvióse aquélla, pasando su mano por el cristal del automóvil que le quedaba al lado del asiento, como si lo palpara.

—¡Pronto vas a poderlo apreciar por tus propios ojos! —intervino doña Lucrecia, haciendo sonar en el brazo las pulseras de oro que acababa de entrar de contrabando, pulseras que cada una tenía un relojito.

—Ya el doctor Luna recibió los informes de los médicos que te atendieron y trataron en Estados Unidos —dijo su papá— y opinan que recobrarás la vista, como la perdiste, repentinamente. El aparato visual de su hija está en perfectas condiciones, me explicó, no hay nada orgánico, es un enceguecimiento momentáneo de carácter emocional.

—¡Loado sea Dios, papá, así no vi más ese país ni a su gente!

Tocho Marchena la esperaba en la casa de la finca en compañía de don Félix Gago y otros vecinos. Flores, frutas, dulces, bebidas, panales de miel blanca, palomas, un venadito manso y una perica llevó el tío para recibirla, y cuando Coralia bajó del automóvil, la saludó una diana tocada por una marimba, entre cohetes que estaban en el cielo y trenzas coloradas de triquitraques que reventaban por tierra.

La besó y la abrazó haciendo pucheros para no soltar el llanto, apretándola contra su corazón como a cosa suya, no sólo por ser su sobrina, de su sangre, sino por sus ideas que son más sangre que la sangre, ya tenía conocimiento de la defensa que había hecho del país, ante un profesor descastado y cobarde. Y ella también lo entendió así.

—¡Viva mi sobrina!... —gritó Tocho con los ojos nublados en llanto.

—¡Vivaaaa! —contestaron todos aplaudiendo.

—¡Viva Coralia Marchena!

—¡Vivaaaa!

—¡Viva Guatemala!... —gritó ella sollozando.

—¡Viva Guatemala!... —contestaron todos.

—El champán... —ordenó Tocho y empezaron los sirvientes, indios de pies descalzos, a servir las copas de oro líquido y locura espumosa.

—Tío, ¿cuándo me lleva a su casa?...

—El día que quieras...

—¿Todavía tiene aquel *tanatal* de botellas vacías?

—¡Siempre!... —y, abrazando y besando nuevamente a Coralia, añadió—: ¡Qué lindo es Dios, a mi sobrina no se le olvidó hablar como nosotros! *¡Tanatal...* qué bien suena! ¡Más champán!

—Más champán para ustedes, tío, para mí ya no y tomé sólo porque se trataba de usted, lo que tengo prohibidísimo.

—Este es don Félix Gago, aquel viejo sinvergüenza y simpático que dejaste más joven y que no ha cambiado más que en una cosa, en que ahora es más sinvergüenza y menos simpático...

—Entonces —rió Coralia— ha cambiado en dos cosas...

—Tienes razón, aquí toda la gente ha cambiado para peor...

—¡Por Coralia! —brindó don Félix.

—¡Por usted y por su hermana, señor Gago! —agradeció aquélla cortésmente, si el hombre aquél nunca le fue simpático, ahora sin saber por qué le repugnaba.

—Y el día que usted disponga, vendré a visitarla para que conversemos en inglés, la faltará de vez en cuando hacer un poco de práctica...

—El inglés lo olvidé...

—¡No puede ser!

—Al quedar ciega lo olvidé totalmente...

—Qué malo estuvo eso, pues ya su mamacita la había comprometido para entrar en la Compañía Frutera, como encargada de la publicidad...

—¡Qué bueno, caray, que olvidaste el inglés! —le cortó Tocho—. Y me voy —añadió—. Porque ya se me están subiendo los champanes y puedo hacer una que no sirve...

Adiós, Félix, haceme el favor de cuidarte... Coralita, otro día vengo por ti...

Luis Néstor, su hermano, salió a quererle atajar...

—¿No comés algo con nosotros? ¡Esperate, siquiera un bocadito! Mi mujer en persona ha estado preparando, se tuvo que meter en la cocina...

—Es mejor que me vaya, mi viejo, antes que ya no pueda contenerme más y le tenga que gritar a tu costilla que es una mala bestia...

—¿Qué te hizo?

—A mí nada, a Coralita...

—Ya lo había yo pensado, Tocho, desde que dijeron los médicos que era ceguera de carácter nervioso, aunque el histerismo dicen que no se hereda.

—¿Y quién habla de histerismo?... Coralia está ciega, porque el profesor Carey, cuando, en su gran infelicidad, se vio acorralado por la muchachita, sacó a relucir las cartas familiares que tu mujer semanalmente le escribía, y que ellos interceptaron y fotografiaron, contando horrores de nuestro país, donde según ella estamos sobre un volcán, corre peligro la fe católica, los indios hablan de rublos, y está en vías de desaparecer la propiedad privada...

—¿Cómo lo supiste, Tocho?

—Salió publicado en una revista, allá la tengo en la casa.

—¿En casa la tenés? —preguntó Luis Néstor.

—Sí, sí, cuando llegués la vas a leer...

—¿Y cómo ves a Coralia, cómo la ves, muy mal?

—¡Está divina! Toda ella parece dormida... cuando un pariente se nos queda ciego, da la impresión que está dormido... —y alzando la voz—: ¡Que no toque tanto la marimba porque nos va a ensordecer!...

Los marimbistas comprendieron la indirecta directa y llegándose al instrumento con los bolsillos en las manos, antes de empezar a tocar, el que rascaba el contrabajo, preguntó:

—¿Qué quieres oír, don Tocho?

—«Tristezas quetzaltecas», me sigue gustando...

Y mientras surgía el vals de las teclas de madera, tembloroso, vegetal, Tocho saltó a su caballo, le metió las espuelas, y se fue llorando contra el viento.

7

La viga maestra, las otras vigas, los parales y el listón, madera preparada para fijar con mezcla y clavo sobre la edificación de adobe, el techo de la casa, todo fue arrastrado por el propietario Tiburcio Sotoj y su hijo Rufino, hasta el camino real, y tendido como un valladar de lado a lado a fin de que los vehículos tuvieran que detener su veloz carrera, si camiones o automóviles, o su paso tardo, si carruajes o carretas.

—¡Naide pasa sin saludar al Rey, verdad, vos, Tiburciano! —le gritó en el fresquito de la mañana, ese fresco de sudor de hoja que les amanece a los días soleados, el señor Manuel Chamul, con su voz de bocioso, bien que el tol o güegüecho se lo medio disimulaba una camisa de cuello en forma de bota que le agarraba hasta las orejas.

—¡Bien bueno, Sotoj!... —vino a saludarlo el caporal caminero Ildefonso Solís—, así se hace. Hay que defenderse con dedos y uñas porque parece que vienen fuertes. Ya entraron al territorio.

—Pues si pasan por aquí, para nosotros no pasan, es decir, que no lo vamos a ver pasar, pues tendrán que matarnos —contestó Sotoj.

—¿Y trujiste arma, Tiburciano? —preguntó Chamul.

—Por si acaso...

El caporal caminero intervino:

—La tapada está muy buena, Sotoj, ahora que va a faltar gente, parque y algotras escopetas.

—Viene la gente, caporal, no se me desespere; todos van a venir y cada quienes por turno cuidarán el camino. Y nada de dismanes. Sólo eso faltaba. Siempremente, hemos sido buenos. Lo que hacemos es darle el alto a todo camión, camioneta, automóvil o carreta que pase, pedir documentación a los ocupantes, y registrar los vehículos a ver si no van armas, parques o paracaidistas, de esos hombres que están botando del cielo, a los que los han agarrado como caídos del tabanco y tasajeado los han.

El señor Chamul, llevándose la mano al cuello, para palparse las pepitas del bocio que se le jugaban, exclamó:

—Me se hace que tienen ustedes sus sospechas por ai por onde don Félix, o por ai por onde los bigotudos Marchena.

—Ajetreados andan —dijo Tiburcio Sotoj—, pero no se les sabe nada cierto. Sabemos que se han estado yendo a quedar estas últimas noches a distintas partes, no duermen en sus casas; pero en eso no hay mal, toman sus precauciones, no sea que sin darla ni tomarla, por díceres se los madruguen los muchachos.

—Sí, verdad... —parrafeó el caporal caminero—, sólo que esa gente ha estado más activa anoche. En «Los Aguachiles», según datos, se juntaron varios de ellos.

—A jugar se juntan, es gente viciosa...

—¡A jugar con fuego, mi querido don Meme Chamul —aclaró Sotoj—; a jugar con fuego!

De tres caballos enanos, cubiertos casi literalmente por las albardas, bajaron los jinetes escopeta en mano, tres jinetes y dos que venían en ancas, y se presentaron a Sotoj. Este les dio la mano tiesa. Así la dan los meros jefes. Venían fumando. Saludaron a Chamul y al caporal y se agregaron al habla.

—¿Hay novedad, muchachos? —preguntó el caminero.

—De por donde venimos nosotros, ninguna, pero mesmo allí dijeron que es guerra extranjera.

—Pues ya lo creo que lo es... —afirmó el caporal rodando sus ojos de miel oscura de punta a punta del horizonte por ese lado sin mucha montaña.

—Yo, aquí en mi tapada, sólo sé una cosa —alzó la voz Sotoj—, como me llamo Tiburcio, que aunque sea guerra extranjera y lluevan hombres del cielo, la tierra no nos la quitan. Por mí, primero muerto. Mandé a Rufino, mi hijo, que se llevara a la familia al monte, y ya se deben haber enmontado para quedar a salvo.

—Lo malo —barbulló el caporal—, es de que también hay paisas con ellos.

—Son paisas que casual ahora se les salió el patriotismo —exclamó Chamul—, como el don Félix, su hermana, «Los Tártaros»...

—Pero a uno de «Los Tártaros» —intervino Sotoj—, no muy hay que ultrajarlo.

—Gente —siguió Chamul—, que jamás ha pagado contribuciones sin echar rayos y centellas, jamás ha desempeñado cargo alguno en las municipalidades, por no molestarse, que jamás de los jamases han hecho servicio militar, ni ellos, ni sus padres, ni sus hijos, han resultado patriotas, sólo porque les caparon unas leguas de tierra ociosa y la repartieron entre la gente del campo que la trabaja.

Una nube de polvo anunció a lo lejos que se aproximaba un vehículo. Se desunieron los hombres y se fue cada cual a su puesto escopeta en mano. Algunos quedaron en medio de la carretera, junto a la tapada, para marcar el alto.

Y así se hizo. Era el camión del turco Natalio. El mismo venía manejando. Se le pidieron los papeles y se registró el vehículo. Ya al partir Sotoj le interrogó:

—Y... ¿adónde se dirige el amigo?

—A echar una manita de póquer donde Néstor Marchena, a «Los Aguachiles». Mientras hay guerra, poco negocio. Cerré tienda y me voy a jugar.

—Creímos que iba a bañarse a la laguna —intervino el caporal Solís—, como lleva esos salvavidas...

—También, también —titubeó Natalio.

—Pues que le vaya bien, amigo... —lo autorizó a seguir viaje Sotoj, y con ayuda de sus hombres abrió las maderas del techo de su casa, tendidas en el camino, para dar paso al camión del turco.

Del otro lado se vio avanzar un «jeep». Era un grupo de jóvenes estudiantes en cuyos ojos se adivinaba un inmenso cansancio y una inmensa pena. Se identificaron, se registró el «jeep» y pasaron. Iban hacia la capital.

A unos cuarenta kilómetros, después de cruzar otras «tapadas», donde lo identificaron y registraron el vehículo, el turco se desvió por un como acueducto, entre peñas, hasta cerca de un puente. Desde allí se miraba un lago como un pedazo de cielo caído.

—De balde trajiste los salvavidas, Natalio... —se oyó la voz de Luis Néstor Marchena, que estaba disfrazado con overol, gorro, guantes y anteojos de mecánico.

—Pero siempre los vas a pagar...

—Eso no sé, lo que sí sé es que de balde los trajiste...

—Entonces, ¿por qué dieron las señas del humo y los golpes en los postes del telégrafo? Yo por eso me dejé venir...

—Sí, los paracaidistas cayeron, pero cayeron a medio lago y estos indios malditos no los dejaron salir del agua y se ahogaron todos.

—¿Cuántos serían?

—Dijeron que cinco... o siete... no se supo.

—¿Cinco paracaídas? ¡Bastante género nylon! ¡Bueno, muy bueno, buscarlo nosotros para tienda mía!

—Siempre dejá los salvavidas, en «Los Aguachiles» los vamos a esconder.

En la tapada de Tiburcio Sotoj estaba el automóvil de don Félix, que en compañía de Bernardo Santillán, su chófer, iba de camino, en dirección al lago a cazar patos.

—Más vale que te vayás a tu casa y quiten estas babosas del camino —dijo don Félix a Sotoj, a quien siempre trataba como a peón que había sido de su finca «El Dulce Nombre».

—Y por qué nos vamos a ir... Sólo porque vos lo decís, don Félix, está jodido eso.

—Porque de nada sirven estas vigas y palos atravesados aquí... ¿No ves que por aire es la cosa? Y en el cielo no vas a poder atajar los aviones...

—Dios nos ha de ayudar.

—Sólo porque sos reignorante se te perdona... Dios nos ha de ayudar... ¡Cómo va a ayudar a los agrarios si está con los que vienen atacando por la frontera!

—Entonces no nos va a ayudar.

—Y sin ayuda de Dios, qué van a hacer... poner atajes en los caminos... —carcajeóse don Félix.

—No vamos a hacer nada... pero siempre nos vamos a defender... y, vos, don Félix, creo que no vas a seguir tu camino...

—¿Cómo que no voy a seguir mi camino?...

—Así digo yo...

—Vos podés decir todo lo que se te dé la gana... —empezó diciendo Gago con insolencia, pero se destanteó el surgir de los matorrales un grupo de hombres, fusil en mano.

—Bueno, Tiburcio Sotoj, somos amigos y conocidos...

—Por eso no vas a poder seguir tu camino, porque somos todo eso, y te conozco muy bien, don Félix. Vas a dejar aquí ese automóvil en que andás y te vas a pie escoltado, te van a entregar a la Comandancia.

—Es un abuso...

—No, don Félix, es que vos no ves, no oís. Ve, mirá bien... —y Sotoj tendió la mano a la distancia. A lo lejos subía una columna de humo blanco, por el resplandor del sol poco visible—. Y ¿no oíste, pues, no oíste el *golpo* en los postes del telégrafo?

—Bueno, y en eso qué tiene que hacer el patrón —intervino el chófer.

—Allá en la Comandancia se lo van a decir... —cortó Sotoj.

—Permita, en todo caso —dijo el chófer—, que vayamos en automóvil.

—Así está bien, se van en el automóvil, pero amarran a don Félix, muchachos. Amarrado que vaya entre dos de ustedes, atrás, y un tercero al lado del chófer, a quien hay que registrar...

—Entréguenos su pistola, amigo —le desarmó uno de los hombres de Sotoj, mientras otro registraba el automóvil, sacaba una ametralladora del baúl y entre risotadas, pescueceando el arma con las dos manos, igual que si acariciara a una mujer, exclamaba:

—¡Para cazar patos, choteen!

El automóvil de Gago arrancó de regreso. El silencio de la carretera sin vida, vacía, donde dormían las grandes aplanadoras de la Dirección General de Caminos, era partido por el motor acelerado que llevaba a don Félix prisionero, con los brazos atados a la espalda con una cuerda que para más seguridad le enrollaron al cuello. Este intentó varias veces hablar, pero se le secaba el galillo.

Por fin dijo:

—Quién me regala un cigarro...

Uno de los campesinos se lo dio. Y ya con el humo en la boca animóse a hablar.

—Muchachos, yo tengo mucho dinero, mi chófer se los puede decir, y mi hermana tiene más...

—Sí, y eso qué —le contestó uno de los que iba a su lado, por no dejarlo sin respuesta, por darle de hablar.

—Que si ustedes me permiten irme a mi casa, tranquilamente, se harían de sus dineritos.

Nadie contestó. Eran mudos. Estatuarios. Sólo se oyó sobar las manos de labriego rústicas y cascarudas, en los fusiles.

—Sí, tal vez estoy haciendo algo que no debo, querérmelos ganar para que me dejen ir...

La misma respuesta. El ruido del motor. El rodar de las llantas por la carretera arenosa. Un ruido poroso, de rezo apresurado. Y los corazones de los campesinos latiendo vigilantes, como los corazones de todos los humildes.

—Bueno, pues siquiera aclárenme por qué me llevan, qué fue lo que Sotoj me quiso decir con la columna de humo que apenas se alcanzaba a ver y los golpes en los postes del telégrafo.

—No sabemos, vos has de saber... —dijo el que iba junto al chófer, sin volver la cabeza, hablando de espaldas.

Iban a ser las doce del día, a juzgar por el sol alto, cuando el automóvil se detuvo a la puerta de un edificio pintado de blanco, con la cornisa y las ventanas azules. Bajaron al prisionero y lo entraron por la puerta de aquel caserón que era la Comandancia Militar. El hombre iba lechoso, color papaya, igual que un muerto al que ya le estaban creciendo el pelo y la eternidad.

Mientras los tres voluntarios entregaban a don Félix en el Despacho del señor Comandante, le desataban los brazos y el cuello.

—¡Más mejor hubiera sido ahorcarlo! —dijo uno. El chófer puso en marcha el motor y huyó a toda máquina.

Aquellos corrieron a la puerta trasteando los fusiles, para pararlo de una descarga cerrada, pero al asomar ya sólo quedaba al final de una calle despierta de sueño, una reguera de perros ladrando, la polvazón y el hopear del humo del escape.

—¡Y hora, cómo regresamos... —se rascó la cabeza el más maduro de los tres, encarando a sus compañeros—, de aquí p'allá está retirado!

—¡No sea pésimo, tío Tilario —le gritó Charamusca, el más joven—, al salir a la carretera paramos lo primero que pase y le pedimos, ¿qué pedimos?, le ordenamos que nos acerque a la tapada, ¿verdad, vos mula?... —se dirigió al más prieto de los tres—. ¿Cómo apreferís que se te diga: mula, mulato o muleto?...

—Como se te dé la gana, Charamusca, en no diciéndome Enecio, nombre que me pusieron para acabarme de joder. Ya era bastante el físico...

—Pero tenés tu flor de hembra...

—Parece que sí... y qué aire el que se levantó, sólo falta que llueva...

—Endemoniada está la cosa...

—¡Tío Tilario, no se arrugue por dentro, ya que está arrugado por fuera!

—¡No me arrugo, Charamusca, pero no veo claro!

8

De los de la tapada de Sotoj, sólo ellos tres se salvaron, Tiburcio, Chamul, el caporal, todos tumbados abrazando la tierra con sus brazos, con su muerte, con su sangre que se volvió dura como piedra. Pero ya no eran sólo ellos tres, llegados en un camión que se detuvo a distancia de las maderas atravesadas y los cadáveres, sino otros tres. De ellos salieron otros. Así parecía. Parecía que sus sombras convertidas en hombres, formaban los restantes, siendo ya seis los que avanzaban hacia la Comandancia a cobrar a sus hombres. Sin decirlo, todos supusieron que los había mandado matar don Félix. El hombre tiene su precio, un solo precio, otro hombre. Pero ya no eran seis, de los seis habían salido otros seis, y ya eran doce, y antes de contar los doce, veinticuatro, duplicados por sus sombras. Veinticuatro, cuarenta y ocho hombres-sombras, rápidos, volantes, ceniza y arena levitadas, sin calcañales, sin cuerpo, con lo que menos pesa de la persona, la presencia, aquí asomando y allá asomando, en el aire, en el agua, en el sol, en la luna, en el fuego. Quien derramó aquella sangre no supo que iba a desdoblar a los hombres en hombres y sombras. Eso era y eso es la guerra agraria, lucha a muerte de hombres y sombras. El avance de los agrarios, visto desde la Comandancia, fue la señal de huida y desbandada de jefes y oficiales, quienes creyeron que se trataba de los invasores. El señor Comandante escapó con media cara embadurnada de jabón, y el que lo afeitaba, al verse solo, sin dejar la navaja, llevándola abierta en la mano, corrió a buscar a don Félix, que estaba en un pabellón interior, ya sin centinela a la vista, a prevenirle que huyera; mas ver Gago al humilde operario con la navaja en la mano, gritar para que no lo degollara, huir el fígaro, creyendo que aquel hombre se había vuelto loco, tales chillidos daba, y encontrarse don Félix dueño del cuartel, todo sucedió en el tiempo que se emplea en contarlo. Medio cuerpo, primero, sacando el brazo hasta el arma que había abandonado el centinela que lo cuidaba con orden de hacer fuego sobre su persona, si intentaba huir, y medio cuerpo después, salió de su encierro, los ojos en todas partes, los oídos atrás y adelante, sobresaltado por los ratones y las cucarachas que corrían de un lado a otro. No había nadie. Un gallo que parpadeó las alas, lo hizo apuntar el arma en esa dirección y esperó.

Nadie. Sobándose por las paredes, para en cualquier caso de ataque, quedar con la espalda cubierta, alcanzó el despacho del jefe. Nadie. El péndulo de un reloj en una esquina, igual que el cajón de un muerto parado al que por el cristal se le viera la calavera de las horas. Iban a ser las cinco de la tarde. Casi cinco horas estuvo preso. En las gavetas de un escritorio, abiertas y cerradas con precipitación a juzgar por el desorden, encontró con la carga completa un revólver. Pero él ya venía armado, con el fusil del centinela. Sin embargo, se lo puso al cinto. Cuanto más armado, mejor. Aunque ya no había cuidado. La huida de la guarnición y de los jefes, significaba la derrota del gobierno. Esperaría allí a los suyos. Algo había oído de la fuga de su chófer, que, sin duda, fue a dar parte a sus parciales, y a buscar gente, para liberarlo, antes que lo ahorcaran, o lo degollaran, como intentaron hacerlo. Salvó por milagro, porque no les dio tiempo. Tras un cancel, colocado en una esquina del despacho, encontró una cama de pelo de alambre trenzado, sin colchón, con un petate encima. Muy bien. Esperaría allí. El pueblo estaba desierto. Pronto vendrían efectivos del ejército invasor a tomar la Comandancia, y él se haría reconocer, como uno de los jefes del movimiento, mostrando el plano que en papel manteca les entregó el cazador de mariposas, el día que lo entrevistaron con doña Lucrecia. ¡Ah! ¡Ah!, de algo sirve saber inglés, cómo de algo, de mucho, él fue como intérprete, allí se sumó a la conspira, y ahora está aquí como jefe. En su entusiasmo, olvidó don Félix que se había comido el plano de los puntos en que iban a caer armas y hombres aerotransportados para los trabajitos del sabotaje. Se sentó en la orilla de la cama, se palpó el vientre. Si lo pudiera defecar entero. Pero ni ganas tenía. Sin embargo, mientras llegaban las tropas, tal vez le llamaba el cuerpo y salía entero. Los gringos hacen tan bien las cosas, que puede que el jugo gástrico no ataque esos planos. ¡Ja, ja, ja!... rio con una gran alegría... Ciento sesenta millones de gringos y gringas y gringuitos y gringotes... ¡ja... ja!... la compañía más poderosa de la órbita del Caribe... ¡ja... ja!... la iglesia católica de Nueva York, del país y del mundo entero... ¡ja... ja!... tres Presidentes de tres Repúblicas, por lo menos, ¡ja... ja!... cadenas de periódicos y agencias noticiosas... ¡ja... ja!... armas automáticas último modelo ¡Ja... ja!... cataratas de dólares, bombarderos, jefes militares de alta graduación listos para entregarse al ver que la cosa se pone a favor nuestro... y un ejército alquilado... ¡ja... ja!... Tiburcio Sotoj... Gualupe Sotoj... Rufino Sotoj... ¡ja... ja!... contra ese menú de casa rica qué podrán ustedes los agrarios... ¡ja... ja... ja... ja!... Una lluvia de balas cortó su carcajada... Chirrió la cama al caer su cuerpo, como si su risa se hubiera comunicado a los resortes... Ya estaba herido cuando oyó la descarga... Todos dispararon al mismo tiempo, pero Charamusca y Enecio fueron los que le apuntaron al pecho... Había oscurecido... Los faros de un automóvil que avanzaba iluminaron la puerta de la Comandancia, abierta. El chófer, Luis Néstor Marchena, y otros descendieron del vehículo, casi en marcha, y con ayuda de fósforos encendidos, aquí y allá fueron buscando en el edificio abandonado, a don Félix, gritando su nombre en patios y habitaciones. Se lo llevaron como rehén, pensaba Luis Néstor. Lo fusilaron, pensaba el chófer. Jamás imaginaron que el cuerpo de Gago yacía, tras el cancel, en el camastro, sobre un petate, con la boca mostrando su risa de muerto, los ojos de azúcar salada fijos en la lejana mancha humana de Tiburcio Sotoj...

El ruido de un automóvil que llegaba a toda velocidad, hizo montar guardia a los que buscaban a don Félix. Las bocas de sus fusiles salieron por las ventanas y se oyó el grito:

—¿Quién vive?

—¡Fru! ¡Fru!

—¡Avancen! ¡Frutera!

Traían la noticia de que en casa de Tocho Marchena se estaba combatiendo.

—¡No, no puede ser —decía Luis Néstor al que trajo la noticia, ya rodando, seguidos por el automóvil de Gago—, no puede ser que mi hermano haya sido jefe de los agraristas!...

—Lo salvamos, si llegamos a tiempo —contestaba el otro—, y hasta entonces preguntó por don Félix.

—No, no lo encontramos —contestó Luis Néstor.

—Pues parece ser que don Félix le confió a Tocho el plan secreto de la entrega de armas, desde los aviones, y lugares en que iban a bajar los paracaidistas, y que Tocho se lo comunicó a los agrarios, y por eso el gobierno capturó las armas, y los campesinos dieron cuenta de los paracaidistas.

—¡Imposible! ¡Imposible! ¿Mi hermano?... —se debatía Luis Néstor, tirando de sus bigotes, a punto de arrancárselos con todo y el labio, porque ya no se tiraba uno primero y otro después, sino los dos al mismo tiempo.

Las patrullas de sombras volantes habían puesto fuego a la casa de Gago. Se alcanzaba a ver el resplandor a lo lejos. Pero más lejos, hacia donde lo de Tocho, escuchábase el crepitante chascar de la fusilería. Habían echado abajo la puerta y por dentro se miraba la casa iluminada. Vacío iluminado, en el que Tocho, desde algún lugar, disparaba sus armas, no contra los atacantes, sino contra las botellas vacías, que ya formaban una barrera infranqueable, una alfombra de vidrios que relumbraba como el mar bajo la luna.

Por los megáfonos se oía la voz de Tocho y sus carcajadas.

—¡Entren!... ¡Entren!... ¡Les dejo ya listas las botellas quebradas para que coronen los muros con que se aislarán de nuevo en sus propiedades! ¡No apagué la luz, no porque no supiera que así ofrecía mejor blanco, sino para brindarles iluminada, joyante, mi contribución al reforzamiento de su derecho de propiedad, los culos de mis botellas, sus pescuezos, y sus paredes de preciosos cristales, todo listo para que ericen sus muros de la más infranqueable y encruelecida barrera...

A balazos callaron los altoparlantes que al caer distorsionaron en enjuague apocalíptico la voz y la carcajada de Tocho que desde algún lugar del fondo de su casa seguía disparando contra las botellas que saltaban en pedazos.

Luis Néstor, con apoyo de doña Lucrecia, obtuvo del «Comandante Libertador», formado por oficiales extranjeros, que le permitieran entrar a capturar a su hermano, así se aclararía el entredicho, pues él estaba seguro que era falsa la acusación que se le hacía.

Los servicios prestados a la causa por doña Lucrecia, pesaron favorablemente y se concedió entrar a Luis Néstor, cuando ya se preparaban a cañonear la casa con artillería, tregua que puso final al asalto, pues al silenciar sus armas los atacantes y ver Tocho que avanzaba Luis Néstor, martilló el revólver sobre su sien derecha, haciéndose un disparo que en el silencio con que todos seguían la intervención del hermano, sonó como el estallido de un petardo mojado.

—No disparé, hermano, contra los atacantes, porque creí que allí venías vos... —dijo y entró en agonía.

Por entre las botellas avanzaba ya un hilo de sangre.

Lo sacaron en una camilla improvisada hasta la casa de Luis Néstor.

La desamparada vecindad de las estrellas. ¿Quién aporrea el cielo para que se desprendan, caigan, se desgranen, rueden, sobre el cuero de bestia nocturna, húmeda y tostada, esos grandes maíces?

Coralia se abrazó al tanteo a un montón de trapos con alguien que adentro se iba quedando frío, rígido. Alternaban en sus oídos las voces de los que rezaban, ayudándolo a bien morir, y la voz pausada del moribundo. Deliraba...

—Esas botellas están llenas de ausencia... por eso..., por eso alumbraron mis noches con sus lámparas ciegas...

Y como incorporándose, agregó:

—¡Los agrarios!... ¡Paso a los agrarios!... ¡Vienen del futuro!... ¡Los hombres ahora vienen del futuro!...

Coralia dio un grito... desde que perdió los ojos en clase del profesor Carey no había sentido nada igual... Veía al moribundo que apretaba entre sus brazos... ¡Veía!... ¡Veía!... Veía a su tío Tocho, a las que rezaban, a los hombres que entraban, sombrero en mano, a despedirse del patrón...

Al grito de Coralia, todos acudieron presurosos.

—¡Recobró la vista!... —se decían—. ¡Recobró la vista!...

Se interrumpió el rezo... hasta el moribundo había dejado de quejarse... Doña Lucrecia abrazaba a Coralia, su padre la besaba. Poco a poco, Tocho sacó la mano ya sepultada en las cobijas, y su hermano y Coralia creyendo que les decía adiós, apuntaron las suyas. El se quedó con la mano de su sobrina...

—¡Cierra los ojos!... —se le oyó balbucir, y fueron sus últimas palabras—. ¡Cierra los ojos... no veas... espera que tu país vuelva a ser libre!...

Torotumbo

1

Ni los rumiantes ecos del retumbo frente a volcanes de crestería azafranada, ni el chasquido de la honda del huracán, señor del ímpetu, con las venas de fuera como todos los cazadores de águilas, ni el consentirse de las rocas, preñadas durante la tempestad, al parir piedras de rayo, ni el gemir de los ríos al salirse de cauce, oleosos, matricidas, nada comparable al grito de una pequeña porción de hueso y carne con piel humana frente al Diablo colgado de la nuca, de la enorme nuca, orejón, mofletudo, lustroso, los ojos encartuchados y saltándole de la boca de túnel dos dientes ferroviarios, blancos dientes de los ferrocarriles de la luna. Natividad Quintuche, criatura de siete años, morenita, pelo negro en trenzas de mujer, cerró los ojos al tiempo de gritar, perdida al fondo de un caserón y amenazada por el Diablo.

Mientras su tata Sabino Quintuche y su padrino Melchor Natayá, cerraban el tratado interminable del alquiler de los disfraces, arreos, máscaras, armas y adornos necesarios en los convites, bailes y ceremonias de la «Fiesta de Morenos», con un vejantón escurridizo, color de leche seca, vestido de negro ya vinagre, injertado con un salto de párpado, tic nervioso que involuntariamente le vestía y desnudaba el ojo zurdo, la pequeña Natividad Quintuche, sobandito los pies descalzos en los ladrillos, se deslizó a lo largo de una galería, ancho corredor cubierto del lado del patio, curioseando las flores de papel de plata, las hojas de trapo almidonado, las alas de hojalata de los ángeles, las palomas de cera y algodón, los candelabros, atriles, palmas de mártires, arcas, candeleros, santos envueltos en sábanas, ovejas de madera, vírgenes en nagüillas, todo oloroso a humedad e incienso, sin saber que en terminando aquel amago de cielo, se encontraría al Diablo.

Verlo, querer echar atrás, apenas resistía la atracción del inmenso muñeco que colgaba del techo, y gritar, todo uno sintió ella, pero no fue así, gritó cuando ya no estaban su padre ni su padrino y nadie le respondió... ni el Diablo, ni las máscaras de moros con bigotes de fuego, ni los mascarones de castellanos de ojos celestes y lingotes de oro rizado en barbas y melenas, ni las esculturas de ángeles adoradores de pinzadas risas en las rinconeras de los labios, ni las efigies de soldados romanos con la crueldad del alma en el cartón, ni las máscaras naranjas de los brujos, ni las acuosas penumbras rociadas por llamitas de fósforos con mirada animal, tanta araña escondían, polvo y oscuridad irrespirables, removidas a golpe seco por las aletas de su nariz que abría y cerraba al faltarle el aliento, estrangulársele el grito y quedar convulsa, asfixiada, los ojos de par en par abiertos, tanteando fondo en el hueco del silencio en que sentía más cerca de su piel, los ojos de las máscaras, fijos, fríos, condenados a cristal perpetuo, las manos fofas, enguantadas en dedos de trapo rosa, de los Gigantes del Corpus, los monos rodeados de pelos por todos lados, las brujas uñudas con arrugas de tabaco tostado y, ya para agarrarla, fantasmas surgidos de vestimentas anegadas en sal negra, sal viuda del mar muerto como la sal con agua que le bajaba por la carita. Gritó, gritó más fuerte, más desesperadamente, aislarse, cegarse, ensordecerse, no sentir cerca los dientes, los ojos, las garras que la rodeaban, alejarse con sus chillidos, bien que siguiera clavada en el suelo frente al Diablo, gafa, oreándose sus primeras aguas menores y ya otras inundándola, cada vez más áfona, más sorda, más ciega, pero sin dejar de gritar. Mientras tuviera alientos y su padre y su padrino pudieran llegar en su auxilio, aquel borbotón de sus pulmones la salvaba de caer en manos de monstruos y enmascarados y de que la engullera, al quedar callada, el Diablo colgado frente a ella.

A sus gritos, botines rechinantes, manos lejos de las bocamangas, como si se le hubieran crecido los brazos en el acudir, vino el señor que trataba con su padre y su padrino, a ver qué era aquel escándalo en su negocio, antesala de todas las solemnidades y, por lo tanto, digno del mayor respeto, y tan fuera de sí venía que no encontraba a quién estaban matando como en la Degollación de Herodes. Mas, a la vista de la pequeña, se calmó, deshizo los siete clavos de su entrecejo —molestia, desagrado, disgusto, enojo, bravencia, cólera, rabia—, y hasta llegó a sonreir, contento del hallazgo, ante la pequeña Natividad Quintuche que vestía como una mujercita hecha y derecha.

—Estanislao me llamo... —se acercó a decirle, hablándole como a un fetiche, con la voz apagada, casi sin sonido, y la tiró de la manecita para verla de cerca; qué sensación horrible de sus dedos prensiles, qué teclear el de su ojo chospante—. Estanislao me llamo... —le repitió, la había tomado del bracito y regaba sus pupilas de vidrio molido sobre aquel ser indefenso que a sollozos y tragos de lengua sin saliva, se pasaba el bocado del susto, sin que le volviera el alma al cuerpo. Era una mujercita en miniatura: sus trenzas, sus aretes, sus zoguillas, su calor de aceite tibio.

Se acuclilló para levantarse con ella en los brazos, apretujada la carita contra su mejilla quemante por la ortiga de la barba, apremio que hizo patalear a la pequeña que ya no sabía si aquel hombre era el alquilador de disfraces o uno de los muñecos que se la apropiaba para arrastrarla a una cueva y comérsela asada, si no la devoraba en seguida allí con todo y trapos.

Bajo su boca de viejo quedó la boquita de Natividad Quintuche La quemazón de los hemorroides lo excitaba hasta hacerlo sudar fuego. La besuqueó las orejas, la lengüeteó la nuca, oliéndola como si ya se la fuera a comer, sin dejar de chistarle su gana de casto, de solterón, de híbrido.

Los ojos de la pequeña se abrieron inmensos, al sentir que se la llevaba, pero sólo se desvió hacia un rincón oscuro en busca de un banco, en el que medio se sentó, así se sentaba siempre a causa de su enfermedad, apoyándosela en las rodillas sacudidas por un temblor de hilos de hamaca. Ahora ya la mordía, ya se la empezaba a comer, no sin hurgarle las piernecitas bajo la ropa, como si tanteara empezar a devorarla por allí. Natividad Quintuche no dudó que se la iba a comer viva cuando luchando por deshacerse de sus brazos quedó una de sus manecitas en el socavón de su boca, éste empezó como a mascársela. Gritó. Su única defensa. Gritó llamando a su padre y a su padrino. Un golpe y la amenaza de otros golpes la hicieron callar, hipaba, moqueaba, le dolían los dedos de aquel hombre andándole en el pechito desnudo, sin encontrar lo que buscaba. La pellizcó. La pellizcó más fuerte. Hubiera querido levantarle la piel y formarle los senos a pellizcos. Los senos. Unos senitos duros. Pero ya sus manos huían de aquel pechito plano de criatura a refugiarse en el sexo sin vello, meado, caliente olor a orines que le quemó las narices con una llamarada de espinas secas, hasta hacerle latir más fuerte y más a prisa el corazón y volcarse en la complacencia de un remedo de viaje medido con los nudos de su respiración. Se desabrochó el chaleco para no ahogarse, esa insípida bragueta del sentimiento, y siguió desabrochándose, como si el chaleco se comunicara con el pantalón, mientras de la pequeña no quedaba sino la masa inconsciente de una mujercita con las trenzas deshechas y las ropas desgajadas. Una sombra avanzó maullante. Se hizo de lo primero que encontró a mano, una gubia, y la lanzó contra el animal. Pero éste esquivó el golpe. Algún gato de la vecindad, que desapareció sin ruido por un acolchado de cortinas y tarlatanas, igual que la sombra de un mal pensamiento que al deslizarse por aquella superficie de fingidas nubes, le hizo visible el mullido lecho adonde se lanzó con la niña, salivoso, palpitante, apoyado en las rodillas y los codos para no aplastar el cuerpecito perdido y encontrado, perdido y encontrado bajo los bruscos movimientos de su cuerpo, el sudor en los ojos, el pelo en la cara, los dientes en tas-tas de tullido que se muerde, que se queja, que patalea y queda exangüe, las piernas tatuadas de varices fuera de los pantalones, el corbatón negro en la nuca, las mangas de la camisa impidiéndole usar las manos para levantarse y el vertiginoso parpadeo de su ojo zurdo comunicando vida de cinematógrafo a las cosas inmóviles, al Diablo, a los mascarones... pero ya, ya se le andaba por el cuerpo la pulsación de su reloj, el reloj de todos los días, el reloj de todas las horas seguía en su chaleco fiel como un perro encadenado con cadena de oro. Nada. No le había pasado nada. Intacto. Andando. Oyó golpes en la puerta de la calle. Llamaban. A los aldabonazos se dio cuenta del cuerpecito triturado, sangrante, adherido a él en crispación de muerte. Todo volvía a ser tangible, sólido hasta los toquidos. Se deslizó hacia la puerta para espiar por el ojo de la llave quién llamaba con tanto apremio, y se encontró con el padre y el padrino de Natividad Quintuche. Se lamentaban de haber perdido a la pequeñita. No sabían dónde. La capital es tan grande. Tocaron de nuevo y volvieron a tocar, cada vez más fuerte y con más apremio. Una vecina salió a la ventana de la casa de enfrente y les dijo de mal modo que no insistieran en sus toquidotes, porque el señor no estaba, ella lo había visto salir y que si querían hablar con él se sentaran en la grada del andén a esperarlo.

Al oír decir que había salido y que no estaba en su casa, el señor Estanislao se fue despegando de la puerta, poquito a poco, sin hacer ruido, y no respiró sino hasta sentirse seguro entre los disfraces buscando el más espantoso, un Diablo que parecía de carne cruda. Lo descolgó y echó sobre el cuerpecito inanimado. El mismo Diablo que asustó a la indiecita, cubría ahora la total palidez de sus orejitas adornadas con cuartillos de plata, el pechito desnudo con los restos de sus sartales de cuentas de vidrio y unos como dijes de jade color de perejil atados a sus mínimas muñecas sucias de sangre y sus trapitos empapados en agua de remolacha.

Precipitadamente se volvió a su cuarto. Poner orden en su persona era lo primero. En uno de los cajones, al cerrarlo, buscando ropa, se prensó una mano. Por poco se quiebra los dedos que se llevó instintivamente a la boca para chuparse el dolor. Conservaba en las uñas el olor de la pequeña. Sin zapatos, en medias para no hacer ruido, volvió de nuevo hasta la puerta. Miró por el ojo de la llave y allí estaban los compadres esperándolo, inmóviles, silenciosos, con los enormes bultos de las cosas que le habían alquilado. Por poco estornuda. Casi estornudó. Tuvo que llevarse la mano a la nariz, apretársela con todo y la boca y correr al cuarto. Eso le pasaba por andar sin zapatos. Se podía resfriar y los resfríos son las puertas de las pulmonías. Se dejó la camisa. Después de un estornudo es malo darse aire. Y sólo tenía unos abollones en la pechera almidonada. ¿Temor? ¿A quién podía temer él? Siguió cepillándose la ropa. Dueño absoluto de su casa, recinto sagrado, propiedad inviolable, si no quería no abría, aunque botaran la puerta a toquidos, y si se le daba la gana cavaba un agujero en el patio, no más grande que el indispensable para transplantar un rosal, enterraba a la pequeña, y les informaba a los compadres que allí en su casa no se había quedado, que la fueran a buscar a otra parte... Y más aún, si le daba la gana, cavada la sepultura, podía enterrarla vestida de Rey, de Arcángel, de General, de Obispo, que para eso disponía de los disfraces de todos los personajes que pueden echar tierra y olvido sobre sus víctimas, sin dejar de ser personajes, y... y... y... para eso era... ni en pensamiento decirlo... oyen los huesos... y los huesos hacen ruidos que son su forma de relacionarse con otras personas... los que se aman, los que se odian, cuando están cerca, se hablan con las articulaciones... sí... sí... ni en pensamiento decirlo, para que no lo oyeran sus huesos, pero entonces, cómo pensar, sin pensar, que era miembro del «Comité de Defensa contra el Comunismo», y que esto lo ponía a cubierto de cualquier investigación de la policía en su casa.

Recogió el sombrero y el bastón de la percha y a no

perder tiempo, a salvarse por el camino que le dio la vecinita cuando informó a los compadres que seguían allí sentados, inmóviles, silenciosos, junto a los grandes bultos de cosas alquiladas para la fiesta patronal, que el señor no estaba, que ella lo había visto salir.

Atrás de su casa, cruzando un patiecito, se alzaba una pared de poca altura que caía a una hortaliza sembrada en terrenos que daban a las faldas del cerro del Carmen, predios anegadizos y con un turbio olor a aguas negras. La escaló, contando no ser visto por el propietario de la hortaliza, un italiano que a esa hora dormiría la siesta a pierna suelta, y fue a salir por detrás del templo de la Candelaria, de donde enfiló por la calle de su casa, igual que si volviera de hacer algún mandadito. Saludaba a vecinos, artesanía, vicio y harapo, que otras veces ni se dignaba alzar a ver. Convenía que se dieran cuenta de su regreso a casa. Divisó las formas blancas de los compadres frente a su puerta y estuvo a punto de volverse, de salir corriendo, asaltado por un malestar físico, ahogo, sudor, mareo. Lo único que le saltaba independiente, era su párpado. Cualquier debilidad de su carne, un soldado lo que más necesita es presencia de ánimo, perjudicaría grandemente la causa del «Comité de Defensa contra el Comunismo», del cual formaba parte, y aunque ninguno lo supiera ni lo sospechase siquiera, a la hora de un escándalo judicial por infanticidio, violación y estupro, podría revelarse aquel dato en desmedro del más alto tribunal de la república, defensa y amparo de la Patria, la Familia y la Santa Religión. Se sobrepuso y lo serenó la actitud de los compadres que se acercaban a saludarlo con el sombrero en la mano, baja la cabeza, comunicándole la pena de haber extraviado en algún lugar, no sabían dónde, a la pequeña Natividad Quintuche. Venían a preguntarle si por un favor de Dios no se había quedado allí en su casa, que se hubiera dormido mientras trataban el alquiler de todo lo que iba en los dos bultos que los acompañaban.

—Ya la buscamos en la cohetería donde mercamos los

cohetes y las bombas para la fiesta —dijo Melchor Natayá, el padrino.

—Y en el depósito donde dejamos pago el aguardiente y la cerveza —agregó con la voz baja y ansiosa el padre, Sabino Quintuche.

—Tampoco la hallamos donde el Maistro de Capilla, que nos va a poner la orquesta —suspiró al decir Natayá.

—Ni en la cerería donde compramos las ceras blancas para el altar —se oyó la voz afligida de Quintuche.

El señor Estanislao les dijo, ya con la llave de la puerta en la mano, disponiéndose a abrir:

—No sabría contestarles si se quedó aquí encerrada, porque saliendo usted y saliendo yo. Ah, pero si se quedó aquí en mi casa tengan la certeza que no le ha pasado nada. Por de pronto, nadie pudo entrar ni salir en mi ausencia, pues sólo yo tengo llave... —e hizo girar en la cerradura una verdadera herramienta y con la rodilla, aún la tenía dolorida, empujó la pesada hoja de la puerta de cedro.

—Pasen... pasen... —les franqueó el umbral hablando en voz alta a fin de que los vecinos, que estarían espiando tras las puertas y ventanas, se dieran cuenta que volvía de la calle, y ya adentro, cerrada la puerta, bajó la voz al hacer esta reflexión: —Me temo que no se haya quedado aquí, ya estaría gritando, no es para menos una criaturita sola encerrada en un caserón entre tanto horrible disfraz, horribles de verdad, porque aunque los hay muy bellos, los humanos que por naturaleza somos mal inclinados nos dejamos ganar por lo deforme, por los cuernos y colmillos de los demonios, las feroces y lascivas máscaras de los moros, y las risotadas mudas de los esqueletos que alquilo para las procesiones de Viernes Santo.

—Sólo que tal vez se haya quedado dormida... —sonajeó la voz esperanzada de Quintuche, sin más apoyo en su desconsuelo y aflicción que la cara del compadre que participaba de la misma creencia: tal vez se quedó dormida...

—Dormida... —se repitió mentalmente don Estanislao; le pesaban los pies, se le paraba la sangre, mientras les decía amablemente—: Pasen, pasen, busquen, por mí no se detengan, yo me voy a lavar las manos, siempre que vengo de la calle... (por poco dice del «Comité», tan ofuscado estaba), hago como Poncio Pilatos...

Los compadres se quedaron mirando sin comprender, Sabino Quintuche con la cara arrugada como pepita de durazno, el pelo lacio, los ojos de chino, y Natayá, más joven, ambos vestidos de blanco, pantalón y camisola, los sombreros de hilama también blanca, en los dedos largos y delgados, y buen cuidado tuvo aquél de dirigirse hacia su cuarto, al lado contrario del lugar en que yacía el cuerpecito violado de Natividad Quintuche bajo el Diablo de Carne Cruda.

Todavía se volvió a señalarles el camino con ademanes corteses:

—¡Vayan! ¡Vayan por esa galería! ¡Registren bien... háganme el favor, tal vez se durmió, tal vez se durmió por allí!

Quintuche adelantóse seguido de su compadre. Procuraban no turbar el silencio de tantas cosas de su creencia allí guardadas: soles, lunas, estrellas, de su creencia de antes y de su creencia de ahora: cruces, espinas, puñales, acobardados por el temor de todo lo que aquel mundo de artificiosidades se prestaba a la brujería, y por darse ánimo hablaron:

—Si no está aquí hay que dar parte a la policía, no sea que le haya pasado algo... —dijo el padrino.

—El amuleto de jade perejil que llevaba en las muñequitas, me está llamando aquí —contestó Quintuche, y luego con la voz más apagada amalayó—: No sé por qué la trajimos, por qué no la dejamos con su nana...

Iban entre objetos de guerra: espadas, armaduras, lanzas, arcos, flechas, tambores, penachos de plumas verdes, corseletes, broqueles, yelmos, lorigas, orejeras con cascabeles, pelucas de largos bucles rojos y rubios, calzones de terciopelo, sombreros de tres picos, chaquetas con flecos y cordones dorados, todo lo del «Baile de la Conquista».

De un lado a otro iban los compadres buscando. No les alcanzaban los ojos para ver tanta preciosidad: casacas de zagales, coronas, manos y cetros de Reyes Magos, cayados y sombreritos de pastores, un jumento de rígidas orejas que en la Huida de Egipto era mula y el Domingo de Ramos, asna, y la cabezota de un decapitado que su propia sangre en borbotón de lacre pegaba a un plato de cartón plateado, aparecido que los empujó hacia una claraboya por un encallejonamiento en que el grito se ahogó en sus gargantas, agarrado uno del otro para sostenerse ante el despojo ensangrentado de Natividad Quintuche cubierta por un enorme demonio.

—¡El Diablo! ¡El Diablo!... —se volvieron gritando—. ¡El Diablo! ¡El Diablo!

El señor Estanislao se resistía a acompañarlos pidiendo que le explicaran qué era lo que ocurría, pero no había palabras y sin más explicación que la prisa por salvar el cadavercito, lo arrastraron de los brazos hasta el rincón en que yacía la infeliz criatura.

El alquilador de disfraces bascoso, sudoriento, se cubrió la cara con las manos convulsas.

—¡No quiero ver! ¡No quiero ver!... —barbulló—. ¡Los únicos responsables son ustedes, desdichados! ¡Qué clase de padre! ¡Qué clase de padrino! ¡Borrachos..., desde que vinieron la primera vez les sentí el aliento aguardentoso... muy lindo, muy lindo lo que han hecho, arruinarme el negocio, porque ustedes se van a ir a la cárcel, pero yo, yo voy a quedar con el baldón de que en mi casa el demonio haya violado a una virgen!

Y mientras vociferaba alzó de sobre el cuerpo de la mujercita el enorme disfraz de Carne Cruda, con los cuernos amarillos, los ojos verdes, los colmillos blancos, rieles de los ferrocarriles de la luna, la cola y la pelambre grifas, como si la hubiera poseído.

—A estos condenados demonios —explicó pulsándolo— sólo se les puede tener en paz rellenándolos de arena, y ni así se logra... Ayúdenme a cargarlo y verán lo que pesa —los compadres se retiraron horrorizados—, arrobas, quintales... A los ángeles y a otros inofensivos seres celestiales se les rellena de aserrín, paja, hoja de trébol o plumas como las almohadas, pero a estos demonios, diablos y satanes, arena y más arena para que no se muevan, pero, qué, se sigue moviendo como el mar que es un demonio entre la arena, y ya ven lo que pasa... ¿Qué va a ser de ustedes? ¿Qué va a ser de mí?... Bueno, ustedes se van a la cárcel, pero yo voy a perder mi negocio... se dan cuenta... mi negocio... cuando salga en el periódico, cuando diga la radio que en mi casa el Diablo violó a la pequeña Natividad Quintuche...

Los indios recogieron los despojos de la mujercita con la intención de marcharse en seguida, de salir corriendo antes que el Diablo les fuera a arrebatar el cadavercito.

—¿Qué van a hacer con ella?... —les gritó el señor Estanislao desesperado del silencio impenetrable de los compadres que ante sus exclamaciones no hacían sino callar.

—La vamos a llevar...

—Sí, ya sé que se la van a llevar, pero lo que les pregunto es qué van a hacer con ella...

—A enterrarla... está muerta... a enterrarla en el pueblo... —contestó el padre, casi sin mover los labios, chagüitosos los ojos de lágrimas.

—¿Y qué van a decir?

—Nada, pues vamos a decir... que se murió no más...

—Bueno, bueno... —repuso el alquilador de disfraces frotándose las manos—, así me gusta, bien pensado, enterrarla calladita la boca, pues en estos casos lo mejor es evitar... la entierran y nadie sabrá, menos por mí, que por descuido de ustedes esa criatura fue violada por el Diablo en mi casa... ni ustedes van a la cárcel ni yo me desacredito... Pero esperen, espérense, voy a devolverles el tanto que me pagaron por el alquiler de lo que llevan para la fiesta patronal, y así algo se ayudarán los gastos del velorio.

—¡Dios se lo pague tu buen corazón, señor Estanislao! —corearon los compadres y Melchor Natayá, el padrino de la pequeña, recibió en sus manos el dinero, por ser él quien corría con los gastos del mortuorio.

En la túnica de un ángel color de plata celeste, sacada de uno de los bultos que cargaban, envolvieron el cuerpecito de Natividad Quintuche que empezaba a perder su rigidez y lo agregaron, como sobornal, a la carga que el padre echó a su espalda. El compadre salió siguiéndole con el fardo de candelabros de plata y cortinas con flecos de canutillos de papel dorado. Uno tras otro hasta la puerta y de la puerta uno tras otro, sin despedirse del señor Estanislao, temerosos de que éste, al verlos fuera de su casa, los mandara presos. Huían por la acera, echados hacia la pared en busca de protección, mas al escuchar el golpe de la puerta que el alquilador de disfraces cerró con fuerza, se tiraron al medio de la calle para correr más a prisa, silenciosos, asustados, como pájaros grandes con guarachas.

2

Una voz retumbó dentro de la casa. Venía del fondo del patio, de atrás de la tapia por donde saltó a la hortaliza para salir a la calle y hacer creer a los compadres que volvía de algún mandadito. Diríase que el Benujón Tizonelli había esperado para llamarle con aquel vozarrón de trueno, el momento en que cerraba la puerta, satisfecho de lo bien que había salido del mal paso, con el perfecto ardid del disfraz de Carne Cruda echado sobre el cuerpecito de Natividad Quintuche. Inoportuno. ¿Qué le importaba a él que en su casa hubiera ratas? Porque a eso vendría, con la noticia de algún nuevo raticida.

Mas el italiano, esta vez no se contentó con llamarlo y hablarle desde su hortaliza asomado al caballete. Había saltado y estaba dentro de su casa, pisoteando las alfombras de su sala con sus botas de hortalicero sucias de barro y excremento de vaca, de ese con que abonan las verduras. El señor Estanislao se precipitó a su encuentro indignadísimo, dispuesto a ponerlo de patitas en sus lechugas, rábanos y coles, pero fue recibido por dos pupilas frías, no más grandes que dos perdigones de escopeta, redondo plomo verdoso, una sonrisa burlona y un silencio que aquél cortó con el índice para señalarle algunas pringas de sangre en el pantalón.

El alquilador de disfraces no se amilanó, un trago de saliva y a quejarse de su molesta enfermedad, casi vergonzosa, seguro de que esta vez el italiano no venía a hablarle de raticidas, sino de algún remedio infalible contra las almorranas.

—Sigo mal, sigo mal... —lamentóse moviendo la cabeza de un lado a otro.

—¡No creo, don Estanislao Tamagás —le cortó el italiano—, ni creo en este mamarracho de *diabolo* que su merced echó sobre el cuerpo de la pobre *bambina* por dar satisfacción a sus atrasos sexuales, *¡bestiale!, ¡criminale!, ¡frenético!...* —y una lluvia cerrada de cargos y denuestos siguió al anonadado alquilador de disfraces, que, perdido el color, sentía que iba a perder el resuello, la cara amparada por sus manos crispadas de miedo por el tic de su párpado que le saltaba como el moribundo corazón de la pequeña.

—*Ma,* no es cuestión de ponerse en ese estado sólo porque yo lo vi, don Estanislao Tamagás, cuando podemos llegar a un acuerdo...

—¿Dinero?... —preguntó don Estanislao, presa del pánico quien sabe qué cantidad iba a exigir aquel maldito energúmeno.

—¡No, por Dios, guárdese su dinero!

—¿Y qué, entonces... la casa?

—¡Guárdese su porquería de casa manchada de sangre inocente!

—Entonces, ¿qué es lo que pides?...

—Mucho menos, don Estanislao, una cosa simple... —dejó asomar un hilo de risa entre sus labios y añadió parsimoniosamente—: Una cosa que tiene que ver con su persona, que le toca expresamente...

—¿Que reza conmigo?

—Sí, con su merced, una cosa que usted es y sólo usted lo sabe, *ma* no es adivinanza...

—Una cosa que yo soy y sólo...

—Una cosa que tiene que ver con el «Comité de Defensa contra el Comunismo».

A Tamagás se le fue la lengua y por más que se la buscaba no la sentía y cuando se la encontró era como de trapo.

—¡Sólo esto, señor Estanislao, sólo esto... trabajaremos juntos dentro del Comité!

—¿Juntos?... —alcanzó por proferir Tamagás que entendía la intención del calabrés.

—¡*Eco, eco*, trabajaremos juntos dentro del Comité! Cada *giorno*, ¿eh?, cada día, su merced me dará copia escrita o *di* memoria de las personas denunciadas que la policía debe capturar.

—¿Para qué, Benujón?

—¡El porqué es cosa mía... a *rivederlo!*

Y se levantó del sofá que ocupaba con sus ropas de trabajo, sucias de tierra y aceite, yendo hacia el patio a pasos largos, ni siquiera se había quitado el sombrero, y después se oyó desprenderse el cuerpo tras la pared medianera, recibido por el amistoso ladrar de sus perros.

Temerá que lo denuncien, fue lo primero que pensó Tamagás al verlo salir y quedar solo, y por eso quiere que yo le proporcione diariamente las listas de los acusados por comunistas o sospechosos de tener ideas rojas, ya que en esa forma, estando sobre aviso podrá escapar a tiempo... ¡Bandido, no sólo fugado de la Isla del Diablo, sino comunista!

Se arrebató el pañuelo del bolsillo cercano a la solapa por hacer algo con las manos que al irse el hortalicero le sobraban, igual que la intención de ahorcarlo que le paseó por los dedos y que no cuajó más por cálculo que por cobardía, pues, mientras hablaba le estuvo midiendo el grosor de las muñecas y comprendió que en ese terreno iba perdido. Se quedó con hambre de pescuezo de italiano. Nadie, fuera de los miembros del Comité, conocía su secreto. Nadie. Nadie. No supo si sonarse o enjugarse el sudor del disgusto, la sal gruesa que le bañaba la cara, al encontrar el pañuelo en las manos que le seguían sobrando. Lo de las listas no tenía importancia. El día que el tal Tizonelli apareciera en una de ellas se escaparía y asunto concluido. Una simple y cochina operación de trueque, en la que, mirándolo bien, él salía ganando, al librarse con el silencio de aquella alimaña de hortaliza, de la acusación de haber dado

muerte a... a... a un animalito... Hasta muy tarde dijo el
Papa que los indios eran gentes y no bestias de las que se
podía disponer y se seguía disponiendo. El dispuso de Natividad Quintuche, como de chico, durante las vacaciones,
de más de una gallina, y por eso, qué importancia tenía lo
de la pequeña, ninguna, ni lo de las listas, ante la gravedad de que hubiera un ser vivo, vecino suyo para ajuste de
penas, que conociera el secreto de su sagrado ministerio,
en el «Comité de Defensa contra el Comunismo». Pero, si
sería estúpido, el que Tizonelli poseyera aquel dato no impedía que lo pudiera acusar de rojo, sin sorpresa para los
que le conocían, dada la fama que tenía en el vecindario
de ateo, anarquista y dueño de una blusa garibaldina que
fue de uno de sus abuelos, preciosa historia con la que trataba de ocultar su comunismo. ¿Qué más prueba que
aquella camisola roja? Lo tenía en las manos. Por menos se
habían deshecho de sus enemigos otros miembros del Comité. Lo sepultaría en una mazmorra, incomunicado hasta
la eternidad, o lo extrañaría del país. Aunque... se mordió
el pensamiento con esa palabra de mandíbulas dentadas...
tratándose de un extranjero, no era fácil, intervendría el
cónsul, saltarían los italianos, sus compatriotas, que son tan
alharaquientos y se descubriría que él había dado muerte
a la pequeña Natividad Quintuche. Se enjugó el sudor.
Hasta ahí todo le iba saliendo tan bien. La vecinita oficiosa
informándole a los compadres que él no estaba en casa, su
escapatoria por la tapia, la vuelta a su negocio, el Diablo
echado de colmillos y narices sobre la víctima, la credulidad supersticiosa de los compadres que le permitió lo más
difícil, deshacerse del cuerpo del delito... El crimen perfecto si lograba suprimir al calabrés que a los gritos de la
pequeña, debió saltar la tapia para auxiliarla y se encontró
con lo que menos esperaba. Si a tiempo hubiera sembrado
de vidrios la pared, Benujón no se cuela tan campante, pero
tampoco él hubiera podido salir. Todo tiene dos filos en la
vida. Lo descubrió con la indita y se quedó oculto, hay tanto
dónde esconderse en una casa de disfraces y trebejos, espiándolo mientras él a su vez espiaba por el ojo de la llave

a los compadres mientras se sacudía la ropa en su cuarto y hasta ahora recordaba que cuando saltó no ladraron ni se le vinieron encima los enormes perros orejones con que cuidaba la hortaliza de los ladrones, nunca falta gente que vive de verduritas, cuando las verduritas son ajenas. Lo de los perros era misterioso, pero hasta en eso había tenido suerte. Si ladran los cancerberos se descubre su fuga y si se tiran lo despedazan. Lo favoreció que no estuviera la jauría. El que siempre fue solo para no tener testigos, ni espías, ni fiscales. Desde que murió su padre, de quien heredó el negocio, no supo su casa de otro ser viviente, fuera de la clientela, que una criada vieja, ser casi de cartón, casi de trapo que venía dos veces por semana a limpiar la sala y su cuarto. Por lo demás él se lo hacía todo. La comida la recibía en un portaviandas. Ni visitas ni amigos. Solo. Fue lo que le valió para que lo llamaran a integrar el Comité, el ser solo, el no tener más compañía que la involuntaria de ratas, ratones, cucarachas, arañas y alacranes, ya que él no alimentaba perros ni gatos, no se daba el lujo de la mujer propia, mientras hubiera mujeres que se alquilaban como disfraces, ni gastaba en copas ni cigarrillos. Mas de qué le sirvió guardar, defender tan celosamente su soledad de eremita, si cuando debió estar más a solas apareció el calabrés. Se sonó antes de guardarse el pañuelo y salió hacia la galería. Necesitaba hablar con alguien y con el único que podía desahogarse era con Carne Cruda. Si los enamorados hablan a los retratos y las gentes sencillas a los santos, qué de extraño que él le hablara al Demonio. Lo contempló nervioso, sin poder frenar el tic de su párpado.

—Yo estuve presente... —parecía decirle Carne Cruda.

Le dio la espalda. No era eso lo que él buscaba. Para testigo ya tenía bastante con Tizonelli.

—Regresa —oyó que le llamaba Carne Cruda—, no me has dejado concluir la frase... te decía que ¡YO! estuve presente en todos los procesos de la Inquisición y te puedo aconsejar.

—¡Dios te lo pague, Carne... —se oyó contestándole sin

mover los labios—, pero me aconseja el Padre Berenice que también forma parte del Comité!

—¡Si es así me capo las ganas de aconsejarte, ese Padrecito se las trae!

—¡Pero eso no quiere decir que desprecie tus consejos, no te amostaces! —se oyó hablando con la boca cerrada—, aunque allí en el Comité, el que en verdad lo resuelve todo es el Incógnito, un encapuchado que ni nosotros conocemos, nunca le hemos visto la cara, nunca le hemos oído la voz, por las manos se ve que es un hombre sumamente blanco, acciona como un perfecto artista de cine mudo y como tiene doble voto a él le queda la última palabra que no pronuncia, sino da a entender subiendo y bajando el pulgar, como los romanos en el circo.

—¡Ya lo sabía! —exclamó Carne Cruda.

—¿Lo conoces? —acercóse al muñecón de cuernos amarillos, ojos verdes y colmillos blancos, su precioso cómplice.

—Mejor que él mismo...

—¡Dime entonces quién es! ¡Dímelo, Carne Cruda! ¡Dime! ¡Dime quién es ese encapuchado personaje que preside el Comité!

—¿No crees que es alguien que está cerca de aquí?

—¿Qué?... —saltó Tamagás a esconderse tras los faldones del Diablo—. Si es así estoy perdido, pero no, no puede ser, por eso no habla, para que no le oigamos acento extranjero, por eso no escribe, porque no sabe español, y por eso sabía que yo era miembro del Comité, aunque de ser así, ¿para qué me iba a pedir las listas si él las conocía mejor que yo?, ¿para tenerme agarrado?...

Una risotada lo hizo huir. ¿Quién se reía?...

No era Tizonelli... no era el Diablo... era él que se carcajeaba de haber creído por un momento que el encapuchado podía ser el calabrés.

3

El italiano trabajaba de noche un poco al tacto y un poco a la luz de un farol cuya palidez no alcanzaba a iluminar los rostros aún más pálidos de los parientes de los denunciados a quienes mandaba a llamar y daba la noticia de que iban a ser presos si no escapaban a tiempo. Entre arriates de verdurita iba y venía el farolito cuidando también de las legumbres humanas.

Otras noches lo acompañaba el cielo. Inmensos astros, dorados astros rutilantes, pedazos de fuego del azur dormido a sus espaldas curvadas sobre la tierra hediendo al estiércol del abono, mal olor que él borraba o empeoraba con el humo de su cachimba, fumaba un tabaco que apestaba a diablo, o peéndose estrepitosamente como buen comedor que era de repollo y nabos crudos. De vez en vez, en lo mejor de la faena, levantaba los ojos para indagar si andaba el rehilete de la bomba de agua o giraba a oscuras con el susurro de un ciego que pide limosnas al viento para trocar su soplo hilado o retaceado en redondas monedas de agua anillada al remover el pozo, agua que llenaba los depósitos, de donde, siempre con sonido del líquido amonedado, bajaba por tuberías a las tomas de riego y de las tomas a los sembrados y de los sembrados al mercado, y del mercado a sus bolsillos en forma de dinero, de monedas que conservaban su sonido de agua. Estrellas, faenas, encadenamientos sutiles que turbaban sus manotazos al espantarse los mosquitos, la planta de su bota sobre un gusano o el golpe con la azada a la lombriz de tierra multiplicada en agonía de eses enloquecidas, a los cascarudos de difícil despene, o la rabieta, acompañada de seculares blasfemias, contra la gallina ciega, tan imagen de la muerte en su apariencia de estar dormida. Pero disgustos, cóleras, cansancio, todo le pasaba en las almácigas, contemplando los trasplantes o viendo sus plantas ya derechitas en los arriates, ora casacas de color oscuro con botonaduras de colitos de Bruselas, ora las grandes coles maternales, esponjosas, echadas como gallinas, ora los repollos machos, más altos y más gallos, ora el atropello sanguinolento de las hojas de la remolacha, o las puntillas de brisa verde de las hojas de las zanahorias, o las lechugas formadas con las lenguas del espíritu santo verde, caídas del cielo, o los chilares de bravísima respiración cegante. Se mojó los calcañales por dejar el farol e ir a oscuras en busca de un trabajito para salvar alguna legumbre humana. Desde que Tamagás empezó a pasarle las listas de los denunciados ante el Comité que la policía debía capturar, Tizonelli trabajaba de noche, con gran escándalo de la mayor de sus hijas, todos los demás eran casados y vivían cada cual con su cada cual y los puños de nietos en sus casas y gran escándalo de su mujer a quien el hueco del «suo marito» en la cama le adelantaba una viudedad «molto gelata».

—¡Dios se lo pague!... ¡Dios se lo premie!... ¡Dios se lo ha de devolver!... —con estas palabras sencillas llegaban a agradecerle mujeres que parecían venir desde el principio del mundo chapoteando lagunas de llanto—. Sí, señor Tizonelli, gracias a su favor lo sacamos a tiempo y cuando llegó la policía ya no estaba... registraron la casa a falta de arrancar los ladrillos... ¡Cómo pagarle, señor Tizonelli!...

El calabrés rehuía los agradecimientos moviendo la cabeza de un lado a otro, vagos los ojitos de posta de escopeta, ligeramente verdes, plomizos, apretados los dientes para morder la cachimba con un movimiento de músculos que se le regaban en manada de leones de los parietales a las mandíbulas. Hueso, pellejo, músculo y bravura de nieto de un voluntario de Garibaldi, cuya blusa roja guardaba.

Y así pasaba las noches, yendo y viniendo con su farolito, bajo cielos de astros que presidían la diaria fragmentación del hombre, de las familias, de los pueblos, de las ciudades. El objeto es perseguirse. Se persiguen como si nunca hubieran soñado, se decía Tizonelli, los que tienen pesadillas realizan sus persecuciones dormidos, apuñalan, muerden, ahorcan, destruyen, trituran...

Pero algunas noches se hundían en su espalda los dedos de risa reída, del llanto llorado, del sinvergüenza de Tamagás. Le venía a ver, soslayando peligros, al amparo de las sombras, y le encontraba sembrando sus verduras y con su consabido grito de ¡Viva Garibaldi!...

—¡Es un crimen, crimen de lesa patria, crimen de lesa humanidad, lo que estamos haciendo, Tizonelli, dejando ir a tanto comunista bandido!

—¡Crimen de leso dólar, Tamagás! —le contestaba Tizonelli—, porque ninguna de esas personas son de ese partido y...

—¡Hoy, hoy es el último día —se ahogaba don Estanislao al formular la amenaza—, el último día, advertido, ¿eh?, porque no puedo más, ésta es la última lista de denuncias que te entrego!

—Y hoy el último día de libertad de su merced. Cuando me dio la primera lista, fue su último día de libertad.

—¿Por qué, Tizonelli?

—Porque me la dio por escrito. ¡Tanto mejor, dije yo, este hombre ya está en mis manos! Me la da de memoria y entonces no tengo cómo acusarlo, no tengo pruebas, don Estanislao Tamagás. Ahora, si no cumple tendrá que responder del delito de violación, estupro, asesinato de la *piccola* Natividad Quintuche, y de deslealtad e infidencias al Comitato de Defensa...

—¡Tizonelli!... —le postró la cara pavorida, suplicante, a la luz de las estrellas, a falta de caerse, sin saber ya ni dónde ponía los pies.

—¡Tamagás..., su merced ha perdido la cabeza! ¡Cómo pretende no cumplir su palabra!

—¡Tizonelli, lo he perdido todo, no sólo la cabeza! Entre los miembros del Comité nos miramos en una forma tan aflictiva, queriéndonos penetrar uno al otro, adivinarnos los pensamientos, succionarnos los registros mentales, para descubrir quién de todos es el que está faltando al secreto jurado sobre los Evangelios, la Cruz y la Espada del Coronel! ¡Cunde la desconfianza, Tizonelli!

—¿De quién es del que más dudan?

—Tanto como decir de quién, no es posible, pues cada uno duda de los demás y todos dudamos de todos...

—Pero alguno sufraga mayores sospechas...

—Y no soy yo, por fortuna...

—Lo suponía, quién no sabe que es usted solo, apartado de relaciones. Se sospecha de la gente con nexos... pero de un hongo...

—Yo te pediría, Tizonelli, que tuvieras piedad de mí, que dejáramos pasar siquiera quince días sin evadidos, al menos sin evadidos de importancia. Sé que están presos el Secretario del Comité y dos pobres empleadas y que los han flagelado y torturado, colgándolos de sus partes a él y a ellas de los senos, por creerles culpables de las denuncias. Sé que en la policía hubo detenciones y suplicios... Buscan... buscan, Tizonelli, y encontrarán... nos pinzarán... nos echarán la mano al cuello y tras la mano, la soga... Pero hay algo de última hora que me reservaba y que te hará apiadarte de mí... ¡No nos escaparemos si insistes en que te siga dando las listas!... Ahora las denuncias van directamente a manos del Padre Berenice, gran espulgador de anónimos, y él las comunica a todos en el más absoluto secreto... Nadie más que nosotros sabe ahora quiénes son los sospechados y a quiénes se va a capturar...

—Pero ya me dijo su merced que está libre de toda sospecha y eso basta... —en la sombra, las pupilas del calabrés a la luz del farol tenían el peso del desprecio que se va volviendo de plomo.

—¡Piedad! ¡Piedad!... ¡Sin más ojos que los del Comité que ve las listas, pronto nos descubrirán, Tizonelli!

—Ya veremos, dijo un ciego que no veía *niente,* y así decimos nosotros, ciegos ante el futuro y queriendo ver...

—Podríamos fugarnos... —propuso el alquilador de disfraces, después de un largo silencio—, yo tengo dinero, mucho dinero, ir a tu patria, quiero conocer Italia, antes de que me ahorquen.

—La persona que sirve en un Comité como ése de Defensa contra el Comunismo, está bien servida si lo ahorcan, don Estanislao.

Su resolución estaba tomada. Se despidió del calabrés que seguía acuclillado cerca del farol, histriónico, hediendo a tabaco y a vino, ya para el aliento convertido en vinagre estomacal, y a saltos, trepando y bajando por la pared medianera, se perdió en su mundo de personajes solemnes, de mascarones terroríficos, de suavísimos ángeles incoloros en la media luz de una lámpara antigua de vidrio granizado.

Carne Cruda, con sus retorcidos colmillos blancos, rieles de los ferrocarriles de la luna, recibía la iluminación de abajo arriba y se miraba exageradamente grande, más cornudo y más risueño, y con los ojos más endemoniados que los de los otros demonios.

Debía consultarle, pegar la cara a sus faldellines colorados, a su rabo peludo, a sus garras, y preguntarle si convenía hacer lo que pensaba. Pero no se atrevía a formular su pensamiento en voz alta, aun allí a solas con su Diablo.

—Acusar... acusar al italiano por anarquista, ateo, comunista, garibaldino, póquer en mano, y siendo él miembro del Comité, se haría reservar el caso, a fin de poderlo extrañar del país o sepultarlo en una mazmorra, siempre y cuando el cónsul aceptara que podía hacerse así, sin dejarlo comunicarse con nadie, ni con él, por tratarse de un agitador peligrosísimo o un agente de enlace... ya buscaría..

Se fue a la cama y su cabeza se revolvió, como un molinillo en chocolate, toda la noche. ¿Convenía o no acusar a Tizonelli antes de que se descubriera que era él quien le proporcionaba las listas, los nombres que figuraban en las denuncias?

Nunca sudó ni tragó tanta saliva como el día siguiente, cuando a puertas de sótano cerrado, el Padre Berenice leyó en voz alta el nombre de un tal Benujón Tizonelli, acusado de actividades rojas, y acto continuo por voto unánime se ordenó su captura inmediata.

Su obligación era ponerlo sobre aviso y lo llamó a su casa. Lo que esperaba Tamagás hacía mucho tiempo, venía a cumplirse al final de un terrible convenio a favor del cual se fugaron muchos hombres y mujeres que denunciados por rojos comunistas ante el Comité y advertidos por el calabrés del riesgo que corrían, se los tragaba la tierra antes de ser capturados.

—Ni me fugo ni me escondo, don Estanislao —dijo el italiano—, eso sería descubrir nuestro juego. El que ha hecho la denuncia puede ser uno de los del Comité que de acuerdo o no con los otros está tratando de poner a prueba a su merced. Esta mañana, sin ir muy lejos, mientras usted estaba sesionando, vino la policía y registró todos sus papeles, sus pocos libros y los disfraces...

—¿No sabrán lo de la pequeña?

—No, señor, cómo se van a andar registrando papeles y libros, cuando se investiga una violación...

—¡Ya desconfían de todo el mundo, Tizonelli!

—Pues lo que es yo, esperaré a la policía, me llevarán preso y en esta forma quedará entre nosotros el por dónde llegaban las noticias de las denuncias... ¡Ah, pero eso sí, su merced, como vecino mío, aliviará mi encierro y evitará que me torturen, porque en el tormento soy capaz de hablar!

Tufo a estiércol, olor a tabaco, hedentina a hombre sudado en el trabajo dejó Benujón en la sala de Tamagás.

—Adiós... —pasó despidiéndose de Carne Cruda, borrosa mancha roja a la luz de la lámpara que hacía miopes las tinieblas.

4

El cuerpecito de Natividad Quintuche, violada y muerta por el Diablo en casa del alquilador de disfraces, iba de sobornal sobre la carga de máscaras y vestidos de todos colores que llevaba a la espalda su padre Sabino Quintuche que no paraba de trotar, y de trotar, para perder la conciencia en la fatiga física, para olvidarse de lo que le venía corroyendo el alma: volver al pueblo con su muchachita como iguana que se desangra muerta... ¡ay, Dios mío!, ¡ay, Dios mío!... y la pena mayor del turbión que se vendría si no se bailaba el Torotumbo, indispensable en este caso de virgen violada por el Diablo, si querían salvarse las poblaciones de la maleza lujuriosa, de la espina y de la seca.

Las comadres recibieron el cuerpecito de Natividad Quintuche, con los ojos de frijol negro fritos en lagrimones brillantes, lagrimones que se tragaban, no había por qué acabar de enfriarle la carne al angelito, antes de que se le pusieran las alas para que volara al cielo. Y, además, en lugar de las lágrimas la estaban bañando en agua de sal. Después de este primer baño que repitieron, el agua salía sanguinolenta, la secaron con algodón vidrioso de nopal caliente, arrancado de los candelabros verdes de las nopaladas a la hora de mediodía. Luego fue sumergida en un segundo baño de cal y piedra lumbre para que enjutara del todo. La secaron con traposanto. Y en seguida en un tercer y último baño de agua tibia perfumada con azahares de naranjo dulce. La secaron con algodón silvestre. Luego vino el peinarla con aceite y ámbar y el regar sobre su cuerpecito esencias aromáticas y pimienta negra, lo único de luto, para conservarla. Ya le ponen la camisita, los calzoncitos, ya la túnica cerrada por detrás, color de perla vieja, ya las sandalias plateadas que poco le servirán, hizo su tránsito por la tierra sin conocer zapatos, con los pies descalzos y ya tiene a la espalda el esplendor de las alas de cartón plateado para volar al cielo luciendo en la frente una corona de flores de papel, en las manos cruzadas una hoja de palma y en los labios, una flor natural, el saludo de su boca de criatura terrestre para los ángeles de Dios.

Del techo, entre mazorcas de maíz agarradas de las hojas como serafines de Maíz-dios y humo de incienso y *pom* quemados en braseros, simulando nubes, pendía Natividad Quintuche, que ya no era ella sino un angelito, sin que su madre la pudiera llorar por temor a volverle agua las alas, ni su padre y su padrino dejaran de rociar el rancho, machete en mano, dispuestos a medirse con el Diablo donde lo encontraran.

—¡Venado de cristal del aire —invocaban—, ayúdanos, pobrecita la muchachita, el diablo le fue a quitar su *plorcita*.

—¡Venado de cristal del aire, ayúdanos, pobrecita la muchachita, el diablo le fue a quitar su *plorcita!*

—¡Dí, por qué, Colibrí, no la perforaste tú con tu dardo de amor, de chupamiel, de picaflor! ¡Dí, por qué, Colibrí!

—¿Dí, por qué, Zarespino, no la perforaste tú con una de tus espinas calcinantes? ¿Dí, por qué, Zarespino?

Y éste fue el comienzo. Allí, aquella noche de sangre golpeada, de tierra golpeada, de agua golpeada, de fuego golpeado, empezó, como un sueño, el baile de los estandartes verdes a lo largo de territorios de lagunas blancas. Bailaban con caras de puma, jabalíes, dantas, monos, chacales, perros mudos. Sobresalían las aplastadas máscaras, sin mentón, de los pitones, y las cornamentas de los enmascarados toros bravos, en cientos, en miles de pezuñas bailando entre el polvo y el humo de la hogaza que soltaban los testuces. Bailaban, bailaban, bailaban. El Torotumbo extendía desde el rancho del Angelito que violó el Diablo y volaba al cielo, sus ríos de bailarines. Los que lo bailaban, todos los que se sentían toros lo bailaban, subían a saludar al Angelito y a pregonar su prosapia de muy hombres, de muy machos, de muy gallos, de muy toros, todos los que se sentían toros lo bailaban, toros toronegros, toros torobravos, toros toropintos, hijos de la vaca brava, nietos de la vaca pinta, toros torotumbos dispuestos a medirse con el Diablo. Bailaban, bailaban, bailaban... Este fue el comienzo. El golpe fue el comienzo. El golpe en el cuero, en la madera, en la piedra tundidos para acompañar el desdoblamiento de los bailares que se movían a través de jaulas de cornamentas que ellos mismos se formaban con los brazos y de las que escapaban a saltos de pies tan diminutos que podían calzarse con ajíes. Bailaban, bailaban, bailaban... Sudor de fiesta. Ríos de agua de caña. Zigzagueaban las calles, giraban las plazas, hormigueaba el aire y se oían los cohetes con ruido de meada de toro, ichsss, subir y estallar sobre los cielos cobalto. Bailaban, bailaban, bailaban... De pueblo en pueblo, el cuerpo de la mujercita que violó el Diablo y volaba al cielo convertida en ángel, atraía más y más bailarines, y a sus vestiduras iban prendiendo listones de todos colores, escritos con los pedidos que le hacían a Dios las familias, las cofradías, los municipios, y que ella se encargaría de entregar en propias manos. La llevaban en hombros, izada en una escalera sobre un altar portátil en forma de anda, los horripilantes trágicos lampiños que en lugar de pestañas tenían espinas en las máscaras y en lugar de manos, garras rasguñadoras, garras con las que cuidaban que no ensuciaran ni rompieran el traje del Angelito los que se acercaban a besarlo, a saludarlo, a pregonar su prosapia de muy hombres, de muy machos, de muy toros. Bailaban, bailaban, bailaban... Baile de montañas, árboles y gentes verdes, pintadas de verde, caras y cabellos verdes, verdes las vestimentas y las calzas verdes, vegetación andante a la que se mezclaban toros de cornamentas de oro, fragmentos de una inmensa noche negra que avanzaba sobre cascos de ceniza de estrellas, y bailarines reidores de caras pintadas con rayas transversales azules y amarillas, bocas postizas con cascabeles en lugar de dientes o como tajadas de sandías mostrando risas de pepitas negras, gotas de tiniebla que recordaban la causa de aquel reír de duelo y aquel bailar interminable como un castigo del que por momentos sólo quedaba vivo el tamborón de pelo con cuero y el hueco del tun envuelto en cáscara de serpiente de madera. Bailaban, bailaban, bailaban...

5

Los barrios populares de la capital se disponían a recibir al Torotumbo con baile, tertulia, café con pan, cigarrillos, copas de aguardiente, juegos de prendas, pero como los pobres ni de sus fiestas son dueños, algún estudiante lo supo, llevó el soplo a sus compañeros y por novelería de muchachos ansiosos de jugar al carnaval disfrazados de mamarrachos y hambre de diversiones, la ciudad entera se aprestó a recibir a los «encamisados», como los llamaba la «gente bien», con el beneplácito de los folkloristas que veían en aquella turba de desaforados una afirmación de la nacionalidad y algo digno de ser presentado a los turistas, el disgusto de los católicos que encontraban en aquel mitote resabios de la más cruel idolatría y la anuencia del gobierno por ser siempre de buena política distraer al populacho.

Para el negocio de don Estanislao Tamagás, el Torotumbo fue baile de «perlas redondas», como él decía trabucando en su entusiasmo y ambición lo de «negocio de perlas» y «negocio redondo». Por una vez en su vida alquilaría todos los disfraces, la demanda era mucha, menos el de Carne Cruda, que, por ser su protector, no era negociable.

Tizonelli había vuelto a su hortaliza después de chuparse algunos días de prisión, pero como no vendía nada, el motivo de su carceleada destiñó sobre sus verduras en el barro y las locatarias en el mercado se encargaron del resto —¡no sólo por fuera son rojos sus rábanos!, le gritaban—, vino en ayuda del alquilador de disfraces que no se daba alcance, desbordado por la clientela, hasta dar la impresión de tullido, de atolondrado, de ido entre los que se arrebataban los vestidos y máscaras de la eterna farsa, frasecita que repetía el italiano, suspirador como cantante sin contrato, cada vez que pasaba por sus manos el envoltorio de uno de los personajes de la «Comedia del Arte».

—Sólo el disfraz de Carne Cruda no se alquila —dijo Tizonelli—, entra y sale gente y ninguno se atreve con él...

—¡Es que no está en alquiler!... —le cortó Tamagás, el párpado zurdo saltándole sobre la fría lámina del ojo represo.

—¿E, *cómo?*

—Sería el hombre más ingrato, Tizonelli...

—Sería cuestión de precio, don Estanislao...

—Por ningún dinero. Recuerda que me prestó un gran servicio. Si no es él, qué les hubiera dicho al padre y al padrino de la pequeña, cómo se hubiera podido explicar...

—En eso tiene razón, y como no ha habido muchos que lo soliciten...

Al irse Benujón y cerrar el negocio, Tamagás se acercó a

Carne Cruda que se iba quedando solo. Lo abrazaba y le decía:

—¿Qué te importa, Carne, que gente con alma de payaso, de cura, de militar, prefieran esos disfraces? ¡Te luciré yo, yo, yo que no te vendí el alma, que te la compré, que tengo el orgullo de haberte comprado para mi servicio!...

En la puerta de su casa fijó un cartelito que decía «Ya no hay disfraces», en la esperanza de que no tocaran más, que lo dejaran en calma contar los harapos verdes de ese gran disfraz que ahora usa el dinero y que se llama papel moneda. Pero de nada sirvió. Seguían toca que toca, ya que cliente que llegaba hasta la puerta no se conformaba con el cartelito, entraba a indagar personalmente si todo se había alquilado, a ofrecer el doble, el triple, por cualquier disfraz, sin encontrar otro que el de Carne Cruda, colgado del pescuezo, balanceándose a la luz de la claraboya. Algunos clientes animosos, lo pedían para probárselo. Pero, ¿qué pasaba? Si el aspirante era alto, Carne Cruda se encogía, y el disfraz le quedaba corto, si era bajo, Carne Cruda se alargaba, el disfraz se volvía enorme, si gordo, Carne Cruda enflaquecía y el disfraz se volvía espárrago, si flaco, Carne Cruda se esponjaba y el disfraz se volvía globo, encogerse y dar de largo, chuparse y ensancharse que acabó con el gusto de Tamagás, el gusto con que contaba los dineritos por bienes que volverían a su casa, después de haber sido usados, pues eran alquilados dejando depósito. Recapacitó. Lo mejor era probárselo. Salir de dudas. Saber si le venía. El párpado y el acobardado corazón le saltaban al enfundárselo y por poco se desmaya, al sentir que a él, le quedaba como mandado a hacer sobre medida. No se preguntó por qué. No se contestó por qué. Pregunta y respuesta eran la misma cosa. Si Tizonelli, con su silencio, lo salvó de ir a la cárcel, únicamente Dios podía salvarlo de Carne Cruda. Y cómo obtener la ayuda divina... sólo confesando su crimen...

Febril, ligero de pasos a pesar de los años y las almorranas, saltándole el párpado del ojo izquierdo como si tocaran a rebato, sin pausa el corazón, arrancó el sombrero y el bastón de la percha y ya iba hacia la pared medianera para saltar como cuando Natividad Quintuche, pero rectificó sus pasos y por la puerta que cerró con dos vueltas de llave, dejaba el dinero sin guardar, causa de ese diablo crudo, marchó hacia la sede secreta del Comité, donde el Padre Berenice abría por las tardes los sobres de las denuncias, en su mayoría anónimas, trabajo que realizaba con el cuidado con que una actriz vieja se maquilla, encerrado en un cuartito que era algo así como su camerino.

—¡Confesión!... ¡Confesión!... —entró gritando Tamagás.

Al Padre Berenice se le fue la sangre de la cara, más pálido que pálido contra la sombra de su barba azul mal destroncada ese día, conmovido hasta los talones de los pies encerrados en sus zapatos de piel de becerra. Lo que siempre sospechó le iba a ser revelado: el infidente, el perjuro en el Comité, el Judas Iscariote, el que proporcionaba las listas de los sospechosos que debía capturar la policía, estaba a sus pies.

Echóse para atrás separándose de la mesa en que estaba acodado leyendo y ordenando las denuncias, técnico y gran espulgador de anónimos, recogióse la sotana como si le dieran asco las rodillas del penitente, y se preparó a escuchar la confesión..

Los labios del alquilador de disfraces apenas lograron formar los vocablos del «Yo pecador...» El Padre Berenice, ya en su papel de confesor, no obstante la repugnancia que le inspiraba aquel individuo, revelador de los secretos del Comité, le puso la mano en el hombro y le paladeó al oído:

—Cálmese, hijito...

La decisión de Tanagás era simple: vomitarle al confesor que había violado y matado a Natividad Quintuche y la forma en que había burlado a la justicia; pero ya cuando olió la sotana y olió al Padre en su fuerte sudor humano, le confesó que no tenía paz ni reposo desde que en su casa ocurrió un hecho extraño, creíble sólo porque él lo había visto. Unos compadres llegaron a sus «alquileres» para la

«Fiesta de Morenos», acompañados de una indiecita que se quedó dormida en su negocio. Ni los compadres ni él que salió tras ellos por un asunto del Comité, se dieron cuenta; pero vuelto él de la calle, se encuentra a los compadres esperándolo a la puerta, entran y qué descubre, a la pequeña de ocho años de edad, muerta, violada por el Diablo que, cuando ellos entraron, aún estaba sobre ella, convertido en una simple máscara y un disfraz demoníaco. Convencí a los compadres, devolviéndoles el dinero que me habían pagado por los «alquileres», que no dijeran nada, que se la llevaran a su pueblo y la enterraran, que todo quedara entre nosotros, temeroso de que al calor del escándalo fuera a descubrirse que yo era miembro del Comité y esta santa institución sufriera algún desmedro en su autoridad.

—Pero se da el caso —terminó Tamagás, el párpado ya no saltaba, ametrallaba— que ahora que se han alquilado todos los disfraces para el Torotumbo, el único mamarracho que no se alquila es el de ese mismo Diablo, y no porque no lo quieran, se lo prueban, pero a los gordos les queda angosto, holgadísimo a los flacos, corto a los altos, largo a los bajos...

—¿Y es el disfraz del que violó a la pequeña el que se encoge y se estira, se agranda y se achica, imagen del malvado instrumento de su crimen?

—Sí, padre...

—¿Y fue una indiecita la víctima propiciatoria?

—Sí, padre...

Terminada la retahíla de culpas menores que el penitente suelta al final de la confesión, no sabiendo de dónde arrancarse más pecados, el Padre Berenice, con reserva expresa de la absolución, le invitó a conversar particularmente del asunto, ayudándolo a levantarse, pues Tamagás seguía postrado, curvado, yerto bajo el peso de la traición de su amigo que ya bastante castigo tenía con ser el Rebelde, para que viniera él, ingratitud de las ingratitudes, a cambio del servicio que le hizo, a acusarlo ante el tribunal de Dios, de violador y asesino. Le crujieron las rodillas al ponerse de pie y sentarse de lado por las almorrabiosas en la silla que le ofrecía el sacerdote.

—Nada sucede sin los designios de la Providencia, don Estanislao, y su arrepentimiento, aunque tardío, de ocultar un hecho diabólico que tiene sus antecedentes en los íncubos y súcubos, permitirá al «Comité de Defensa contra el Comunismo», un gran acto expiatorio... —paladeó la palabra antes de preguntar a Tamagás si el muñeco era rojo.

—Sí, padre, rojo...

—¿Rojo, rojo, rojo? —insistió removiéndose en la silla.

—Sí, padre, rojo, rojo....

—La mano de Dios lo dispone todo. Nos daremos el lujo de quemar al Diablo...

—Pero, padre —interrumpió Tamagás—, ésa no sería ninguna novedad. Año con año queman al Diablo en la Plazuela de Santo Domingo, y si se hace público, para qué guardé el secreto tanto tiempo.

—No me ha dejado explicarme. No se trata de quemar un Diablo de cohetería, sino la quema del Diablo Rojo, del que pone en la mano del terrorista la bomba, del que dinamita los edificios, descarrila trenes, inventa huelgas, subvierte el orden, el mismo que entre nosotros violó y ensangrentó a una indiecita... que... ¿quién era?... ¿quién es, don Estanislao, esa indiecita?... recapacite, reflexione, piense un poco a quién estamos defendiendo nosotros y verá en seguida que esa indiecita era la Patria violada y ensangrentada por el Comunismo...

—Sí, sí, la Patria... —repitió Tamagás, no muy convencido de lo que oía, resistiéndose a pasar de violador de una indiecita que fue para él como una gallina más, a violador de su adorada Patria.

—Y si es así —siguió el sacerdote—, autorizado por usted puede el Comité celebrar secretamente en su casa, para que no se haga público, un auto de fe en el que entregaremos al fuego purificador, la terrible encarnación demoníaca del comunismo que violó y ensangrentó a nuestra pequeña india casi ante los ojos de uno de los miembros del Comité, y en su casa para mayor escarnio. Déjelo todo por mi cuenta, don Estanislao. Invitaremos a las altas autoridades de la Iglesia y el Gobierno y al Nuncio Apostólico para que nos honren con su presencia, ya que en esta forma, en efigie, basándonos en un hecho cierto que configura un símbolo, entregaremos a las llamas al comunismo violador de nuestra Patria.

Tamagás no tuvo valor de volver a su casa en seguida, deambuló por las calles, y al llegar, ya muy noche, refundióse en su cuarto cerrada la puerta con llaves y trancas. En algún lugar cerca de allí pendía del techo, colgado de la nuca, Carne Cruda, con sus ojos verdes, sus cuernos amarillos, sus dientes blancos rieles de los ferrocarriles de la luna, y el pelo grifo.

Despertó al día siguiente ya entrada la mañana. Se había quedado vestido, tirado en la cama. La luz del sol y los ruidos de la calle, por donde pasaban turbas vocingleras y músicas al encuentro del Torotumbo, le animaron a salir de su cuarto, era ridículo estar bajo llave y atrancado en su propia casa, cuando si Carne Cruda, Carne Cruda, ¡Dios mío con sus equivocaciones!, hubiera querido pedirle cuentas anoche mismo, y lo único que le quedaba, en todo caso, era ir y prevenirle que pesaba sobre él la amenaza de ser lanzado... ja... ja... ja..., reía, a las pobres llamas del Padre Berenice, que en manera alguna podrían amedrentar al que se tostaba en los fuegos del infierno... ja... ja... Se lo contaré a Tizonelli... no... no... ¡Dios guarde!... pero a quién otro se lo podía contar...

Nadando su lengua contra una babosidad helada que le llenaba la boca, al solo asomar el italiano, a quien llamó a gritos a través de la tapia, le refirió que el Padre Berenice preparaba un gran auto de fe, en el cual quemarían a Carne Cruda, encarnación diabólica del comunismo, violador de la pequeña...

—¿De la *poverella?* —interrumpió Tizonelli.

—¡Qué *poverella!* —gritó Tamagás—. Eso vimos, Tizonelli, pero no fue ella la violada, sino la Patria... El Diablo Rojo violó a...

—Pero se olvida, don Estanislao, que el verdadero violador no ha sido el Diablo, sino su merced...

—¡A la indita, sí, yo... —gritó contrariado—, yo, yo... ¿quieres que te lo repita más?, pero a la Patria fue Carne Cruda, el Diablo Rojo del Comunismo! Una cosa trajo otra, yo era miembro del Comité y por eso fui tentado, sucumbí a mis deseos y encarné en la realidad del símbolo a la bestia cruda saciando sus instintos en la pequeña Patria, en la indiecita descalza...

—¡No comprendo! ¡No comprendo *niente!*... —se agarraba Tizonelli la cabeza.

—¡Ya comprenderás! ¡Ya comprenderás! El auto de fe será aquí en la casa...

—¿Aquí?... —Tizonelli se soltó la cabeza.

—Sí, aquí, qué de extraño tiene, y asistirán, además de mis colegas del Comité, el señor Arzobispo, el Nuncio de su Santidad y el Presidente Libereitor de la República.

El calabrés se puso de pie. Se buscaba en los bolsillos la cachimba.

—¿Por qué tan pronto, Tizonelli?

—Tengo que hacer, tengo que respirar... su merced me está diciendo tales cosas...

El Torotumbo entraría en la capital por la puerta de los volcanes, hoy sólo simulada algunas veces por nubes bajas y coloridas que formaban marco a las altas moles de diamante negro coronadas y de dormidas faldas de esmeralda. Su impulso era mayor a medida que se aproximaba a la ciudad, donde tendría culminación esplendorosa lo que empezó siendo un baile de exorcismo para librar a los pueblos del castigo que les esperaba por la virgen que violó el Diablo y voló al cielo a quejarse con Dios. Pero no eran sólo los bailarines y los músicos los que se acercaban a la ciudad, sino todo lo que avanzaba con ellos. Las aldeas en marcha portando comestibles en bateas grandes y hondas como naves indígenas. Los árboles sacudidos por las manos del viento dejando caer sus frutos para refrescar a los danzarines. Los tunales en punta de espina y de noche las estrellas en las puntitas de sus rayos espinando a los que dormían para que siguieran bailando, convertidos en engrudos semimuertos, en seres ondulantes, casi de agua cruda, con mudez de tierra pávida, pero siempre en movimiento, avanzando al compás de una música que los ponía fuera del tiempo, tambores marimbas, chirimías y troncos ahuecados con el sonido del tun, tun, del Torotumbo...

Pero también avanzaban con los bailarines palomas, y culebras, y pájaros que iban saltando al tun, tun, del torotún, del torotún... Otros llevaban loros, pericos, patos, chompipes, gallos, gallinas, y otros, monitos blancos y ardillas, y otros, guacamayos brillantes y todos, no sólo su andar, sus pies, sino sus perros, cientos, miles de perros de todas las aldeas andando con ellos, como sus pies, como sus pasos. Y con ellos, sus dichos, sus lenguas, sus juegos, pólvoras, gracejos, pantomimas, colas de zorras, para latiguear al Diablo, y testuces de toros hasta desaparecer en el sueño, de toros torotumbos, de toros toronegros, de toros toroblancos.

Tamagás, acorralado en su casa, poco sabía de la grandiosidad con que la capital, llevando disfraces de militares, eclesiásticos y burgueses, se preparaba a recibir al Torotumbo. Los había de adelantados y frailes, virreyes y tenientes para ahorcar, jesuitas y arcabuceros, astrólogos y navegantes. Toda la catolicísima y muy noble y muy leal ciudad de los caballeros con sus caballeros y sus damas encorsetadas desde abajo de las islillas hasta el huesito, sus damiselas y sus infantes, sin faltar el hormiguero de disfraces, togas, birretes y hopalandas, pelucas próceres junto a casacas de montonera y prefulgentes lilas obispales junto a desnudos torsos de piratas.

El alquilador de disfraces se la pasaba de su cuarto a la tapia del fondo gritando a Tizonelli. Le llamaba a todas horas para que le viniera a hacer compañía. Varias veces, tras el tic-tic-tic telegráfico de su párpado, se quedó su ojo izquierdo vuelto hacia donde Carne Cruda se hamacaba colgado de la nuca. No se decidía, pero ya sólo le faltaba materializar su arrepentimiento, echarse de rodillas, como se había echado sobre la pobre Natividad Quintuche, allí mismo, como se había echado ante el confesor y como iba ahora caminando hacia los pies de su demonio, de rodillas, de rodillas.

—¡Perdón! ¡Perdón! ¡Perdón, Carne Cruda... por salvarme yo, por salvarme yo!...

Y se agobió por tierra, rascando en el suelo las uñas cascarudas, bajo la muda carcajada de la máscara diabólica, fascinado por sus ojos verdes, verdefuego, con dos redondos huecos al centro, largos bucles rojos cayéndole de la cabeza, como fuego derretido en tirabuzones, las orejas relumbrantes de papel de espejo, los cuernos amarillos, y los colmillos blancos, como rieles de los ferrocarriles de la luna.

—¡Hermoso! ¡Hermoso! ¡Hermoso!... —le adulaba, arrodillado, implorante—. ¡Tú me salvaste y yo te entregué! ¡Tú, demonio, me salvaste, y yo, hombre, te entregaré! ¡Tú me guardabas y yo te traicioné! ¡No, no fue ésa mi intención, Tizonelli... digo Carne Cruda —rio de su estúpida equivocación—, pues sabes, como demonio que eres, que mi intención al arrodillarme ante el Padre Berenice fue confesar mi delito, pero ya de rodillas, tú lo sabes mejor que yo, me corrió sudor de hielo por la espalda y en el desatiento no encontré más salida que acusarte a ti, mi amigo, mi amparo, mi sostén! ¡Te traicioné, te traicioné, pero no ignoras, Carne, no ignoras que ya la traición es como nuestra propia vida, nuestra nueva manera de ser, y lo traicionamos todo, todo, nos traicionamos a nosotros mismos, la tierra donde nacimos, lo que somos, lo que aprendimos, y hasta lo que defendemos, ja... ja... ja...

—Don Estanislao... —se oyó el vozarrón de Tizonelli, que sin duda se preparaba a saltar la tapia.

Se levantó de bajo la figura de Carne Cruda y sacudiéndose las rodillas fue a la sala a esperarlo.

—Don Estanislao, perdone que lo interrumpa, vengo con una gran imprudencia, necesito una recomendación de su merced para que me den o me vendan...

—¡Huy! ¡Huy!, ésa es palabra mayor... —respingó Tamagás, después de oír a Benujón acercársele a la oreja a soplarle la palabra «dinamita».

—Tengo a uno de mis hijos con el trabajo parado, pues con esto de las fiestas no ha podido conseguir. Es ése mi muchacho que se dedica a sacar piedra en San Buenaventura.

—Pero yo no conozco a nadie...

—La recomendación es para un empleado de caminos que lo conoce a usted y que está dispuesto a suplirle a mi hijo unas cuantas candelas, si me hace el favor de darme una cartita.

—Bueno, si es así...

—¿Y para cuándo la quema secreta del señor Carne Cruda? —preguntó Tizonelli, sin mostrar mayor interés por seguir la conversación.

—Hoy debo verme con el Padre Berenice, que es el que lo está arreglando todo. Por de pronto ya mandó una hermosa mesa, sillones dorados y una tribuna o púlpito desde donde se dispone a amonestar al Diablo y arengar a los presentes que serán los miembros del Comité. Aquí se sentará el encapuchado Incógnito, en seguida, aquí en este otro sillón, Fracas...

—¿Quién es Fracas?

—Fracas es Fracas...

—No entiendo...

—Bueno, todo quieres que se te explique, y éstos son secretos, son secretos. Fracas, es el estudiante fracasado que integra el Comité. Después de Fracas, se sentará el Padre Berenice, aquí yo, aquí Teotimo, otro miembro del Comité, un abogado grasoso, dormilón y abúlico, luego los invitados, el Señor Arzobispo, el Nuncio, el Presidente Libereitor de la República...

—Antes que se le olvide, don Estanislao, mi recomendación para la dinamita, por eso vine...

—Te la voy a hacer, te la voy a hacer, déjame buscar recado de escribir en este cajón...

—Está usted muy nervioso —se acercó el calabrés a abrazarlo, al verlo ponerse de pie, con la recomendación escrita, soplándola para que secara la tinta.

—Sí, sí, desde hace unos días que no puedo dormir. No sé si es el viento que me gasta los nervios y que ha estado soplando muy fuerte estos días, y las preocupaciones que nunca faltan...

—Eso sí que está malo. Vaya por casa y se toma un poco de agua de cogollos de naranja bien cargada.

—Sí, sí, por allá voy a recibir el favor. Toma la recomendación y saluda a tu hijo.

Los ronquidos del alquilador de disfraces, a quien los cogollos de naranja espesados con somnífero hicieron dormir casi seis horas, permitieron a Tizonelli colocar en la cabeza de Carne Cruda un cerebro llamado a estallar al contacto del fuego y a minar la casa con algunas candelas de dinamita.

Tamagás se despertó reposado, el párpado del ojo izquierdo le tecleaba menos y al solo aparecer Tizonelli por su casa, le comunicó su bienestar y gusto por la vida.

—Si en lugar de café cargado para que no nos durmiéramos oyendo leer anónimos, nos hubieran servido cogollos de naranja en el Comité, no estaríamos en este estado de nervios, agotados todos, y es que no es para menos, tanta denuncia, tanta intriga, tanta suciedad, tanta mierda, perdóneme la palabra.

—Ahora, lo que su merced me tiene que prometer, es no volver a ver a Carne Cruda.

—Supiste que me le arrodillé...

—¡Es el colmo, un miembro del Comité arrodillándose ante el comunismo!...

—No lo haré más. Con los cogollos de naranja y la gran dormida que me di veo las cosas de distinta manera, y comprendo que es preciso quemar a ese infame fantoche por lo que representa, el comunismo violador de nuestra pequeña india... —le saltó el párpado antes de arrastrar el ojo zurdo desnudo con todo y la cara angulosa hasta Tizonelli y susurrarle a la oreja—: Si quieres asistir al auto de fe buscamos un lugarcito para que te escondas y así te das el gusto de ver de cerca al Prelado, al Presidente Libereitor, al Señor Nuncio y a los miembros del Comité de quien nos burlamos, mejor dicho, te burlaste tú por el uso que hacías de las listas...

—De todas maneras, lo que su merced me tiene que prometer y cumplir es no acercarse de hoy en adelante a Carne Cruda, hasta el día de la ceremonia.

—¡Te lo juro por esta cruz! —y en lugar de persignarse, se llevó la cruz a los labios, y la besó pensando en el beso de Judas.

—Sí, porque si se le acerca, por vengarse de su merced, y burlarse del Padre Berenice y sus invitados, que sería como dejar con un palmo de narices a la Iglesia, al Papado, al Gobierno y al «Comité contra el Comunismo», se lo puede llevar con todo y trapos, y adiós ceremonias... —rio Tizonelli.

—Tienes toda la razón del mundo —frunció el ceño Tamagás—, en eso no había pensado, en que me puede llevar... —y sintió una rara cosquilla de timbre de alarma en la almorrana.

—Y como evitar no es cobardía, con no acercársele está arreglado.

—Ya te lo juré...

—Para ayudarlo a cumplir su juramento y que no le entre la tentación de acercarse a Carne Cruda al sentirse solo, voy a venirme a estar con usted los días que faltan para la ceremonia.

—Mejor, porque así buscamos despacio un lugarcito para que te escondas...

—Y porque estando yo lo hago comer. Hace días que el portaviandas se va como viene...

—No me pasa bocado con ese maldito Diablo metido aquí en mi casa...

—Pero conmigo va a tomar sus alimentos, no vayan a creer al verlo trasijado que está triste por el Diablo, y de noche no le faltarán sus cogollitos bien cargados para que duerma de un tirón, como ha estado durmiendo. Vale que nosotros por la tapia nos comunicamos secretamente, sin necesidad de salir a la calle.

6

El Torotumbo hizo su entrada en la capital. Bandas, marimbas, sirenas, campanas, cohetería y ceremonias del encuentro, el saludo, la presentación y entrega de las llaves, entre los lengua de trapo de la ciudad, para quienes todo aquello no pasaba de ser una alegre fiesta de carnaval a destiempo, y los danzarines que llegaban en torrente de hombres de sangres comunicadas a través de ideas y sentimientos.

Al amparo de las ceremonias pasó la primera consigna: ocupar los lugares estratégicos señalados, de boca en boca de los bailarines de piel quemante de ortiga, alfanges de maguey y lanzas de caña brava, escuadrones de guerreros vegetales que hacían reír a los capitalinos, seguidos en formación cerrada por danzarines de máscaras de tierra cocida, de corteza de coco, de piedra porosa más liviana que el agua, sus penachos de tres sangres, roja, verde, negra y calzas de río de espejo que en su bailar parpadeante levantaban polvo de sueño bajo lluvia metálica de cascabeles dormidos.

Monótono, cercano, rotundo, percutía el corazón del Torotumbo en los cuatro ámbitos de la ciudad dorada al frío por el sol, compás de baile de guerra golpeando en una selva de árboles de troncos huecos los testuces de sus toros toronegros, de sus toros tororucios, de sus toros torozainos, de sus toros toropintos, de sus toros torozambos, de sus toros torotoros para sostener el avance de los bailarines que se apoderaban de los lugares señalados danzando en movimientos de sonámbulos despiertos bajo sus máscaras.

Instrumentos de fuego de madera, de fuego de metal, de fuego de cuero, de fuego de carey, de fuego de piedra quemábanles las manos a los que los tocaban como fuera del tiempo, ceniza de volcán hecha música en la que los bailarines del Torotumbo al danzar se iban volviendo pueblo con la geografía de lo profundo bajo sus plantas y la vida del cielo sobre sus hombros.

Pero el hombre que se vuelve pueblo ruge como el mar y ése era el rugido que se oía en el caracol de la ciudad y que no escuchaban las gentes vestidas de carnaval que bailaban, danzas extranjeras, paseaban en automóviles adornados y carruajes de flamantes caballos, soltaban globos desde sus patios o con el horror del populacho se aposentaban en los balcones que daban a la calle a mostrar dentaduras postizas reidoras, satisfechos de la fiesta y de sus personas que al cambiar los tiempos habían pasado del privilegio pretérito al bienestar dineroso. Ninguna alteración del orden, todo a compás. Ningún indicio de lucha, todo juglar, brillante. Color de fruta, las bandas de mensajeros que en sustitución de los que se desplomaban de fatiga, ocupados los lugares estratégicos, correteaban de un punto a otro llevando la consigna de sembrar la confusión entre los que eran y no eran autoridades, en el momento en que aparecieran en los lugares más visibles de la ciudad jefes militares, policías, magistrados, religiosos, forenses, disfrazados en forma tan perfecta que se les pudiera tomar por auténticos, dudando de los que en verdad llenaban dichas funciones sólo porque tenían el vestido.

Un torrente de enmascarados arrancó de su casa a Tizonelli, asalto y captura que el italiano, sorprendido por las voces, las risas, los pitos y matracas, tuvo por broma hasta que se vio fuera de su casa conducido casi en vilo a un «jeep» que arrancó velozmente. Por las cortinillas de lona que el viento levantaba trató de orientarse hacia donde lo llevaban, pero no le fue posible fijar su ruta viendo pasar retazos de edificios, árboles, postes, máxime que sus acompañantes, sin dejar de moverse, le mareaban con sus risas, chillidos y palabras ahogadas por las máscaras. La música del Torotumbo se oía cada vez más lejos, indicio de que se iban alejando de la ciudad a todo lo que daba aquella masa sólida, compacta, lanzada por calles empedradas. *Perdu-*

to, se dijo con el aliento, prendido a alguno de los helados fierros del respaldo, apretados los dientes para no morderse la lengua en uno de los tantos saltos mortales del vehículo, y como si no le fuera bastante alentarlo, se lo respiró encima, *perduto,* cuando uno de los enmascarados dio a entender que lo llevaban a donde el jefe. En un país con más cuerpos de policías que dedos en las manos, desde el infantil hasta el de los jaguares que cazaba campesinos a dentelladas de perro, no cabía duda de que lo conducían ante alguno de los muchos verdugos policiales. Se puso un cigarrillo en los labios, aprovechando que el «jeep» estabilizaba su marcha sobre un camino en cuesta, pero, lejos de serenarse, el humo le radiografió las más negras sospechas en el cielo de la boca, regándole como sombra su sabor amargo, el pensamiento de que se hubiera descubierto el atentado. *Perduto,* no por él, qué importancia tenía un hombre más o menos en un mundo en que todos estaban jugando a la desesperada, sino por el trabajo realizado para hacer volar la casa del alquilador de disfraces. Desechó la idea, de haber descubierto algo iría esposado y lo habrían registrado al capturarlo, consolándose con la creencia de que lo llevaban para interrogarlo sobre lo de las listas de denuncias de comunistas o sospechosos de ideas rojas que le pasó Tamagás. Brevemente sopesó sus posibilidades de hombre duro para soportar cualquier tormento, ya que con aquella gente interrogar y atormentar eran sinónimos. Todo, menos confesar, y prueba de que desafiaría cualquier tortura, era la indiferencia y hasta aparente jovialidad con que acompañaba a los enmascarados, riendo con ellos, para defender con los dientes, a mordidas de risa, lo que con tanto trabajo e ilusión puso en la cabeza de Carne Cruda, una bomba de fabricación casera que inflamada por el fuego purificador del Padre Berenice estallaría con tal violencia que volarían con el demonio y al demonio su Ilustrísima, palidísima, flaquísima, el Presidente Libereitor, el frinifrique papal, Fracas, el estudiante, Tamagás, el licenciado abúlico y grasoso, el propio Berenice, el Milico Chacal y el incógnito yanqui, el del capuchón y el silencio, ayudante de aquel Embajador norteamericano que fue carcelero en Nuremberg. Y por si Carne Cruda se portaba mal y no acababa con ellos, la conmoción del estallido haría despertar de su sueño la nitroglicerina enterrada en los cimientos de la casa que iba a volar en pedazos con todo y todo y tan eminentes personajes. ¡Ah, pero no iba a estallar ni a volar nada!... *¡Perduto!*... *¡Perduto!*... después de capturarlo deben de haber desmontado aquellas máquinas infernales que con peligro de su vida colocó aprovechando los largos sueños de Tamagás, sometido a la acción de los cogollos de naranja con somnífero. Sólo pensarlo era horrible, horrible. No se presentaría otra vez la oportunidad de tener reunidos a los del Comité, al Arzobispo, al Presidente y al Nuncio. Se le secó la boca, los dientes pesados como tornillos que se le iban saliendo y que no podía volver adentro con el destornillador de la lengua, y un sudor tiritante, helado, casi de mortaja, le empapó en medio del día bochornoso. No sólo la desgracia de que el atentado hubiera sido descubierto, sino las consecuencias: perseguirían a los suyos, arrancarían la hortaliza, quemarían su casa, aunque esto era lo de menos le importaba desde que le decomisaron lo único de valor que tenía, la blusa de voluntario garibaldino que fue de su abuelo, prenda roja que lo condujo a la más ciega mazmorra de la penitenciaría, cuando lo capturaron la vez pasada por denuncia hecha ante el Comité, y prenda que también le valió la libertad al comprobarse que era un recuerdo de familia y no un regalo de Moscú. A él lo soltaron, pero la blusa no volvió. Marchaban hacia el sur, hacia el mar, hacia el puerto. Lo echarían en el primer barco que pasara o, menos deportados y más desaparecidos, se lo echarían a los tiburones. Por eso iban enmascarados. Por eso esperaron para capturarlo a que estuviera en su casa. Su mujer y su hija se habían ido a pasar el día adonde el mayor de sus hijos. Lo que le costó que se fueran, sin que se dieran cuenta que él las sacaba, antes que el techo de la casa se les fuera a desplomar encima con la explosión. El «jeep» viró casi en ángulo recto, al apartarse de la carretera troncal, por un camino de tierra zigzagueante y pedregoso, saltando más que rodando sobre tarascadas de llantas sólidas, que, si no devoraban como los tiburones, molían en tal forma que cuando se llegaba a destino, difícilmente se encontraban los movimientos de las piernas y la cintura. Lo bajaron frente a un corredor, en un amplio patio, y se oyó taconear militarmente al que se adelantó por una puerta al interior de una habitación, en la que desde el umbral donde él se detuvo con los otros, no lograba ver nada de lo que ocurría dentro, tanta era afuera la luminosidad del día de diamante. Lo pasaron. Avanzó algunos pasos por un salón desnudo de muebles, especie de granero, las maderas de las ventanas cerradas sangrando luz por las rendijas, y a no creer lo que veía, a manotear frente a sus ojos para disipar lo que se le antojó un sueño. Sin careta ni disfraz, le esperaba en actitud de jefe, uno de los que él salvó de caer en manos de la policía, valiéndose de las listas de Tamagás. Y todos, la mayoría al menos de los que le rodeaban, habían escapado de la cárcel, y quién sabe de qué torturas, por el camino de las preciosas listas.

El jefe cortó efusiones y abrazos para decir al calabrés:

—Señor Tizonelli, le hemos hecho venir...

—Y venía que no me llegaba la camisa al cuerpo...

—Fue una pesadería, no sé por qué no se dieron a reconocer los muchachos.

—Pero ya estoy aquí, ¿de qué se trata?...

—De pedirle su ayuda. Nuestros efectivos disfrazados de bailarines ocupan ya los puntos claves que se les señalaron y vamos a dar el salto; pero a última hora hemos sido informados por nuestros servicios especiales que se van a reunir en casa del alquilador de disfraces, los miembros del Comité, el Arzobispo, el Presidente, el Nuncio y necesitamos capturarlos.

—¿Capturarlos?

—Sí, capturarlos —repitió el jefe, entre mordaz y enérgico, tomando la extrañeza de Tizonelli por cobardía o simple no querer mezclarse en un asunto de peces tan gordos—. Si logramos la captura de esas personas, señor Tizonelli —trató de convencerlo—, se ahorrará mucha sangre, muchos sufrimientos, menos vidas sacrificadas, y como usted es vecino de Tamagás y tiene acceso a su casa, sin despertar sospechas...

—¡A recoger sus pedazos me tienen que ayudar ustedes... qué capturar! —precipitó Tizonelli sus palabras, al fin encontraba a quién gritarle el secreto.

—No entiendo... —exclamó el jefe, cuyo cigarrillo al encenderse y apagarse en sus labios, era como un tercer ojo sobre la cara blanca del italiano.

—¡Sí, sí, a recoger los pedazos, si algo queda de ellos, que creo que no va a quedar nada!

El jefe se retiró el cigarrillo de los labios y tragó saliva antes de hablar. Todos seguían en palpitante silencio la escena, respirando corto y palpitando largo ante la tremenda revelación del calabrés.

—Explíquese, señor Tizonelli, es muy grave lo que usted nos da a entender...

Benujón sacó el pecho y con la cara levantada informó de las máquinas infernales montadas en la cabeza de Carne Cruda y bajo la casa de Tamagás. Oportunidad única. Al quemar al Diablo en el fuego purificador, se inflamará su cerebro, bombazo que hará saltar la casa, pues la dinamita es una tía tan delicada...

—Siempre necesitaremos de su ayuda para capturarlos —cortó el jefe—, porque esas máquinas de muerte las vamos a desmontar en seguida.

—¡*Ma*, no entiendo lo que dice!

—¡Así como lo oye, desmontarlas!

—¡Cómo desmontarlas, echar a perder mi trabajo y desperdiciar la ocasión de que estén todos juntos!

—¡No perdamos tiempo!

—¡Pero, si van a estar el Presidente, el Arzobispo, el Nuncio y los del Comité, toda gente de primerísima...!

—¡Hay que capturarlos!

—¿Capturarlos para qué, si se puede salir de ellos ahora, ahora mismo?

—¡No se discuten las órdenes! Con esas explosiones lo único que haremos es alarmar a los cuarteles y todo se habrá perdido. Van a masacrar a nuestros bailarines... ¡Por esas vidas, señor Tizonelli, hay jóvenes, mujeres, muchos de los que aparentemente están bailando no tienen veinte años! Por ellos se lo pido...

—Vamos... —bajó la cabeza Tizonelli, después de un breve silencio—, pero temo que no lleguemos a tiempo, cuando yo salí de casa del alquilador de disfraces, antes de que me capturaran estos amigos, ya estaban llegando los invitados.

—En todo caso daremos la orden de empezar el ataque, si ocurre la explosión.

Volvieron a la capital devorando camino, no en el «jeep» sino en un automóvil adornado como para un paseo de carnaval. La orden era evitar el atentado y capturar vivos a los del Comité y a los invitados.

Tizonelli no se daba por vencido y se decía: ¡No comprendo a estos revolucionarios que quieren al enemigo vivo, no muerto, vivo, y que prefieren la justicia a la venganza... *rivoluzioni diportivi,* vencer en buena lid, caballerosamente... ja, ja!... *¡rivoluzioni diportivi!*...

Por la carretera se desplazaron a toda velocidad, las rutas de acceso a la capital estaban casi desiertas, como en los días de fiesta, pero en llegando a la ciudad hubo que reducir el empuje y no tardaron en quedar atrapados en una esquina, al paso de los bailarines, enhiestos, osados, castigantes, que se dirigían a la Plaza de Armas bailando el Torotumbo, al compás de tunes y tambores, bajo lluvias torrenciales de confeti, serpentinas, serrines de colores, entre cordones interminables de cientos de miles de cabezas y pechos de personas alineadas en las aceras, cauces humanos que hervían en aplausos, en gritos, en espuma de gana de seguirlos al contagio del ritmo belicoso, marea que al crecer aumentaba la ágil desproporción entre los pies de los bailarines, tobillos de colibrí, y la multitud que se movía con ellos, como un toro sobre sus pezuñas.

—*¡Rivoluzioni diportivi!,* se repetía Tizonelli incesantemente, *mache* el enemigo vivo... ¡el enemigo muerto!, balanceaba la cabeza, el enemigo vivo es peligroso, el enemigo muerto es perfecto, y petrificaba su protesta en la inmovilidad más rencorosa junto al agitarse de sus acompañantes que molían con espaldas y fondillos, en sus asientos y respaldos, su desesperación por llegar antes que se produjeran las explosiones en casa del alquilador de disfraces, a sabiendas de que eso era imposible si seguían bloqueados entre la muchedumbre y los bailarines que aparecían por todos lados, igual que burbujas de agua azul, de agua verde, de agua roja, de agua amarilla, danzando al compás de tambores gigantes fabricados con cueros de toros de lidia, toros-tambores que lanzaban relámpagos hacia adelante, truenos hacia atrás y lluvia con sonido de sangre a los costados, toros-tambores de piel de plata robada a las curtiembres de la luna, donde amontonábanse en manchas y sombras, la crin y la pelambre de las reses muertas.

Dos, tres veces, el que los comandaba, sentado al lado del chófer, se llevó la mano a la muñeca, después de consultar la hora, apretándola contra el reloj, como para detener el tiempo que se le iba por entre los dedos, se le iba, se le iba, pulso en sus venas, manchas de insecto en el instantero, cuero y madera de los tambores y los tunes, troncos de árboles huecos vibrando, como huesos de razas vegetales vaciados de sus medulas y sonoros por la ausencia de lo que volvía a estar presente al compás del Torotumbo.

El automóvil seguía en el mismo lugar, con Tizone!li petrificado, *¡rivoluzioni diportivi!*, y sus acompañantes moviéndose, cada vez más inquietos, menos controlados, lo que no dejaba de ser peligroso, pues no faltarían espiones entre el público que al observarlos, presa de aquella nerviosidad, los seguirían para inquirir la causa. Las cabezotas atrás para ver por la ventanilla de la capota si había esperanza de que pasara aquel mar de gente, las cabezas adelante entresacando los ojos por el parabrisas, con un ligero quiebre de nuca al agacharse al mirar a los bailarines, las caras a las ventanillas, juntas las piernas, separadas las piernas, un pie sobre otro, un pie lejos de otro, las manos prensadas entre las rodillas y la exasperación, las uñas en los dientes, las uñas en las uñas, las uñas en el pecho, rascándose del lado del corazón que en momentos de angustia come como una vieja cicatriz.

Por fin acabaron de pasar los bailarines y el automóvil se puso en marcha tratando de abrirse camino a bocinazo limpio entre la masa humana que abandonaba la calle compacta, pegajosa, con hedor de manteca caliente, pero avanzaba tan despacio que los acompañantes de Tizonelli, desesperados por llegar, se salían de los asientos, como si adelantándose ellos, el vehículo fuera a ir más veloz, cuando pasaba lo contrario, poco a poco se había ido quedando inmóvil, detenido por avalanchas de gente que acabó por cubrirlo, asalto de comparsas que subían a los estribos para rodar, imaginariamente, porque no pasaban del mismo sitio, cortinas humanas que de lado y lado les robaban el espectáculo de juglares tiznados con hollín, tarascas, toreros, payasos, gigantes, todo el tren de carnaval de la ciudad acompañando a los bailarines toronegros, torozambos, toroprietos, toropintos, torostorostorostoros que machacaban el suelo como si quisieran hendir la tierra, atravesarla y en su antípoda encontrarse todavía bailando el Torotumbo.

¿Llegarían o no llegarían?..., se preguntaban a cada momento el calabrés y sus acoquinados acompañantes. Las mismas palabras eran para Tizonelli, inquietante querer adivinar, interrogándose, si habían concurrido o no a casa de Tamagás los invitados del Padre Berenice, si habían llegado o no el Arzobispo, el Presidente Libereitor, el Nuncio, y para sus compañeros duda de si al paso en que iban llegarían a tiempo para evitar las explosiones y capturarlos vivos, lo único que se esperaba para dar la orden de asalto a los cuarteles, telégrafo, correos y Palacio, ya todo estratégicamente rodeado por los bailarines al compás del Torotumbo. ¿Llegarían o no llegarían... los invitados? ¿Llegarían o no llegarían a tiempo para evitar el estallido de la bomba en la cabeza de Carne Cruda, y la dinamita bajo la casa del alquilador de disfraces?

¿Pero, no era ya la catástrofe aquel avanzar por metros a costa de largas esperas?... Dieron la voz de abandonar el automóvil y seguir a pie por entre aquella muchedumbre de angustioso color de agua sin fondo. Accionaron los picaportes de las portezuelas, prestos a salir, los comparsas que seguían en los estribos, saltaron para darles paso, pero en ese momento logró escurrirse el automóvil hacia una callejuela por el rebalse de una pila de lavaderos públicos. Trataban de ganar la 12 Avenida, estaría más despejada, y seguir hacia el norte a toda máquina. ¿Llegarían o no llegarían los invitados?... ¿Llegarían o no llegarían ellos a tiempo?...

En la 12 Avenida no era tanto el movimiento de bailarines y comparsas, cuanto de hombres, mujeres y niños que se desplazaban por las aceras y por en medio de la calle, ansiosos de ganar alguna esquina para ver pasar al Torotumbo.

El automóvil sorteaba a los peatones. El sol de media tarde se regaba oblicuo y majestuoso.

—¡Ya el Padre Berenice —se dijo Tizonelli— estará al final de su filípica contra el comunismo, representado por Carne Cruda, violador de la Patria, en el cuerpo de Natividad Quintuche, una indiecita... ya en el patio de Tamagás, donde se amontonó gran cantidad de leña, arderá el fuego purificador!... ¡y ya de un momento a otro sacarán al Diablo para arrojarlo a la hoguera!

Cerró los ojos aterrorizado de sólo imaginar lo que ocurriría si echaban a Carne Cruda en el fuego, pero no pudo apartarse de su visión y aleteantes las narices, duros los dedos en las manos empuñadas que pesaban como martillos sobre sus rodillas, siguió imaginando con los ojos cerrados, mientras rodaba el automóvil, a los miembros del Comité de Defensa contra el Comunismo, como hormigas que se acercaban a la hoguera con un escorpión de sangre a cuestas. Se representó a Tamagás, al Padre Berenice, a Fracas, a Teotimo, al Milico Chacal, al yanqui del capuchón, a los dos invitados de sendas lilas arzobispales y al entorchado fantoche presidencial, triste, intestinal, con las pestañas largas y las ojeras del árbol en que se ahorcó Judas. Pero no pudo retener sus pupilas y en el instante en que vio o creyó ver que iban a entregar a las llamas al enorme

Carne Cruda, muñeco de cuernos amarillos, ojos verdes y dientes blancos como los rieles de los ferrocarriles de la luna, alzó los párpados aterronados de cansancio y encontró a sus acompañantes satisfechos de estar a pocas cuadras de la casa del alquilador de disfraces, planeando el asalto por la tapia que daba a la hortaliza, ya que eran pocos y debían operar por sorpresa.

Sin haberse escondido tras el lienzo agujereado de un Cristo, lugar que le preparó Tamagás, no sólo para que no lo vieran, por aquello de que estarían ojo al Cristo y no ojo al ojo del escondido, sino para librar de maleficio a su buen amigo y cómplice de tantas cosas —la violación, las listas de evadidos, su culto al Demonio—, Tizonelli había seguido desde el automóvil el auto de fe, lejos de pensar que lo que imaginaba estuviera pasando. Abrió los ojos momentos antes de que Carne Cruda fuera entregado a las llamas y momentos después, al pasar frente a la plazuela del templo de Santo Domingo, una violenta sacudida conmovió el automóvil de abajo arriba, la carrocería, los cristales, el aire, todo tronó, y a la distancia, frente a ellos, siempre hacia el norte, se vio subir por el azul que el fulgor, el estampido y los sucesivos ecos de la deflagración hicieron más profundo, la lengua de la tierra que se pegaba al cielo, polvo y humo confundidos en un pelotón de fuego que fusilaba ángeles. A Tizonelli se le fue la carne en pedazos de angustia contra la ropa, como si a él también le hubiera alcanzado la explosión... si por su culpa fracasara el golpe que preparaba el pueblo... si no se pudiera dar el asalto y masacraran a los bailarines... si el atentado se hubiera frustrado... si... si... si... ¡todo ganado o perdido!... todo... todo... El automóvil apretó la marcha, pero a la voz de alguien que propuso volver atrás —para qué seguían si ya no iban a capturar a nadie—, reaccionó el desmoronado Tizonelli: era necesario saber si habían llegado las eminencias invitadas y si quedaba algo de sus personas y de los disfraces en que iban envueltas. Distante, monótono, profundo, se escuchaba, destilado en el silencio que sobrevino a la explosión, el eco del Torotumbo, como si golpearan contra casas abandonadas, casas huecas, cascarones de casas, sus testuces, los toros toronegros, los toros torobravos, los toros torotumbos, los torostorostoros... del baile que seguía al centro y sur de la ciudad, llameante de crepúsculo y de algo parecido a los fuegos artificiales, bien que la detonación se oyera más seca, crocante, en dirección a las bases aéreas.

Frente al teatro Colón, el automóvil empezó a marchar al paso, detenido por la gente que huía del lugar de la catástrofe, asomaba por todos lados, por todas las esquinas, brotaba del suelo, llovía del aire, el pelo en flecos, la ropa en desorden, la cara descompuesta, pies y manos agitados como jirones de sus ímpetus y harapos de su miedo... salvarse... salvarse... muchedumbre que el automóvil hendía hasta parecer una balsa entre los brazos de un inmenso río humano... salvarse... salvarse... —¡Por allí!... ¡Por allí!..., era lo único que en su fuga alcanzaban a articular... salvarse... salvarse... —¡Por allí!... por allí, por la casa del alquilador de disfraces... sí... sí... ¡por allí, por allí!... Y al encuentro de éstos que huían fragmentando el monólogo de su asfixia... —¡Sí... sí... hay muchos muertos... voló una manzana entera de casas... por allí... por allí, por la casa del alquilador de disfraces... sí... sí... ¡hay muchos muertos, muchos muertos! Venían a la desesperada los que trataban de acercarse fuera como fuere al lugar de la explosión, curiosos los más, sin faltar pícaros aprovechados ni parientes de personas que habitaban por ese rumbo y corrían enloquecidas a prestar auxilio a sus familias. Choques, empellones, golpes, machacaduras, ropas desgarradas, prendas perdidas y ayes de los que se lamentaban en el suelo sin hallar misericordia, pisoteados al caer, arrastrados en seguida, muertos si no se levantaban por sus propios medios. Nadie sabía lo que pasaba. Huían unos. Acudían otros. El automóvil fue abandonado en medio de un remolino de cuerpos y cabezas y sus ocupantes, pugnando por llegar al sitio de la catástrofe, empezaron a luchar a brazo partido contra las avalanchas humanas que les cortaban el paso por calles de puertas cerradas, largas como ataúdes. Por momentos se enrarecía la columna de tránsfugas, claros por los que precipitábanse Tizonelli y los que de sus acompañantes le seguían. Había que aprovechar a la carrera, al trote, a paso largo aquellos espacios que desaparecieron al asomar las olas de vecinos que habitaban cerca de la casa de Tamagás. Alcanzaron a salir con lo que tenían puesto, después de la explosión que derrumbó sobre ellos paredes y techos, y avanzaban sin saber cómo, desorientados, gesticulantes, buscándole relación al estar vivos sin sus cosas, cuando otros habían logrado salvar utensilios, alhajeros, juguetes, jaulas, loros, perros, gatos, gallinas...

Tizonelli inquiría a diestra y siniestra quiénes eran los muertos, pero a gente que la explosión golpeó, conmovió, sacudió, no le importaba quiénes eran los muertos, bastándoles con saber que no eran ellos, friolentos, animalizados, vivos en sus trapos, sin volver la cabeza temerosos de que se les presentaran los techos de sus casas derrumbándose entre el silencio de los que ya no lograron salir y los gritos de los heridos.

Se estaba dando el asalto. Se escuchaba el cañoneo y la fusilería al centro y sur de la ciudad que empinaba sus casas para no quedar sumida en la sombra de sus calles apagadas, mientras hubiera luz en el cielo de peltre nocturno, nubes carbonosas disgregándose al paso de los reflectores y aves fugitivas. A Tizonelli se le extraviaron sus compañeros. Su meta seguía siendo la casa del alquilador de disfraces. Pero cómo avanzar entre la multitud, la confusión, el estruendo. Avanzaba y lo retrocedían. Demudado, con una tela de llanto caliente sobre las pupilas de plomo, empezó a temer que no hubieran llegado los invitados. De haber volado con la casa del alquilador de disfraces no se estaría dando aquella batalla. ¿Por qué no le oían? ¿Por qué pasaban sin responderle? Tenía la llave del triunfo y no le escuchaban. Dejarían de resistir las bases y cuarteles que estaban resistiendo, pero que le oyeran, que le oyeran. De balde se empinaba y de balde gritaba. Había que saber si llegaron los invitados. Redujo sus pretensiones de hacerse oír de la multitud. Se orilló en una puerta a tomar aliento. Otras personas se detenían junto a él. Sintió los bultos y preguntó al tanteo: —¡Dígame, señora, no sabe si llegó Monseñor?... —Joven, ¿no sabe usted si llegó el Nuncio?... —¿El señor me podría decir si el Presidente estaba en casa del alquilador de disfraces?... No le veían, pero escabullíanse del refugio de la puerta, temerosos de haber dado con un loco. Y sí que tenía cara de loco, pálido, blanco, huesudo, el cabello alborotado bajo la gorra, los pantalones bombachos, los zapatos de suelas dobles, la camisa abierta mostrando la pelambre arenosa del pecho y la como risa de hielo preguntando si habían llegado los invitados. Alguien le tiró del brazo, por poco le arranca la manga del saco de jerga, y le preguntó qué fiesta tenía y quiénes eran sus invitados... —Mi fiesta —parpadeó Tizonelli—, la quema de Carne Cruda y mis invitados el señor Arzobispo, el señor Nuncio, el señor Presidente y un incógnito yanqui con su capuchón... El que le tenía de la manga, le soltó, pero ya cuando se le había ido de la mano y perdido en la noche, se dio cuenta que no estaba tan loco. Alguien pasó contando y pronto corrió la voz que en casa del alquilador de disfraces se hallaban entre los escombros los cuerpos de unos que se habían disfrazado de arzobispos y el de un fulano que en su afán de que no faltara detalle a su disfraz de Presidente de la República hasta la banda azul y blanco tenía cruzada en el pecho.

Pero a la turba que el pavor empujaba a ponerse a salvo, sucedió el paso de los que ya sin bailar seguían adelante al ritmo del Torotumbo en la conquista de las posiciones que tenían señaladas y la voz de Tizonelli que anunciaba que no eran disfrazados los que habían muerto en el siniestro. La noticia quebró la resistencia. Los agentes de policía se arrancaban los uniformes y los dejaban botados como disfraces. Por la 12 Avenida avanzó un tanque, disparaba en las esquinas, las calles iban quedando desiertas, acercóse, entre el temblor de las casas que trepidaban a su paso, hasta el lugar del atentado, enfocó un reflector sobre sus escombros, lo apagó al chocar su luz con los despojos de los que en verdad parecían disfrazados, silenció sus fuegos y desapareció. Más tarde se le vio en las cercanías de la Comandancia de Armas, abandonado junto a los uniformes que los hombres que lo tripularon alcanzaron a quitarse y a dejar tirados en la calle, como otros tantos disfraces. Ecos de morteros. Algún retumbo de artillería. La noche titilante. Y los gritos de Tizonelli: ...¡No eran disfrazados, eran ellos!... ¡Yo puse la bomba en la cabeza del Diablo!... ¡Yo puse la dinamita a los pies de Tamagás!...

El pueblo subía a la conquista de las montañas, de sus montañas, al compás del Torotumbo. En la cabeza, las plumas que el huracán no domó. En los pies, las calzas que el terreno no gastó. En sus ojos, ya no la sombra de la noche, sino la luz del nuevo día. Y a sus espaldas, prietas y desnudas, un manto de sudor de siglos. Su andar de piedra, de raíz de árbol, de torrente de agua, dejaba atrás, como basura, todos los disfraces con que se vistió la ciudad para engañarlo. El pueblo ascendía hacia sus montañas bajo banderas de plumas azules de quetzal bailando el Torotumbo.

«Shangri-lá», El Tigre, verano de 1955.

THE LIBRARY
ST. MARY'S COLLEGE OF MARYLAND
ST. MARY'S CITY, MARYLAND 20686

APR 12 1989